# 一笑

古龍著

國際學術研討會

# 古龍武俠小說 領先時代半世紀

【記者賴素鈴／報導】江湖代有才人出，這廂古龍凋零二十載，那廂今朝懸賞百萬獎新秀，浪淘不盡，唯有武俠熱愛，不隨時間變易，在學術研討會上更見分明。以「一代鬼才：古龍與武俠小說」爲主題，淡江大學第九屆文學與美學國際學術研討會昨起在國家圖書館，展開爲期兩天的議程，紀念武俠小說家古龍逝世二十周年，新生代學者與古龍故舊齊聚一堂，以文論劍話武俠。

日前與淡大中文系教授林保淳共同發表《台灣武俠小說發展史》，武俠小說評論家葉洪生昨天在專題演講中，直批胡適1959年底發表「武俠小說下流論」是「胡說」，學界泰斗的不當發言以及隨即展開的「暴雨專案」，反而促成1960年起台灣武俠新秀的繁興，「武俠小說迷人的地方，恰恰在門道之上。」，葉洪生認定，武俠小說審美四原則在文筆、意構、雜學、原創性，他強調：「武俠小說，是一種『上流美』。」

集多年心血完成《台灣武俠小說發展史》，葉洪生認爲他已爲從十歲起迷上武俠小說的半世紀畫上完美句點，並且宣布他「以後決心退出武俠論壇，封劍退隱江湖」。

雖然葉洪生回顧武俠小說名家此起彼落，套太史公名言「固一世之雄也，而今安在哉？」，認爲這是值得深思的嚴肅課題，昨天意外現身研討會而備受矚目的溫世禮，則爲了紀念同是武俠迷的哥哥溫世仁，推出第一屆「溫世仁武俠小說百萬大賞」，即日起至今年10月3日截止收件，經兩階段評選後於明年12月7日公布首獎得主，預料將會是一場武林新秀的龍虎爭霸戰。

看明日誰領風騷？風雲時代出版社發行人陳曉林眼中的古龍，其實領先他的時代半世紀，以致如今雖然古龍逝世20年，陳曉林認爲大家對古龍的了解仍然有限，預言未來世代更能和古龍的後設風格共鳴。

昨天這場研討會，也凸顯武俠小說作爲一項文學研究門類，仍有待開發學習空間。多位與會者都指出，武俠小說的發表、出版方式和管道具考證難度，學術理論與論文格式的建立待加強。而武俠名家的版權之爭、市場競爭力，也增加出版推廣困難，古龍武俠小說的版權糾紛、司馬翎作品的版權官司也成爲研討會的場外話題。

與

武俠小說

第九屆文學與美
一代鬼才
古龍

古龍兄為人慷慨豪邁、跌蕩自如，變化多端，文如其人，且復多奇氣，惜英年早逝，余與古兄當年交好，且喜讀其書，今既不見其人，又無新作可讀，深自嘆惜。

金庸

一九九六、十、十一、香港

# 武林外史

（三）

古龍精品集 18

# 武林外史（三）

# 目錄

# 十七　撲朔迷離

白雲悠悠，雪已霽，日已出，但山風仍冷如刀。

白飛飛身子蜷成一團，垂首弄著衣角，只是眼波卻仍不時瞟向沈浪——已走入火場，四下尋找。

他細心尋找時，地上又有什麼東西能逃得過他的眼睛？

朱七七仰著頭，瞧著天，似在出神，但是只要白飛飛瞧了沈浪一眼，她就不禁要咬一咬嘴唇。

突然，金無望一個人大步走回，面色鐵青，

朱七七忍不住問道：「金不換呢？」

金無望道：「嗯……」

朱七七道：「你……你已殺了他？」

金無望默然半晌，緩緩道：「我放了他。」

朱七七失聲道：「你……你放了他？他那般害你，你卻放了他？那極惡之徒，留在世上，還不知要害死多少人……」

突聽沈浪笑道：「我卻早已知道金兄必定會放他的。」

他不知何時，已自掠回，接著笑道：「金不換雖對金無望不仁，但金無望卻不能對金不換不義……是麼？若換了我是金無望，我也要放他的。」

金無望慘然一笑，道：「多謝……」

沈浪對他種種好處，他從未言謝，直到此刻這謝字才說出口來，這只是為了沈浪對他的了解。

能了解一個人，有時確實比救他性命困難得多，而一個孤僻倔強的人被人了解，心中的感激，更非言語所能形容。

朱七七瞧瞧金無望，又瞧瞧沈浪，跺腳嘆道：「你們男人的事，有時真令人不解。」

沈浪笑道：「男人的事，女人還是不懂得好。」

過了半晌，金無望道：「火場之中，是否還有些線索？」

沈浪道：「東西倒找著兩樣，但是否有用，此刻不敢說……」語聲微微一頓，不等金無望說話，便又接道：「金兄以後何去何從？」

金無望仰首去瞧天上白雲，喃喃道：「何去何從？何去何從？……」突然大喝道：「沈浪，金無望賤命今已屬你，你過問什麼？」

沈浪又驚又喜，道：「但你故主之情……」

金無望道：「哦，金無望難道不如楊大力。」

沈浪大喜道：「沈浪能得金兄之助，何患大事不成……金兄，沈浪必定好自為之，必不令你後悔今日之決定……」

兩人手掌一握，什麼話都已盡在不言之中。

朱七七瞧得眼圈兒似又有些紅了，也笑道：「沈浪，你今後又何去何從？」

沈浪道：「先尋你姐夫，那鉅萬金銀，總是不能落在王憐花手中的。」

朱七七又驚又喜，道：「你……你……」

突然抱住沈浪，大呼道：「原來朱七七的事，沈浪還是時常放在心上的。」

這歡喜的呼聲，方自響遍山嶺，已有一片陰霾，掩沒了冬日，天氣方才晴朗半日，另一場暴風雪眼見又要來了。

陽光既沒，風更寒，嬌弱的白飛飛，早已凍得簌簌的抖了起來，連那櫻桃般的嘴唇，也都凍得發白。

但她還是咬緊牙，忍住，絕不訴苦，在她那弱不勝衣的身子裡，正有著一顆比鋼鐵還堅強的心。

金無望瞧了瞧她，又瞧了瞧正在跳躍，歡呼著的朱七七，他那冷漠的目光中，不禁露出一絲憐惜之色。

這憐惜固是為著白飛飛，又何嘗不是為著朱七七。

也許只有他知道，在那倔強，好勝，任性絕不肯服輸的外表下，朱七七的一顆心，卻是多麼脆弱。

這是兩個迥然不同的女孩子，這兩人每人都有她們特異的可愛之處。她們將來的命運，也必因她們的性格而完全不同。

白飛飛始終沒有抬頭，也不知她是不願去瞧朱七七歡喜的神情，還是她不敢再多瞧沈浪。她很了解自己的身分，她知道自己在這裡唯有聽人擺佈，她並未期望別人會顧慮到她。雖然她寒冷、飢餓、疲乏、顫抖……她也只有垂首忍住，她甚至不敢讓別人瞧見她的痛苦。

只聽金無望沉聲道：「咱們下山吧。」

朱七七道：「好，咱們走。」

在她歡喜的時候，什麼事也都可依著別人的，於是她伸手想去拉沈浪，但沈浪卻已走到白飛飛面前。

白飛飛手足都已凍僵，正不知該如何走下這段崎嶇而漫長的小路，忽見沈浪的一隻手，伸到她面前。

她心頭一陣感激，一陣歡喜，一陣顫抖——這隻手正是她心底深處所等待著，希冀著的，但是她偷偷瞧了朱七七一眼後，她竟不敢去扶這隻手，她垂下頭，忍住眼淚，咬著牙道：「我……我自己可以走。」

沈浪微微一笑，道：「你真的能走？」

白飛飛頭垂得更低，道：「真……真的……」

沈浪笑道：「傻孩子，莫要逞強，你哪裡走得動？」

伸手扶起了白飛飛的腰肢——這腰肢亦正在顫抖。

朱七七臉色又變了，眼瞧著依偎而行的白飛飛與沈浪，她心頭又彷彿有塊千斤巨石壓下，壓得她不能動。

沈浪回笑道：「走呀，你為何……」

朱七七咬牙道：「我也走不動。」

沈浪道：「你怎會走不動，你……」

朱七七大聲道：「人家明明說走得動，你卻偏要扶她，我明明說走不動，你卻偏偏要說我走得動，你……你……」

她突然坐了下去，就坐在雪地上，抽泣起來。

沈浪怔住了，唯有苦笑。

白飛飛顫聲道：「你……你還是去扶朱姑娘，我……我……我可以走，真的可以走，真的可以走……」

她掙扎著，終於掙脫了沈浪的手，咬牙走下山去，有風吹過，她那嬌弱的身子，彷彿隨時都可被風吹走。

沈浪輕嘆一聲，道：「金兄，你……」

金無望道：「我照顧她。」

沈浪木立半晌，緩緩走到朱七七面前，緩緩伸出了手，他目光並未去瞧朱七七一眼，只是冷冷道：「好，我扶你，走吧。」

子，是麼……是麼？」

朱七七垂首痛哭，哭得更悲哀了。

沈浪道：「什麼事都已依著你，你還哭什麼？」

朱七七嘶聲道：「我知道，你根本不願意扶我，你來扶我，全是……全是被我逼得沒有法

沈浪沉著臉，不說話。

朱七七痛哭著伏倒在地，道：「我也知道我愈是這樣，你愈是會討厭我，你就算本來對我好的，瞧見我這樣，也會討厭。」

她雙手抓著冰雪，痛哭著接道：「但是我沒法子，我一瞧見你和別人……我！我的心就要碎了，什麼事都再也顧不得了……我根本再也無法控制自己。」

她抬起頭，面上冰雪泥濘狼藉。

她仰天嘶聲呼道：「朱七七呀朱七七，你爲什麼會這樣傻……你爲什麼會這樣傻，總是要做這樣的傻事。」

沈浪目中終於現出憐惜之色，俯身抱起了她，柔聲道：「七七，莫要這樣，像個孩子似的……」

朱七七一把抱住了他，用盡全身氣力抱住了他，道：「沈浪，求求你，永遠莫要討厭我，永遠莫要離開我……只要你對我好，我……我就算爲你死都沒關係。」

飯後，爐火正旺。

這雖然是個荒村小店，這屋裡陳設雖是那麼簡陋，但在經歷險難的朱七七眼中看來，卻已無異於天堂。

她蜷曲在爐火前的椅子上，目光再也不肯離開沈浪，她心頭充滿幸福，只因她與沈浪的不愉快都已成了過去。

方才，在下山時，沈浪曾經對她說：「白飛飛是個可憐的女孩子，孤苦伶仃的活在這世上——無依無靠，我們都該對她好些，是麼？」

他這話正無異委婉的向朱七七說出他對白飛飛的情感，只不過是憐憫而已，並非喜歡。

朱七七的心境，立刻開朗了。

於是，她也立刻答應沈浪：「我以後一定會對她好些。」

此刻，白飛飛遠遠的坐在角落中——她雖然最是怕冷，卻不敢坐得離火爐近些，只因沈浪就在火旁。

朱七七想起了沈浪的話，心中不覺也有些可憐她了，正想要這可憐的女孩子坐過來一些。

沈浪道：「飛飛，你怕冷，爲何不坐過來一些。」

朱七七脫口道：「怕冷？怕冷爲何還不去睡，被窩裡最暖和了。」

這句話本不是她原來想說的話，她說出之後，立刻便覺後悔了，但在方才那一剎那，她竟忍不住脫口說了出來。

沈浪瞧了她一眼，苦笑搖頭。

白飛飛卻已盈盈站起，垂首道：「是，我正已該去睡了，……朱姑娘晚安……」柔順的走了出去，連頭都不敢抬起來瞧一眼。

朱七七瞧瞧沈浪，又瞧瞧金無望，突也站了起來，道：「我要她去睡，也是對她不好麼？」

沈浪道：「我又未曾說你……」

朱七七大聲道：「你嘴裡雖未說，但心裡呢？」

沈浪道：「我心裡想什麼，你怎會知道？」

朱七七跺足道：「我知道，我知道，你們心裡，都在說我是個壞女人……好，我就是個壞女人，就偏偏做些壞事給你們瞧瞧，我……」

語聲突被一陣敲門聲打斷了。

沈浪道：「什麼人？」

門外應聲道：「是小人，有事稟報。」

朱七七一肚子沒好氣，怒道：「深更半夜，窮拍人家的房門，撞見了鬼麼？」重重拉開房門，一個人踉蹌撞了進來，卻是那店小二。

他左手提著大茶壺，右手裡卻有封書信，此刻似已被朱七七的兇像駭呆了，站在那裡，直翻白眼。

沈浪目光一閃，含笑道：「什麼事？莫非是這封信？」

那店小二偷偷瞧了朱七七一眼，趕緊垂首道：「不錯，就是這封信，方才有人叫小的送來交給沈相公。」

沈浪接過書信，沉吟道：「那人是何模樣？」

店小二道：「小的未曾瞧見……」

朱七七怒道：「你接了他的信，卻未瞧見他的人，莫非你是瞎子……莫非那人是個活鬼，迷了你的眼睛？」

店小二道：「這……這……這封信是門口賣麵的劉方送來的，說是個吃麵的客人交給劉方的，小的也曾問劉方那是什麼？劉方他……他……」

朱七七道：「他說什麼？」

店小二苦著臉道：「他什麼也沒說，他是個真瞎子。」

這一來朱七七倒真的呆住了，當真是又好氣又好笑，那店小二再也不敢惹她，躡著足走了出去。

只聽沈浪緩緩唸道：「機密要事，盼三更相候，切要切要。」

朱七七忍不住問道：「機密要事……還有呢？」

沈浪道：「沒有了，信上就只這十三個字。」

朱七七道：「是誰寫來的？」

沈浪道：「未曾具名，筆跡也生疏得很。」

朱七七喃喃道：「這倒怪了……這會是誰呢？」

她的氣來得雖快，去得也快，此刻早已忘了與沈浪賭氣的事，又依偎到沈浪身旁，湊首去瞧那封書信。

只見那信封信紙，俱都十分粗糙，墨跡淡而不均，字跡潦草零亂，顯見是在市街之上，借人紙筆，匆忙寫成的。

朱七七皺眉道：「這筆字當真寫得跟狗爬似的，我用腳都可比他寫得好……由此看來，寫這封信的，必定是個粗人……」

她自覺自己現在也已能自小處觀察事物了，心裡不禁甚是得意，只等沈浪來誇獎她幾句。

那知沈浪卻道：「粗人……未必。」

朱七七瞪大眼睛，道：「未必……難道斯文人物，也會寫得出這樣的字來。」

沈浪道：「此人字跡雖陋，但語句卻通順得很，若是胸無點墨之人，那是萬萬寫不出這樣的語句來的。」

朱七七想了想，笑道：「不錯，若真是粗人，就會寫：『我有緊要的事和你說，三更時等著我，一定，一定，一定』了。」

沈浪道：「正是如此。」

朱七七雙眉又皺起，道：「但看來這卻又不似能假裝得出的。」

沈浪道：「你再仔細瞧瞧，這字跡有何異處。」

朱七七凝目瞧了半晌，喃喃道：「沒有呀……噢，對了，有了，他寫的每一筆，每一橫，都往右邊斜歪……每個字都像是被風吹得站不住腳似的。」

沈浪道：「正是如此。」

朱七七道：「這……這又可看出什麼？」

沈浪道：「這可看出他這封信，乃是以左手寫的……常人以右手寫字，筆跡雖各有不同，但以左手寫來，便差不多了。」

朱七七垂首沉吟道：「他以左手寫信，要我們辨不出他的筆跡，又要瞎子傳信，好教我們猜不出他究竟是誰……」

突然抬頭，接道：「如此看來，他必定是我們的熟人……我們不但知道他的容貌，而且還認得他的筆跡。」

沈浪道：「想來必是如此。」

朱七七道：「他如此做法，自然是要我們猜不出他是誰來，但……但三更時，他既要來與我們見面，卻為何又要弄這些玄虛？」

沈浪道：「這其中，想必自有原因……」

朱七七突然拍手道：「對了，這想必是金蟬脫殼，聲東擊西之計，他以這封信將咱們穩住在這裡等他，他便好去別處辦事。」

沈浪緩緩道：「他縱不寫這封信來，我等今夜也是不會到什麼別的地方去的，他寫了這封信，豈不是畫蛇添足，多此一舉。」

朱七七呆了半晌，道：「是呀，這豈非多此一舉。」

輕輕嘆了口氣，苦笑接道：「我自以為觀察事物，已不錯了，猜的也不會差得太遠，那知……被你一說，我猜了簡直等於沒猜一樣。」

沈浪微笑道：「已經發生之事，觀察遺跡便不難猜中，但還未發生之事，單憑一些蛛絲馬跡去猜，便常會差之毫厘，謬之千里。」

朱七七道：「但你也說過這其中必有原因呀。」

沈浪道：「這件事必需自多方猜測，小心求證，未經證實之前，誰也無法斷定那一種猜測是正確無誤的。」

朱七七道：「如此說來，你莫非還有什麼別的猜測不成？」

沈浪道：「說不定此人正被強敵追蹤，不等夜深人靜時，不敢露面……說不定他右手已然受傷，是以只有以左手寫字。」

朱七七又呆了一呆，失笑道：「你呀……你那顆心，真不知有多少竅，別人做夢也想不到的事，偏偏都被你想到了。」

沈浪嘆道：「但他如此做法，也可能是在三更之前，要有所舉動，是以要用這封信，將我等穩住在這裡……至於那會是什麼，此刻便誰也無法猜中了。」

朱七七道：「既然猜不中，我們也莫要猜了。」

金無望目光凝注著窗戶，冷冷道：「反正三更已不遠了。」

漫漫寒夜，更鼓似乎格外緩慢。

金無望目光始終凝注著窗戶，始終動也不動，朱七七不禁暗暗佩服——她自己委實已坐不住了。

突然間，窗外「嗖」的一響。

緊接著，整個窗戶竟在一瞬間完全燃燒了起來。

火焰飛動，窗外黑暗中，似有人影佇立。

沈浪雙掌齊出，掌風過處，竟將燃燒著的窗戶整個震飛了出去，金無望已抓起條棉被，飛身而出，立刻將火焰壓滅。

這變化發生得本極突然，但兩人絲毫不亂，一聲未出，瞬息間便已將什麼事都做好了。

沈浪沉聲這：「七七，你在此看著白飛飛，我與金兄追查敵跡。」語聲未了，人已在窗外，眨眼便已瞧不見了。

朱七七跺足恨聲道：「又是白飛飛，什麼事都忘不了白飛飛，她這麼大的人還要我看著她，卻要誰來看著我呢。」

此刻遠處傳來更鼓，恰是二更。

火焰飛動時，窗外黑暗中還佇立著一條人影，但等沈浪與金無望飛掠出窗，這人影一閃便已不見。

沈浪道：「此人好快的身法。」

金無望道：「哼，追。」

兩人一前一後，飛身追出，黑夜之間兩人已無法分辨雪地上的足跡，也無暇去分辨雪地上的足跡。

但這人影不僅輕功高妙，而且似乎早已留下了退路，沈浪縱是用盡全力，卻再也瞧不見他的人影。

金無望猶自窮追，沈浪卻突然駐足，一把拉住了他，大聲道：「此人來意雖不明，但我等也未受絲毫損失，何苦白花氣力追他……」突然壓低語聲，道：「留意調虎離山之計。」

金無望目光閃動，大聲道：「正是，咱們回去吧。」

亦自壓低語聲，道：「我回去，你追。」

沈浪微一頷首，肩頭微聳，隱身一株樹後，金無望大步走了回去，口中故意喃喃不停，也聽不出說的是什麼。

寒風如刀，夜靜無聲。

沈浪沉住了氣，隱身樹後，動也不動——他算定了那人身法必定絕無如此迅急，必定是早已看好藏身之地，躲了進去，敵暗我明，沈浪若去尋找，不但困難，而且還得隨時防著那人的冷箭，自不如反客為主，自己先躲了起來，那人忍耐不住時，只有現身而出了。

誰知沈浪固是智計絕倫，那人卻也不笨，竟再也不肯上沈浪的當，仍然躲得好好的，絕不露一露頭。

沈浪固是沉得住氣，那人的涵養功夫卻也不小——沈浪直守了半個更次，仍不見絲毫動靜。

金無望趕回客棧，客棧一片黑暗靜寂，唯有自他們那跨院廂房中映出的燈光，照亮了窗前的雪地。

朱七七卻在這片雪地上堆著雪人。別人堆雪人，都是堆得肸胖的，像是彌陀佛，朱七七堆雪人，卻堆得又瘦又長，只怕被風一吹，便要倒了。

她面龐已被凍得紅紅的，像是個蘋果，兩隻手忙個不停，正在堆著雪人的頭，拍著雪人的臉。

她輕輕拍一下，嘴裡就輕輕罵一聲：「你這沒有良心的……你這黑心鬼……只會記得別人，從來不想我……」

金無望已走到她身旁，她竟仍未覺察，嘴裡不停地罵，手裡不停地打，嘴角、眉梢，卻似在笑著。

這打，這罵，正敘出她心裡的恨，然而這飄飄忽忽的一絲笑，卻又敘出了她心裡那分濃濃的情意。

是恨？是愛？她自己都分不清。

金無望乾「咳」一聲，道：「喂。」

朱七七一驚回頭，嫣然笑道：「是你，真嚇了我一跳……」

眨了眨眼睛，瞧了瞧後面，又道：「你是什麼時候回來的？他……他呢？」

金無望道：「還在搜索。」

朱七七道：「你錯了，他早已回來了。」

噗哧一笑，指著那雪人，道：「你瞧，他不是已站在這裡了麼？捱我的打都已捱了好半天了，他可連動都沒有動一動，還在瞧著我笑。」

她凝目瞧著這雪人，瞧了半晌，蘋果臉上的笑容，漸漸消失，垂下頭，幽幽苦嘆了一聲，輕輕道：「真的沈浪若也這麼乖，那有多好。」

金無望凝目瞧著她，也瞧了半晌，冰岩般的面容上，卻漸漸泛出一絲憐惜之色，口中卻冷冷道：「此間可有什麼動靜？」

朱七七抬起頭來，道：「什麼動靜都沒有。」

金無望道：「直至我走到你身旁，你都未曾覺察，房中若有什麼變故，你更是聽不到了，你……你爲何不守在房裡？」

朱七七瞪大眼睛，道：「守在房裡幹什麼？難道要我去做白飛飛的丫頭，在床邊守著她睡覺，等著替她蓋棉被不成？」

金無望再不說話，轉過身子。

朱七七幽幽道：「爲什麼你現在也對我這麼兇了，是不是因爲那天……那天我……唉，我實在對不起你……」

金無望不等她話說完，突然一掠入窗，只留下朱七七站在雪地，呆呆地出著神，喃喃道：「他對不起別人，我……我這是爲什麼……爲什麼……」一陣風吹過，雪人倒了。

朱七七目中，卻流下淚來。

突然間，金無望在屋裡失聲呼道：「不好。」

朱七七飛身而入，道：「什麼事？」

金無望一隻手已推開了白飛飛那間小屋的門，鐵青著臉，凝目瞧著門裡，一字字沉聲道：「你去瞧瞧。」

小屋中，小床上，被褥凌亂，床邊的窗也開了，一陣陣寒風吹進來，吹得窗邊小床上的油燈搖搖欲滅。

棉被一角，落入了床下火盆中，小火盆裡的餘燼仍在燃燒，幾乎便要燒著被角，一雙火筷，落在火盆旁……

白飛飛的人呢？

朱七七失聲驚呼道：「白飛飛呢？她……她……她到哪裡去了？」

金無望冷冷道：「這該問你才是。」

朱七七跺腳道：「這小鬼，溜到哪裡去，要出去幹什麼，也該跟人說一聲才是呀……飛飛……白飛飛……」

金無望道：「莫要喚了，喚了也是無用。」

朱七七道：「她聽到叫喚，只怕就會……」

金無望厲聲這：「你這是在騙人，還是在騙自己，你瞧這窗子、這床、這被褥，她難道還會是自己起來出去的麼。」

朱七七一步掠到床前，瞧了瞧，「噗」地坐到床上，喃喃道：「她不是自己走出去的……她想必落入別人手中……但……但這又是誰綁去了她？爲什麼要綁走她。」

金無望再不說話，一雙銳利的目光，卻不停的在四下掃視，燈光雖黯淡，但對他卻已足夠。

朱七七呆在那裡，眼淚又自流下，不住低語道：「這怎麼辦呢？怎麼辦呢？她那麼嬌弱的人，竟落入別人手中，又不知是誰做的手腳……」

金無望道：「你此刻既是如此著急，平日為何不對她好些？」

朱七七道：「我……我……我……我也不知道為了什麼。平日我雖瞧她不慣，但她真的被人綁走，我心裡卻難受得很。」

金無望默然半晌，緩緩道：「我早已對你說過，你本心雖好，只可惜……」

他口中雖在說話，目光卻一直在不停的掃視，此刻突然一步掠到床前，自床上抓起了一樣東西。

金無望也不答話，凝目瞧著掌心的東西，瞧了幾眼，面色更變得陰森可怖，突然厲喝一聲，握緊拳頭，道：「是他。」

朱七七道：「是什麼？」

朱七七隨著道：「他？是誰？」

金無望牙關緊咬，自牙縫裡迸出了三個字：「金不換。」

朱七七跳了起來，變色道：「是他？真的是他。」

金無望將緊握的拳頭伸到朱七七面前，五指緩緩鬆開，掌心抓住的卻是一縷褐色的破布。

朱七七失聲道：「不錯，果然又是這惡賊，這就是他穿著的那件衣服，想必是白飛飛在掙扎時，將它扯下來的。」

金無望凝目望著窗外，眼珠子都似已要凸了出來，牙齒咬得「吱吱」作響，朱七七本來還想說話，瞧見他如此模樣，一個字也不敢說了。

只聽金無望恨聲道：「這全都怪我，我若不饒了他性命，怎有此事。」

朱七七囁嚅著道：「這全該怪我才是，我若不……」

金無望大喝一聲，道：「莫要說了。」

但過了半晌，朱七七還是忍不住道：「你也莫要著急，等沈浪回來，我們好歹也要想個法子，將白飛飛設法救回來才是，否則……」

金無望厲聲道：「這本屬金某之事，爲何還要等沈浪，煩你轉告於他，三日之中，我若不將這廝擒回，誓不爲人。」

語聲未了，已飛身出窗。

朱七七見金無望走了，不出心中茫然，大呼道：「你等一等……你回來呀。」

追到窗外，哪裡還瞧得見金無望。

朱七七要待去追，終於駐足，回過頭來，轉向沈浪方才追查敵蹤而去的方向，狂奔而出。

她一面狂呼道：「沈浪……沈浪……」

「沈浪……沈浪。」

沈浪猶自隱身樹後，除了日光掃視，四肢絕不動彈。

雖然等了這麼久，但他面上卻仍毫無焦急不耐之色，因爲他深信到後來沉不住氣的絕不會是他。

但就在這時，朱七七的呼聲已傳了過來。
只聽她放聲呼道：「沈浪……沈浪，你在哪裡，快回來呀。」
沈浪跺了跺腳，面對黑暗，沉聲道：「好，朋友，今日總算被你逃過了，你既有如此耐性，不管你是誰，沈浪都佩服得很。」
朱七七呼聲愈來愈近，猶自呼道：「沈浪，快來呀……」
沈浪嘆息一聲，回身向她掠去。
朱七七要找沈浪雖不易，沈浪去找朱七七卻容易得很。
兩人相見，朱七七便縱身撲入沈浪懷裡，道：「幸好你沒有事，幸好你回來了……」
沈浪道：「你又有什麼事？」
朱七七道：「金不換，金不換他……他……他……」
沈浪道：「他怎樣？莫非……」
朱七七道：「他將白飛飛綁去了。」
沈浪變色道：「金無望呢？怎地未曾攔阻？」
朱七七道：「那時他還未回來。」
沈浪用力推開了她，厲聲道：「你呢？你難道在袖手旁觀不成。」
朱七七身子被推得踉蹌後退了出去，嘶聲道：「我不知道，根本不知道，我又不能在床邊守著她，我……我……我那時一直在院子裡。」
沈浪狠狠一跺足，飛身掠回客棧。

朱七七跟在他身後，一面啼哭，一面奔跑。

回到客棧房裡，沈浪四下巡視一遍，道：「金無望可是追下去了。」

朱七七道：「嗯。」

沈浪道：「他可有留話？」

朱七七道：「他說……三日內，必定將金不換抓回來，他……」

沈浪跌足道：「三日，這怎麼等三日。」

他深知金無望武功雖在金不換之上，但若論奸狡，卻萬萬比不上金不換，他孤身前去追趕，實難令人放心。

朱七七道：「他走了沒多久，只怕……」

沈浪截口道：「他是自哪方去的？」

朱七七帶著沈浪到了那小屋窗口，指窗口左邊，道：「就是……」

話聲未了，突見有條人影，自她手指的方向那邊如飛掠來，瞧那輕功，雖也是武林一流高手，但卻絕非金無望。

朱七七語聲方自一頓，又不禁失聲道：「呵，果然有人來了。」

她此刻已只當那封書信必定是別人的金蟬脫殼聲東擊西之計，此刻真的有人來了，她反倒吃了一驚。

就連沈浪也不由有些驚奇，沉聲道：「這又是什麼人？」

這人影竟似已知道沈浪的居處，是以直奔這窗口而來，奔到近前，沈浪才瞧出此人竟是個乞丐。

只見他滿頭亂髮，鶉衣百結，手裡拿著根打狗棒，背後竟揹著疊麻袋，只是瞧不清面目。

朱七七道：「莫非是金不換又來了……呀，不是。」單瞧那麻袋，已知此人乃是正宗丐幫弟子，與金不換的野狐禪大不相同。

這丐幫弟子在窗前五尺，便頓住身形，抱拳道：「沈兄可好？」

沈浪一怔道：「好……好。」

丐幫弟子又道：「朱姑娘可好。」

朱七七更是一怔，道：「好……好。」

她與沈浪兩人，口中雖已答話，但心中卻更是驚詫，只因他兩人與丐幫弟子，素無交往，卻不知此人怎會認得他們，而且還似素識故友。

這丐幫弟子瞧及他兩人的神情，微微一笑，道：「兩位莫非是不認得小弟了麼？」走前一步，走入燈光映照的圈子裡，輕嘆一聲，接道：「小弟近來確是變了許多。」

沈浪與朱七七這才瞧見他面目。

只見他面容憔悴，滿面污泥，看來委實狼狽不堪，但那雙黑白分明的眼睛，卻仍帶著昔日的神采。

朱七七一眼瞧過，失聲道：「原來是你。」

沈浪亦不禁失聲道：「原來是徐兄。」

那丐幫弟子笑道：「不錯，小弟正是徐若愚。」

又有誰能想到昔日那修飾華麗，自命風流的「玉面瑤琴神劍手」徐若愚今日竟已投入丐幫。

又誰能料想到今日這形容猥瑣，污穢狼狽的，竟是昔日那風度翩翩的「玉面瑤琴神劍手」。

房中燈光之下，徐若愚看來更是狼狽，他左手提著根打狗棒，右手卻以白布紮住，布紋間隱隱有血跡透出。

朱七七瞧著他那受傷的右手，忍不住問道：「方才那封書信，可是你寫的麼？」

徐若愚道：「不錯。」

朱七七瞧了瞧沈浪，含笑眨了眨眼睛，意示嘉許——在此刻之前，她委實未想到這件事又會被沈浪猜中的。

沈浪卻故作不聞，道：「多日未見，徐兄怎地投入了江湖第一大幫的門下？」他說話素來處處為別人著想，是以不說「丐幫」，而以「第一大幫」代替。

徐若愚微微一笑，道：「此事說來倒也話長。」

沈浪瞧他笑容中似乎有些慘淡之意，當下轉過話題，道：「徐兄今日不知有何機密之事，要和小弟相商？」

徐若愚沉吟半晌，道：「此事也得從小弟之投入丐幫說起。」

沈浪道：「小弟洗耳恭聽。」

徐若愚道：「小弟自從與沈兄分別之後，自感昔日之種種作爲，實是羞於見人，而前途茫茫，亦不知該如何方能洗清昔日之罪孽。」

他沉重的嘆息一聲，方自接道：「那時小弟百感交集，實覺萬念齊灰，也不辨方向，茫然而行，不出半月，已是落拓狼狽不堪，與乞丐相差無幾。」

沈浪嘆道：「徐兄又何必自苦如此。」

徐若愚苦笑道：「沈兄有所不知，那時小弟委實只有以肉體的折磨，方能多少減輕一些心上的負疚與痛苦。」

朱七七眼角瞟了瞟沈浪，幽幽嘆道：「這話雖不錯，但我心裡的痛苦，卻是什麼也無法減輕的。」

沈浪只當沒有聽見，卻笑道：「丐幫乃當今武林第一大幫，門下弟子，遍佈天下，聲勢之強，可稱一時無兩，徐兄若是爲了要吃苦而投入丐幫，那就錯了。」

徐若愚道：「小弟本無投入丐幫之意，只是意氣消沉，什麼事都不想做了，到後來山窮水盡，別人見我模樣可憐，便施捨於我，我竟也厚顏收下。」

他又自苦笑了笑，接道：「誰知丐幫消息真個靈通，居然認出了我的來歷，竟派出丐幫中那三位長老，前來尋我談判。」

朱七七道：「有什麼好談的？」

徐若愚道：「他們說我既已有求乞的行爲，便必須投入丐幫，否則便是犯了他們的規矩，丐幫門中弟子，都要視我爲敵。」

朱七七道：「那有這麼不講理的事……你難道這樣就答應了他們？」

徐若愚避開了她的目光，垂首嘆道：「不錯，我就這樣答應了他們，我……我那時對自己前途如何，根本已全不在意，若有人要我去做和尚，我也會立刻去做的。」

沈浪笑道：「丐幫如此做法，也不過是求才之意，他們如非要藉重徐兄之聲名武功，徐兄身後揹著的麻袋，便不會有這麼多了。」

他一眼瞧過，便瞧出徐若愚身後揹著的麻袋，至少也有七隻——這麻袋乃是丐幫中象徵身分年資之物，麻袋愈多，身分愈高，由一袋弟子爬到七袋弟子，這路途本是艱苦漫長得很。

如今徐若愚初入丐幫之門，便已成爲七袋弟子，這在丐幫說來，倒當真是破例優遇之事。

徐若愚卻嘆道：「小弟那時若非放開一切，又怎會投入丐幫？既已投入丐幫，又怎會再去計較這幾隻麻袋……」

他忽然抬頭一笑，接道：「但若非這七隻麻袋，小弟倒真還無法聽得那件秘密。」

沈浪道：「徐兄今日想必就是爲了這件秘密而來的了。」

徐若愚道：「正是。」

朱七七道：「究竟是什麼秘密？快說呀。」

只要朱七七一說話，徐若愚就垂下了頭。

他垂首道：「小弟投入丐幫之後，丐幫也沒有什麼任務交付給我，只是終日隨著那三位長老，遊遊蕩蕩。」

朱七七道：「幫主呢？你難道……」

沈浪截口道：「丐幫自從昔年熊幫主故去之後，幫主之位，一直虛懸，幫中大事，全都是由那三位長老共同裁奪。」

朱七七眨了眨眼睛道：「那又何必，乾脆由他們三人中，選出一人來作幫主不就結了？」

沈浪笑道：「這三位長老，無論輩份、武功、聲名，俱都不相上下，是以三人互相謙讓，誰也不肯登上幫主之位。」

朱七七笑道：「他們三人只怕不是互相謙讓吧……我就不相信江湖中會有這樣的好人好事……若說他們三個人互相爭奪，只是誰也無法勝得別人，於是只有三個人都不做，也不讓別人做……這話我倒相信的。」

沈浪道：「你倒聰明得很。」

朱七七道：「我雖不聰明，但這種事……」

瞧了沈浪一眼，突然改口道：「後來如何，還是你接著說吧。」

徐若愚道：「就那幾日中過得極悠閒，但我卻已發覺了件奇異之事。」

朱七七道：「什麼事？」

徐若愚道：「他三人自從我入幫之日開始，便寸步不離的跟著我，而且三人同進同退，縱在方便之時，至少也有兩個人跟著我，我原先本還猜不透這其中原因，到後來才知道原來他三人竟是誰也不肯讓別人單獨與我說話。」

朱七七道：「這倒怪了，你又不是女子，難道他三人還會吃醋麼……」

突然一拍手掌，笑道：「是了，這三人互爭幫主之位，誰也無法勝過別人，但其中無論是誰，只要有你相助，便可壓倒其他兩人，登上幫主寶座，在這種情況下，三人自然互相猜忌，生怕你被人說動，自然也萬萬不能讓別人與你單獨說話了，我早就知道這些人爲了爭名奪利，是什麼事都做得出來的。」

沈浪沉吟道：「小弟久聞丐幫三老中，除了單弓性情偏激，有時行事難免任性之外，那歐陽輪雖好飲食，卻是俠義正直之人，左公龍更是大仁大義，從不苟且……他三人可說無一不是俠名鼎盛，又怎會……」

徐若愚長嘆截口道：「知人知面不知心，小弟若不是與他三人如此接近，實也夢想不到這三人中竟有個人面獸心的惡魔……若不是小弟在無意間窺破了他的奸謀惡計，丐幫數千弟子，便勢必斷送在此人手上。」

沈浪動容道：「有此等事……」

徐若愚道：「小弟今日前來，一來因是爲了此事與沈兄多少有些關係，二來也是爲了要請沈兄念在江湖同道份上，挽救丐幫此次危機。」

沈浪正色道：「小弟早已說過，丐幫乃當今天下最大幫派，丐幫若入奸人之手，整個江湖也勢必因此大亂，此事既然如此嚴重，徐兄無論有何吩咐都請快說，小弟若能盡力，焉有推辭之理。」

徐若愚道：「此事要從四日之前說起。」

他深深吸了口氣，沉聲接道：「四日之前，我與他三人夜宿荒祠，他三人鼻息沉沉，小弟卻是輾轉反側，不能成眠。」

朱七七忍不住道：「他三人只怕都在假睡。」

徐若愚道：「那日風雪嚴寒，他們在荒祠中生了堆旺火，我四人圍火而眠，我腳後睡的是歐陽輪，歐陽輪的頭與左公龍睡在一起，左公龍的腳抵著單弓的腳，單弓的頭自然便在我的頭後面。」

朱七七失笑道：「你四人如何睡覺，難道也與這秘密有什麼關係不成？」

徐若愚道：「這其中自是大有關係……夜半之時，我眼瞧那火堆火勢已漸微弱，正待起來加些柴木，那知……」

徐若愚道：「那知就在這時，我突覺單弓的手悄悄伸了過來，用手指在我前額之上，緩緩畫出了幾個字。」

朱七七笑道：「他果然未曾睡著。」

沈浪卻沉聲道：「這幾個字必定關係重大得很。」

徐若愚道：「他畫出的那幾個字，乃是：『你我合力，除左』。」

朱七七道：「這單弓果然不是個好東西，丐幫三老中，左公龍既是最好的一個人，你可千萬不能聽單弓的話。」

徐若愚道：「那時我雖已辨出他畫出的字卻故作全無感覺，於是單弓便又畫道：『此人已不可信，動手當在今夜，此刻，否則……』。」

朱七七道：「下面呢？你快說呀。」

徐若愚道：「他手指愈畫愈重，顯見得已有些緊張起來，那知他方自又畫出這十七個字，那左公龍突然……」

說到這裡，窗外突然響起一陣衣袂帶風之聲。

此刻窗門早已被徐若愚緊緊關了起來，但這衣袂帶風之聲聽來仍然十分清晰，顯見得這些人來勢甚是迅急。

徐若愚面容突然慘變，嘶聲道：「不好……」

沈浪一掌搧滅了燈火，道：「你知道來的是什麼人？」

徐若愚道：「左公龍……」

沈浪奇道：「他爲何……」

突然窗外一人沉聲道：「丐幫三老，此來乃是爲了清理門戶，捉拿門下叛徒徐若愚，但望江湖朋友莫要插足此事之中。」

語聲沉重，中氣充足，顯見此人內力竟是異常深厚。

沈浪悄聲道：「說話的就是左公龍麼？」

徐若愚道：「就是他。」

沈浪口中雖不再說話，但心中卻暗奇忖道：「若以武功而論，丐幫三老，聲名絕不及武林七大高手之響，怎地這左公龍之內力聽來卻遠在天法大師、斷虹子、『雄獅』喬五等人之上？莫非他一直深藏不露？莫非他近來突然得著什麼心法傳授？」

只聽窗外人又道：「徐若愚，你還不出來麼，我早已知道你在這裡，你躲著也無用的……此間前後左右，俱已被圍，你也休想逃出。」

朱七七道：「他們不是一直在拉攏你麼？此刻為何又要你……」

徐若愚長嘆截口道：「只因他已知道我窺破了他的秘密，是以必定要殺我滅口。」

朱七七道：「沒關係，你莫怕，有沈浪在這裡，誰也殺不了你的。」

徐若愚道：「我生死無妨，只恨還未說出秘密……」

突然間，風聲「嗖」的一響。

一道火光，穿窗而入，釘在牆上，竟是隻火箭。

沈浪舉手搧滅了牆上火箭碧綠的火焰，窗外之人已沉聲道：「徐若愚，我說完了話，你若還不出來……」

朱七七大喝道：「出去就出去，誰還怕你不成。」

飛身而起，一腳踢開了窗戶，突覺衣襟被人拉住，「砰」的跌倒床上——沈浪卻又飛身到了窗外。

夜色沉沉，雪光反映下，但見雪地上密壓壓一片，竟全是人影，少說也有七八十人。

沈浪一眼瞧過，便知道徐若愚所要說的秘密，必定非同小可，否則這些人必然不致如此勞師動眾。

他身形方自掠出，人群間突然亮起了兩根火炬。

火光照耀下，只見這七八十人，果然俱是蓬頭散髮，褸衣赤足，身後也都揹著破蔴袋，顯見得都是丐幫中身分較高的弟子。

兩隻火炬間，站著個滿面紅光，兩鬢已斑，年已五十出頭的乞丐，頦下一縷花白長髯，不住隨風飄拂。

他身上衣袂，既無絲毫特異之處，身形也不比別人高大，但站在群丐之間，卻當真有如鶴立雞群一般。

只因他雖然站著不動，但那神情，那氣概，已和別人迥然而異，正如魚目中的一粒珍珠一般。

沈浪一眼便瞧見了他，一眼便瞧出了他是誰。

此人一雙銳利如箭的目光，也正瞬也不瞬地盯在沈浪面上，森寒的面容，彷彿已將凝出了霜雪。

沈浪道：「閣下左公龍？」

那人道：「正是，你是徐若愚的什麼人？」

沈浪道：「在下沈浪，與徐兄朋友相交。」

左公龍濃眉一挑，道：「沈浪？老朽已聞得江湖之中，新近竄起一位少年劍客，一月之間，便已名滿天下，不想今日在此得見。」

這丐幫長老不但說話堂堂正正，從頭到腳，再也瞧不出有絲毫邪惡之氣。

而徐若愚昔日爲人行事，卻大有可被人誹議之處，若是換了別人，必定要對徐若愚之言大起懷疑。

但沈浪微一沉吟，卻道：「丐幫三老，向來焦不離孟，孟不離焦，卻不知單弓單長老、歐陽長老此刻在哪裡？」

左公龍道：「他兩人現在哪裡？與你又有什麼關係？」

沈浪微微一笑，道：「在下只是想問問他兩位，徐若愚究竟是犯下了什麼錯處，竟令得丐幫必定要以門規處治。」

左公龍厲聲道：「單憑老夫之言，便已足夠，又何必再問別人？」

沈浪笑道：「那麼，在下便要請教……」

左公龍喝道：「丐幫之事，向來不許別人過問。」

沈浪目光一轉，突然笑道：「既是如此，在下也不便涉身此事之中。」竟轉過了頭呼道：「朱姑娘，咱們走吧。」

他這句話說出來，窗內的徐若愚固是大驚失色，就連朱七七都不免吃了一驚，飛身出窗，詫聲道：「走？」

沈浪笑道：「不錯。」

朱七七道：「但……但徐若愚，咱們怎能拋下他不管。」

沈浪笑道：「他與我們雖是朋友，但既已犯下門規，便該聽憑家法處治，這是武林規矩，咱們怎可胡亂插手？」

朱七七道：「但……但……」

沈浪不等她再說話，面向左公龍，抱拳笑道：「在下告辭了。」

那知左公龍卻厲聲道：「你也走不得。」

沈浪面上故意作出詫異之色，道：「閣下叫我莫要多管丐幫之事，我走豈非正是遵了閣下之命，卻不知閣下爲何又阻攔於我？」

左公龍似乎呆了一呆，神情卻絲毫未變，冷冷道：「老夫行事，你更過問不得。」

沈浪道：「但此事既與在下有關，在下爲何問不得？」

左公龍厲聲道：「好，我告訴你，只因你在江湖中是個奸狡之徒，徐若愚做的那個不屑之事，想必也與你有關。」

沈浪道：「如此說來，閣下是想將我與徐若愚一齊處治的了？」

左公龍喝道：「正是。」

沈浪突然仰天大笑起來，笑得竟似開心已極——這一來朱七七與徐若愚不禁大感驚異。

左公龍怒道：「你笑什麼？」

沈浪大笑道：「我只是笑那狐狸，終於露出尾巴。」

左公龍道：「你胡言亂語，究竟在說的什麼？」

沈浪道：「我初見你一團正氣，本還不信你乃人面獸心的惡徒，只道徐兄之言，有些虛假，是以便試你一試。」

他哈哈一笑，接道：「這一試之下，你果然露了馬腳，只是這馬腳究竟是如何露出來的，只怕你自己還未必知道，你可要聽聽麼？」

左公龍怒喝道：「你反正是將死之人，有什麼話盡量說吧。」

沈浪道：「你根本只是一人前來，但方才卻要假借『三老』之名，顯見得有些心虛情怯，你若非做了虧心事又怎會如此。」

左公龍冷笑道：「還有呢？」

沈浪道：「你口口聲聲，要我莫管閒事，等我要走時卻又攔阻於我，顯見是生怕徐若愚已在我面前說出了你的隱私，是以便想將我一齊殺了滅口……你做的那事若非令人髮指，又怎會怕人知道？」

左公龍面色終於有些變了，怒道：「你……」

他話未說出，朱七七已拍掌笑道：「沈浪畢竟是沈浪，憑你也想騙得過我的沈浪，那真是做夢。」

徐若愚這才掠了出來，又驚又喜，道：「沈兄知我，小弟死亦無憾。」

沈浪笑道：「徐兄說的當真不錯，畫虎畫皮難畫骨，知人知面不知心，又有誰能想到，以仁義聞名的左公龍，竟是……」

左公龍厲喝道：「竟是你的煞星。」

突然一揮手，他身旁立木如石像的丐幫弟子，便風車般轉動起來，轉了兩轉，突然有數十道刀光。

這數十道刀光在轉瞬間便將徐若愚、朱七七與沈浪圍住，自刀光間瞧出去，還可瞧見有十餘人站在外圍。

這十餘人有的腰繫革囊，有的手持弩箭，顯然只要沈浪等人飛身而起，這十餘人的暗器便要脫手而出。

若在平地之上，這些暗器莫說沈浪，就連朱七七都不會瞧在眼裡，但身形凌空時，那情況可是大不相同。

只因以沈浪等人的輕功，若要飛身脫逃，憑這些丐幫弟子，又怎能阻攔得住。

這一著正是要沈浪他們再也莫轉這逃走的念頭，斷絕了他們的退路，正是要趕盡殺絕，一個不漏。

朱七七臉色已有些發白了，她殺伐場面雖然經歷不少，但手段如此毒辣，佈局如此周密的對手，她終究還是極少遇見過。

再瞧這數十條持刀的丐幫弟子了，非但一個個腳步輕健，而且身形之旋轉，腳步之移動也配合得絲絲入扣。

# 十八　請君入甕

夜沉風急，刀光照眼，沈浪、朱七七、徐若愚三人，被丐幫高手團團圍住，但見數十條幢幢人影，目中俱都散發著野獸般的兇光，這景象不但充滿了懾人的殺機，更是說不出的令人心慌意亂。

朱七七就算再笨，此刻也已瞧出這些人久經訓練，他們此刻所發動的，也必定是一種極厲害的陣法。

這些人的武功雖無一可懼，但在如此嚴密的配合下，實已無異將這數十人的武功，混合爲一。

這數十人的武功加在一起，便彷彿是一人長了一百多隻手似的，這樣的對手，沈浪又是否能夠抵擋。

朱七七的心早已慌了，熱血早已衝上頭頂，她雖圓瞪著眼睛，但卻連對面人的面目都已瞧不見，她眼中瞧見的，只有刀，刀，無數雪亮的長刀。

她緊握著雙拳，只等著這立即爆發的血戰，至於這一戰是誰勝誰負，她也全不管了——她實也無法管了。

但沈浪卻要管的。

他的心千萬不能亂，這一戰更是千萬敗不得的。

人影紛亂，刀光紛亂。

紛亂的刀光人影，都已進逼到他面前，若是換了別人，委實再也無法觀察，更無法思索。

但沈浪一眼瞧過，便已瞧出對手共有三十六人之多，這三十六人看來雖似已融為一個整體，其實卻是每三人自成一組，這三十六人的腳步看來雖一致，其實每三人與三人間又另有節奏。

這三十六人舞動長刀，刀光看來雖多，其實陣法的推動卻極緩——魚兒已在網中，漁翁又何必急著提網。

朱七七等得心更亂了，緊握著雙拳，已微微顫抖了起來，徐若愚蒼白的面容上，更早已沁出汗珠。

突然間，三柄長刀閃電般劈下。

朱七七、徐若愚，繃緊了的心弦，也似立即被這長刀斬斷了，兩人反而鬆了口氣，正待奮身撲上。

但兩人還未出手，只見沈浪突然欺身進步，劈手奪過了當中一人掌中的長刀，順手一個肘拳，將左面一人身子撞得飛了出去，右面一人大驚之下，方待撤身，沈浪反手一刀，刀背砍著了他的頸子，這人悶「吭」一聲，便已倒下，雖然不致送命，也已夠他瞧的了。

沈浪只一出手，便使得對手三個人躺了下去，朱七七雖未看清他是如何出手的，但眼睛卻又已亮了起來。

只見沈浪長刀在手，如虎添翼，只聽一連串「叮叮噹噹」，刀劍相擊之聲，四面閃電的刀光，竟全被沈浪飛舞的人影擋住，朱七七與徐若愚雖然站在刀光之中，卻連手指也不必動一動。

徐若愚瞧得目定口呆，又驚又佩。

朱七七卻笑了，嬌笑著對徐若愚說道：「你瞧，我早已告訴你不必害怕，有沈浪在這裡，什麼人都不必怕，咱們只等著瞧熱鬧好了。」

徐若愚輕嘆道：「沈兄之武功，委實……」

一句話尚未說完，突見朱七七的頭髮與衣袂俱都飛舞了起來，他自己身上，也已感覺出四下刀風逼人的寒意。

「叮噹」之聲，猶自響個不絕。

沈浪人影，也猶在旋轉飛舞。

但刀光卻愈來愈耀眼，刀風也愈來愈強勁，顯見這長刀陣的圈子，已愈逼愈近——沈浪莫非已抵擋不住了。

朱七七再也笑不出，喃喃道：「這……這是怎麼回事？沈浪他……他……」

徐若愚道：「沈兄縱然武功絕世，但是雙拳究竟難敵四手，何況……對方不但人多，而且陣法犀利。沈兄……」

朱七七跺足道：「既是如此，你還說什麼？咱們還等什麼……還不快去幫他動手。」她口中雖然這麼說，但身子卻仍站著不動。

只因此刻陣法已完全發動，四下刀光，已交織成一面刀網，她委實不知該如何插手——根本就插不下手去。

徐若愚呆在那裡，亦是出手不得。

朱七七連連跺腳，大聲道：「沈浪，你停，停好麼，好教咱們來幫你，現在咱們根本插不上手……沈浪！沈浪，你可聽見我的話麼？」

沈浪像是根本沒有聽見。

卻聽得左公龍在刀光外冷笑道：「沈浪此刻已是騎虎難下，哪裡還能罷手，但……但你也莫要著急，收拾了沈浪，自然就輪到你了。」

朱七七恨得牙癢癢的，切牙罵道：「窮要飯的，老不死，有本事就和姑娘決一死戰，躲在遠遠的說風涼話，算是什麼英雄。」

左公龍大笑道：「能活著的就算英雄，知道麼，死人總是算不得英雄的，你三人此刻卻已和死人差不多了……」

朱七七怒道：「誰要死了，你才要死了哩……」

她瞧了徐若愚一眼，話聲突然頓住。

只見徐若愚面色蒼白而憔悴，右手上裹著的白布，不但污穢不堪，早已變成灰色，而且還不斷有鮮血滲出。

他顯見是新創未久，而且失血頗多，受傷過重，看他的模樣，今日縱能動手，也是無法支持許久的了。

朱七七瞧了他兩眼，重重嘆了口氣，輕輕喚道：「徐相公。」

她突然稱呼得如此客氣，徐若愚倒不免怔了一怔，道：「姑娘有何吩咐？」

朱七七埋下了頭，便說道：「我以前對你有許多失禮之處，但望你莫要放在心上，現在，我已知道你的確是個好人。」

她不但稱呼變了，神情、語氣，也變得異常溫柔，但此時此刻，她竟說出這種無關緊要的話來，卻又不免令人驚訝。

徐若愚不免又怔了一怔，吶吶道：「在下……咳咳……姑娘莫要客氣。」

朱七七柔聲這：「我從來不會客氣，我說的都是真話，譬如說……譬如說今天，沈浪一個人要衝出去，只怕還不難，但……但……」

她話並沒有說完，但徐若愚已明白了，他什麼都明白了，朱七七突然對他如此客氣，只因她已算定了他今日已必定要死在這裡——對一個將死的人說話，誰都會比平常客氣得多的。

朱七七道：「沈浪是個怎麼樣的人，你也該知道的，他若是不知道你那秘密，是絕不會衝出去的，你……你……」

徐若愚慘然一笑，道：「姑娘不必說了，姑娘的意思，在下已知道，在下生死不足重，但那秘密總是該說出來的。」

朱七七長長嘆了口氣，幽幽道：「只要沈浪能知道這個秘密，只要沈浪能衝出去，我……我是死是活，也沒有什麼關係了。」

徐若愚仰天吐出了口氣，突然沉聲道：「沈兄，你聽著，就在那日夜間，那荒祠之中……」

話猶未了，突聽沈浪失聲道：「不好。」

接著左公龍亦自大喝道：「好極，原來你還未及將秘密說出……」

突然長嘯一聲，嘯聲悠揚頓挫。

也就在這長嘯聲中，陣法突然改變，本自凝爲一團的刀光，突然潮水般潑了開來，衝入沈浪與徐若愚兩人之間。

沈浪跺一跺腳，身形沖天而起，似要與徐若愚會合，但他身影方起，弓弦驟響，長箭暴雨般飛出。

朱七七驚呼道：「呀！沈浪……」

只見沈浪長刀一圈，雖將箭雨撥開，但身子也不禁逼落下來，而這時長刀陣已化一爲二。

已有十五柄長刀將徐若愚團團圍住。

朱七七自刀光中衝到沈浪身旁，道：「這……這是怎麼回事？」

沈浪怒道：「你還說……都是你。」

朱七七呆了一呆，目中現出幽怨之色，顫聲道：「都是我？……我又做錯了什麼？」

沈浪卻不理她，揮動刀光，要待突圍而出。

然而，這刀陣力量雖已因人數減少而大爲削減，但剩下的十餘柄長刀卻不再攻擊，而將攻擊之力，全都移作防守之用——他們此刻攻擊的目標，顯然也已由沈浪移向徐若愚的身上。

十五柄長刀，正帶著尖銳的風聲，攻擊著徐若愚，攻擊著這掌中無劍，又受了傷的「神劍手」。

十五柄長刀，有條不紊，配合無間，每一刀都帶著兇猛的殺機，每一刀都想立刻便將徐若愚劈成兩半。

徐若愚閃避著，招架著，竟完全沒有還手之力。

在這生死存亡繫於一線的危險關頭，他懦弱的天性，又像剝了殼的雞蛋般暴露了出來。

他喘著氣，流著汗，突然間嘶聲大呼道：「沈浪……沈兄，快來……小弟……小弟已招架不住了。」

但沈浪一時之間，卻衝不出這守而不攻的刀陣，只要你身子衝過去，對方立刻閃開，但刀陣卻仍是不亂。

十餘柄長刀，仍然緊緊地圍著他。

徐若愚呼聲更是慘厲，似已聲嘶力竭。

朱七七咬牙道：「你鬼叫什麼，是生是死，好歹也該挺起胸膛一戰，你這樣的男人，簡直連女人都不如……」

不錯，她的確有徐若愚沒有的烈性，只見她頭髮蓬亂，在刀光中左衝右突，委實早已將生死置之度外。

徐若愚顫聲道：「我……我不是怕死，只是那秘密……我……」

朱七七厲聲道：「你若真的是男子漢，此刻就該拚命的打，好歹也等說出了那秘密再死，你這一輩子才算沒有白活。」

徐若愚道：「但……我的手……我的手已不行了。」

朱七七怒道：「什麼不行了，這是你自己在騙自己，你這懦夫，你根本膽已寒了，只想倚靠別人救你，你……你根本自己不敢動手。」

徐若愚身形猶在閃動，眼淚卻已流下面頰，只因朱七七這番話，實已罵入了他心底深處。

朱七七大喝道：「鼓起勇氣，動手，拚命動手。知道麼……只要你有勇氣拚命，這些人是萬萬殺不死你的。」

徐若愚流淚道：「不行……我已完了，我……我怕得很……沈浪，沈浪，救我……救我，我還不想死……」

朱七七恨聲道：「懦夫，軟骨頭，這樣的男人，難怪沒有女人喜歡……我真不懂他這七大高手的名聲是如何得來的。」

她卻不知徐若愚武功委實不弱，只是天性中缺少了那股男子漢的豪氣，在平時——在沒有人可以威脅他的生命時，他那瀟灑的劍法，瀟灑的風度，不但掩飾了他的懦弱，也很容易的爲他博來了聲名……世人的眼光原本就多屬短淺，這本就是不足令人奇異之事。

只是，一個人無論掩飾得多好，在面臨一種重大的考驗時，他的缺點，就會不可避免地暴露在別人眼前。

徐若愚此刻正是如此。

寒夜漫長，黎明前的時刻，最暗，也最冷。

突然，徐若愚一聲慘呼，比刀風還尖厲，還刺耳。

沈浪失聲道：「徐兄，怎麼了？」

徐若愚顫聲道：「我……」

話方出聲，又是一聲慘呼。

接著，是左公龍得意的大笑聲。

寒風，刀光，慘呼，狂笑……

黯黑的蒼穹下，一片紛亂，鮮血已染紅了雪地。

左公龍狂笑道：「行了麼？」

刀光中有人應聲道：「行了，五刀。」

左公龍大喝道：「叛徒已除，走。」

刀光一閃，紛紛退後，一排弩箭，射了過來，等沈浪揮刀撥開了箭雨，一群人已消失在黑暗中。

染血的雪地上，倒躺著蜷曲的徐若愚。

朱七七跺足道：「追……咱們追不追？」

沈浪卻不答話，只是沉重的嘆息一聲，俯身抱起了徐若愚——他滿面滿身的鮮血，在黑暗中看來有如潑墨一般，黑漆漆的，令人戰慄。

還有呼吸，滿身浴血的徐若愚竟還有微弱的呼吸。

沈浪大喜，輕喚道：「徐兄，振作起來，振作起來。」

徐若愚身子一陣痙攣，眼簾卻張開一線，迷茫紛亂的目光，在沈浪面前打著轉，彷彿正在努力辨認著跟前這人是誰。

沈浪道：「徐兄，是我……是沈浪。」

徐若愚目中終於現出了一線光線，但這光線，也不過彷彿風中的殘燭似的，是那麼微弱和不穩。

他掙扎著，張開嘴，顫聲道：「沈兄……我……我已不行了……真的不行了。」

沈浪道：「胡說，你不會死的，你還會活下去。」

徐若愚搖了搖頭——他用盡全身力量，才能將頭輕輕搖動一下，才能在嘴角掙扎出一絲慘笑。

他慘笑著道：「我自己知道……不行了……只可惜那秘密……那秘密……我……我竟已沒有力氣說出來了……」

沈浪道：「莫再去想那秘密了，那沒什麼關係。」

徐若愚道：「有關係……有關係……」

突然一陣咳嗽，一口氣似已喘不過來。

朱七七再也忍不住道：「世上除了你，還有誰知道那秘密？」

徐若愚咳嗽著道：「信……我有信……咳……給柳玉……咳咳咳……」劇烈的咳嗽，劇烈的喘息，已使他說不出話來。

沈浪瞧他如此模樣，也不禁爲之慘然，柔聲道：「徐兄，你只管放心，你既有信給柳玉茹柳姑娘，我便可尋她問個明白，絕不會讓他們奸謀得逞。」

徐若愚拚命掙扎著，似乎還想說什麼，卻已一個字也說不出，只有一雙眼睛，仍瞧著沈浪。

這雙眼睛裡正充滿著痛苦、慚愧與歉疚。

沈浪喃喃道：「去吧，你好生去吧，莫要痛苦，莫要自責，無論如何，你已盡過力了，你已盡過最大的力了。」

徐若愚不能說話，但那雙眼睛卻正似在說：「是麼？我已可不必自責了麼……我的確已經出過力了……」

於是，這雙眼睛終於緩緩闔起，這一生都在自己的懦弱與自己交戰著的少年，臨死前終於獲得了短暫的平靜。

東方，終於現出了曙色。

微弱的、淡青色的曙光，照著徐若愚的臉——朱七七的目光，也正在瞧著這張臉，目中似已有淚珠。

沈浪喃喃道：「不錯，這正是個可憐的人。」

朱七七道：「但男人寧可被人痛恨，也不該被人憐憫的，被人憐憫的男人，就不會是真正的男人，若非他太懦弱，他今日本可不必死的……」

沈浪突然冷冷截口道：「不錯，他今日本可不必死的，但卻死在你的手上。」

朱七七失聲道：「我。」

沈浪道：「不錯，你……」

朱七七眼圈已紅了，頓足道：「又是我，你什麼事都要怪我，今日我又做錯了什麼？明明是他自己怕死，愈怕死的人愈會死，這……這又怎能怪我？」

沈浪冷冷道：「那時若不是你逼他說話，左公龍便不會知道他還未及將秘密說出，自然就不會將攻擊之力全都集中在他身上，他也就不會死，左公龍本來的意思，是先要拚盡全力，將我除去的。」

朱七七道：「但……但你那時已被他們逼得招架不住了呀，你……你若是有什麼三長兩短，他還不是一樣逃不了。」

沈浪道：「你怎知我那時已被他們逼得招架不住？」

朱七七道：「這……這是誰都可以看出來的，你……你那時和他們打了許久許久，卻連一個人也未傷著。」

沈浪道：「你難道就未瞧見我在一招間就將他們三人制住。我既能在一招間制住他們三個人，此後又如何不能傷及他們一人？」

朱七七怔了一怔，道：「這……這……我又怎知是為了什麼？」

沈浪沉聲道：「那時我若是將他們陣法擊亂，便難免有亂刀傷及徐若愚，陣法一亂，我照顧便難免不周，是以我那時只是和他們遊鬥，將他們陣圈漸漸縮小，只要他們的陣法不亂，我便可有軌跡可尋，便可將你們一齊護住，等他們的陣圈縮小到再不能小的時候，我便可將他們一擊而破。」

他嘆息一聲，接道：「無論什麼陣法，它的圈子愈小，就愈易破，只因圈子縮小了，他們彼此就難免不互相牽制，我只要牽一髮，便可動其全身，這種簡單的道理，你本可想得通的，只是你從來不去想而已。」

朱七七的頭，已深深垂了下去。

沈浪長嘆道：「我費了許多心力，總算窺破了他們陣法的樞紐所在，眼見已將得手，那知你……我卻在……」

朱七七突然嘶聲道：「我錯了……我是錯了。」

她抬起頭，臉上又滿佈淚痕，接著道：「但你如何不想想，我是爲了什麼才這樣做的。我……我若不是爲了你，又怎會做出這樣的事來？何況……你說那道理簡單，我卻覺得太不簡單，世上的人，並非個個都和你一樣聰明的呀。」

說著說著，她終於忍不住伏倒地上，放聲痛哭起來。

沈浪木然瞧了她半晌，長長嘆息一聲，道：「好了，莫要哭了，天光已大亮，金無望還無消息，咱們無論如何，也該先去找著他才是。」

金無望狂奔在寒風中，滿頭亂髮，隨風飄散，在這一片冰天雪地裡，他全身卻都被怒火燒得發熱。

他本是謎一樣的人物，有著謎一樣的身世，往昔的事，他非但不願告訴別人，甚至連他自己都不願去想，他只記得自己從小到大，從未爲別人的生死關心過，更永遠不會爲別人的痛哭流一滴眼淚。

他從來不去想什麼是善，什麼是惡，更不會去想誰是誰非，只要是他喜歡的事，他就去做，只要是他不喜歡的人，他就一刀殺死，他自己也不知道究竟有多少人死在他手下，他從來未曾爲這些人的生命惋惜，「弱者本是該死的」，這在他心目中，似乎本是天經地義的事。

然而，此刻他竟變了。

他竟會爲金不換的邪惡而憤怒，他竟會爲一個弱女子的生命而不惜冒著寒風，奔波在冰天雪地中。

這變化委實連他自己也夢想不到。

雪地冰天，天地間一片黑暗。

金不換逃向何處，該如何追尋，金無望一無所知。

他只是憑著一股本能的直覺追尋著——這是一種野獸的本能，也是像他這樣終生流浪的武人的本能。

江湖豪傑竟會有與野獸同樣的本能，這乍聽似乎是怪事，但若仔細一想，便可發現兩者之間委實有許多相似之處。

他們都必需逃避別人的追蹤，他們在被追蹤中又都必需要去追捕仗以延續他們生命的獵物。

他們是獵者，也同樣隨時都可能被獵。

他們的生命永遠都是站在生死的邊緣上。

在這四下無人的冰天雪地裡，金無望第一次發現他的生命竟與野獸有這麼多相同相似之處。

他嘴角不禁泛起一絲苦澀的、譏諷的微笑。

但是，他的直覺並沒有錯。

前面雪地上，有樣東西，正閃動著烏黑的光華，金無望野獸般銳利的目光，自然不會錯過它。

這是根髮簪，是白飛飛頭上的髮簪。

多麼聰明的女孩子，她在如此情況下，竟仍未失去智慧與勇氣，她悄悄拋落這根髮簪，便已指出了金不換逃亡的方向。

金無望拾起髮簪，便已知道他追蹤的方向沒有錯，於是他腳步更快，目光的搜尋也更仔細。

數十丈開外，白飛飛又留下了一隻耳環，再過數十丈，是另一隻耳環，然後是一塊絲帕，一根腰帶。

到最後她竟兩隻鞋子都脫了下來，小巧的、繡著血紅梅花的鞋子，在雪地上顯得分外刺目。

有了這些東西，金無望的追尋就容易了。

拾起第二隻繡鞋，他鼻端突然飄入一絲香氣，那是溫暖的，濃厚的，在寒夜分外引人的肉香。

寒夜荒原中，哪裡來的人在燒肉？

金無望毫不考慮，追著肉香掠去，接連好幾個起落後，他便瞧見一座屋影，隱約還可瞧見有閃動的火光。

那是座荒祠。

要知那時神權極重，子弟到處爲先人建立祠堂，但等到這一家沒落時，祠堂便也跟著荒廢了。

富有的沒落，遠比它興起時容易得多，是以在荒郊野地中，到處都可尋得著荒廢破落的祠堂。

這些祠堂便成了江湖流浪人的安樂窩。

此刻，荒祠中閃動的火光，照亮了祠堂外的雪地，雪地上有一行新添的足印——舊有的足印已被方才那一場大雪掩沒了。

金不換輕功雖不弱，但他既然揹負著白飛飛，自然就難免要留下足印，金無望木立在牆角陰影中，凝注著這足印，臉色漸漸發青——他銳利的目光，已辨出了這足印是穿著麻鞋的人留下的。

他凝立的身形，突然飛鳥般掠起，身形一折，掠入荒祠——荒祠中有堆火燒得正旺，火上正烤著半隻狗。

但金不換呢？哪有金不換的人影？

這是間小而簡陋的祠堂，沒有窗戶，門是唯一的通路，但門外雪地上，只有進來的足跡，並無出去的足跡。

何況，這火堆燒得仍旺，還有兩根柴木未被燒黑，顯見得就在片刻之前，這祠堂中還有人在。

熊熊的火光，映著金無望鐵青的臉。

他臉上沒有絲毫表情，面對著火，當門而立——金不換必定還在這祠中，他已是萬萬逃不了的。

在這冰天雪地中唯一充滿溫暖的祠堂，在一瞬之間，便已充滿了殺機——濃重的殺機。

金無望一字字緩緩道：「出來吧，難道還要我找？」

靜夜之中，他肅殺冷厲的語聲，一個字一個字傳送出去，響徹了這祠堂中每一個角落。

但四下卻無人回應。

角落中唯有積塵、蛛網、陳舊殘落的神龕，神案上，還懸掛著早已褪色的布幔，有風吹過，布幔吹起——

神案下露出一隻腳來。

金無望箭一般竄過去，飛起一足，踢飛了神案。

神案下赫然躺著兩個人，卻非金不換與白飛飛，而是兩個乞丐，蓬亂花白的頭髮，灰腐色的臉，凸起的眼珠……

這是兩張猙獰可怖，足以令人在噩夢中驚醒的臉，這兩張臉此刻正冷冷的面對著金無望。

金無望膽子縱大，也不免吃了一驚，倒退兩步，厲聲喝道：「什麼人？」

兩張臉動也不動，四隻凸起的眼珠中，充滿了驚悸，悲憤，怨毒——這哪裡會是活人的臉。

金無望一驚之下，便已瞧出這兩具是屍身，而且死了至少也有三日，只是在嚴寒之中，猶未腐爛變形而已。

他不禁在暗中鬆了口氣，閃動的火光下，只見這兩人年紀已有五十上下，仰臥的屍身肩後，露出一疊麻袋。

金無望定了定神，再仔細瞧了瞧這兩人的面目，突然失聲道：「單弓，歐陽輪，……這兩人怎會死在這裡，是誰下的毒手？……那左公龍又是到什麼地方去了？」

「丐幫三老」武功雖非江湖中頂尖高手，但名頭之響亮，交遊之廣闊，卻不在任何一位頂尖高手之下。

久走江湖的金無望，自然是認得這兩人的，但卻再也想不出聲名赫赫，弟子眾多的丐幫三老，怎會突然有兩人死在這裡。

本已陰風慘慘，殺氣沉沉的荒祠，驟然又出現了這兩具面目猙獰的屍身，便顯得更是陰森恐怖。

金無望只覺寒氣直透背脊，不敢回頭，緩緩退步，繞過火堆，退到門口，目光一轉，全身血液頓時凝結。

火堆上烤著的半隻狗，就在這剎那間竟已不見了。

這會是誰拿去的，能在金無望背後行動，而不被他覺察，這樣的輕功，豈非駭人聽聞。

除了鬼魅外，又有誰有這樣的輕功！

金無望身子已有些發冷，但就在這時——

突然間，他身後有人「咯咯」一笑，幽幽喚道：「金無望……」

金無望大喝道：「誰？」

霍然回身，只見門外雪地上，一個人緩緩走了過來，瘦削的身子在寒風中飄飄搖搖，像是沒有四兩重。

這人每走一步，便發出一聲陰森詭秘的笑聲，卻用一雙又黑又瘦，形如鬼爪的手掌，掩住了面目。

火光閃動中，只見他褸衣蓬髮，竟也是個乞丐，只是瞧他身材、模樣，又絕不會是那金不換。

金無望究竟不愧是江湖梟雄，在如此情況下，竟仍沉得住氣，只是凝目瞧著這人，動也不動。

這人終於飄飄搖搖走了進來，咯咯笑道：「金兄，相別多年，不想你我竟在九泉之下相見。」

金無望冷冷道：「金某還好好活在世上，你裝神弄鬼，嚇得著別人，卻嚇不著我金無望。」他非但語聲未變，面上亦是毫不動容。

那人咯咯笑道：「你還好好活在世上麼……哈哈……可笑呀，可笑，你明明方才便已死了，卻連自己都不知道。」

金無望冷冷道：「金某若是死了，自己必定會知道的，不勞閣下費心，但閣下若再裝神弄鬼，金某卻要叫閣下變成真的鬼了。」

那人大笑道：「真的鬼？難道我此刻還是假的鬼麼？」

他雖然放懷大笑，但笑聲中卻充滿了陰森、恐怖之意。

金無望厲聲道：「你究竟是誰？」

那人道：「你不是要瞧瞧我的臉？」

金無望道：「不錯，放下你的手來。」

那人咯咯笑道：「好，我就讓你瞧瞧我是誰，你若未死，又怎能和我說話？活人是永遠無法和死人說話的，知道麼。」

語聲中，緩緩放下了手掌，露出了面目。

那張灰腐色的臉，凸出的眼睛……

他赫然竟是「丐幫三老」中的單弓！

案下現屍，狗肉失蹤，這些事本已令金無望有些心寒，此刻，再見到方才還冰冰冷冷躺在那裡的屍身，此刻竟已活生生站在他面前。

金無望縱有天大的膽子，面目也不禁被駭得變了顏色，顫聲道：「單……單弓！你……你……你……」

單弓咯咯笑道：「不錯，我就是單弓，我知道你是認得我的，方才你活著時還見過我一面，但你只怕自己也未想起才死片刻就又見著了我。」

這時金無望就算再沉得住氣，也難免要有些疑神疑鬼，更難免忍不住要回頭去瞧一眼——去瞧神案下的兩具屍身。

但是他方自回頭，單弓的鬼爪，已伸了過來，閃電般點了他穴道，他驚悸之中，竟連閃避都未曾閃避。

單弓手一動，他便已倒下。

只是，在倒下之前，他眼角還瞥見神案下的那兩具屍身——那邊單弓的屍身，還是冷冰冰的躺在那裡。

死的單弓躺在那裡，這活的單弓又是怎麼回事呢？

金無望心念一轉，厲喝道：「王憐花，是你。」

他身子雖已倒下，但氣勢卻仍凌厲。

只見那活的單弓仰天大笑道：「好！金無望，果然有你的，只是，你此刻雖然猜出了我是誰，卻已嫌太遲了些。」狂笑聲中，背轉身去。

等他再回過身來，面對金無望時，那灰腐的皮膚、凸出的眼珠，便已變成了星目劍眉，朱唇玉面。

這不是王憐花是誰?

金無望恨聲道:「我早該知道是你的。」

王憐花笑道:「這也怪不得你,在方才那情況下,無論是誰,都會被嚇得心驚膽戰,神智暈迷,又豈只是你。」

語聲方了,屋頂上又傳來一陣刺耳的笑聲。

一個人咯咯笑道:「妙極妙極,素來最會嚇人的金無望,今日卻被人嚇得半死不活。」笑聲中,一團黑影緩緩自上面垂了下來,竟是那塊狗肉。

原來那狗肉上竟繫著根細線,金無望進來時,只留意這荒祠中的人跡,竟全想不到狗肉上還繫著細線。

荒祠中雖有火光,但究竟不會十分明亮,金無望既未留意自然不會發現,等他瞧見那兩具屍身時,心神多少難免為之一震,就在那時,躲在滿積蛛網的屋頂上的人,便將狗肉吊了上去。

這些事說破了雖然一文不值,但在這冷風如刀的寒夜中,陰風慘慘的荒祠裡,這些事確端的足以懾人魂魄。

金無望暗中嘆息一聲,口中卻冷冷道:「原來你們早已算定我要來的。」

王憐花笑道:「不錯,我們的確早已算定你要來的,否則又怎會預先在這裡佈置下這些把戲,等著你來上當。」

屋頂上的人大笑道:「這就叫做天堂有路你不走,地獄無門自來投……」一條人影,隨聲躍下，自然便是金不換。

他自然滿面俱是得意之色，俯首瞧著金無望，又笑道：「常言說得好，風水輪流轉，三十年河東，三十年河西，金無望呀，金無望，你可曾想到今日也會落在我手？」

金無望冷冷道：「那也沒什麼。」

金不換只道此時此刻，金無望心中必定充滿驚怖，悔恨，那知金無望卻仍是冰冰冷冷，似是絲毫無動於衷。

這一來他不但有些驚異，更大為失望，他一心只想凌辱金無望，教金無望心中痛苦，當下目光一轉又自笑道：「你追蹤到這裡，心裡必定十分得意，只道自己追蹤的本事不差，但你是憑什麼才能追到這裡的，你自己可知道麼？」

金無望道：「不知道。」

金不換道：「你不知道，我告訴你，那些髮簪、耳環、絲巾、鞋子，並非白飛飛留下的，全是我做的手腳。」

金無望冷冷道：「很好。」

他面容雖然冷漠，心裡卻難免有些驚異。

金不換大笑道：「這一點，其實你也本該早已想到的，想那白飛飛既已被我所制，縱能悄悄拔下髮簪，又怎能脫下鞋子，難道我是死人不成？」

金無望冷笑道：「你此刻本該早已是死人了。」

金不換笑道：「不錯，那日多虧你放了我，但我卻絲毫不領你這個情，我能使你放了我，那全要靠我自己的本事。」

金無望道：「很好。」

金不換道：「你那日放了我，今日我卻要取你性命，你心裡不難過麼？不後悔麼？你面上雖裝著不怕，心裡只怕已可擠得出苦水來。」

金無望冷冷笑道：「我素來行事，幾曾後悔過？」

金不換道：「你素來不後悔今日也要後悔的，你素來不服輸今日也要服輸了，你自命行事不凡，但一舉一動，俱都落入了我們的計算中。」

金無望道：「是麼？」

金不換道：「你不妨細想一想，我們既然誘你前來，自然知道你是孤身一人，不會有沈浪在一旁跟著……」

金無望冷笑道：「若有沈浪跟著，你怎會得手。」

金不換拍掌笑道：「這就是了，我們算定了沈浪未跟著，才會下手，但我們又怎會知道沈浪那斯未曾跟著你呢？」

這正是金無望心中疑惑之事，金不換這一問正問到他心裡，但他面上卻更是作出冷漠之態，道：「你是如何知道的，又與我何關？」

金不換怔了一怔，道：「你連這都不想知道麼？」

金無望索性閉起眼睛，不理他。

金不換道：「你不想知道，我偏偏要告訴你。」

他一心想激怒金無望，金無望的神情愈是冷漠，他就愈是難受，到後來他自己反而先被金無望激怒了。

只見他一把抓起金無望的衣襟，大聲道：「告訴你，只因我們早已知道沈浪已被丐幫纏住，今夜縱然不死，也是萬萬無法脫身的了，只因那江湖第一大幫，已被我們……」

王憐花一直含笑瞧著他兩人，此刻突然乾咳一聲，道：「夠了。」

金不換語聲立刻中斷，長長吐了口氣。

王憐花微微笑道：「金兄是否已經說得太多了？」

金不換趕緊陪笑道：「是，是，我是說得太多了。」

重重將金無望摔到地上，接口笑道：「但反正他已是快要死的人，聽進去的話，是再也不會說出來的了，多聽些也沒什麼關係。」

王憐花道：「關係總是有的。」

金不換道：「是，是，小弟再也不說了。」

金無望瞧這兩人神情，見到金不換對王憐花如此卑躬屈膝，不必再想，便知道金不換已被王憐花收買。

金不換本是個唯利是圖的人，他無論被誰收買，金無望都不會驚異，金無望吃驚的是，丐幫竟似也與王憐花有些干係。

丐幫難道也會被王憐花收買麼？

單弓與歐陽輪是否就因為不服王憐花，而致慘死。

丐幫前去纏著沈浪，又是為的什麼？

此刻金無望面色雖冷漠，心中卻是起伏不定，疑雲重重。

只見王憐花斜倚在門口，似是在等著什麼。

過了半晌，只聽一陣馬蹄之聲奔來，但遠遠便已停住，接著，一個低沉的語聲在門外道：「公子，屬下前來覆命。」

王憐花道：「你事已辦妥了麼？」

那人道：「屬下已遵命將白姑娘安置，此刻白姑娘想必已入睡了。」

王憐花笑道：「很好，你連日奔波辛苦，苦勞可嘉，可至櫃上提取五十兩銀子，好好樂上半個月，再來候命。」

那人喜道：「多謝公子。」

王憐花道：「還有，你在外雖可盡情作樂，但切切不可胡亂招搖，惹事生非，更不可被江湖人查出你的底細。」

那人道：「屬下不敢。」

王憐花道：「你明白就好了，本門對屬下雖然寬厚，但屬下若犯了規矩，身受之苦，我不說你也該知道。」

那人聲音更是恭順道：「屬下知道。」

王憐花揮手道：「好，去吧。」

過了半晌，王憐花突然又道：「你為何還不走？還等什麼？」

那人囁嚅著道：「屬下還有一事……」

王憐花道：「既然有事，爲何不快說？」

那人道：「方自兗州辦完事回來的趙明，是和小的一起來的。」

王憐花皺眉道：「既已來了，爲何還留在外面？」

那人道：「趙明……說說他不敢來見公子。」

王憐花道：「不敢?! 莫非他誤了事？」

那人道：「趙明兗州之行，倒還順利得很，兗州的宋老三，兩天內便如數交出了五千兩銀子，銀子已押送回去。」

王憐花道：「既是如此，他有功無過，爲何不敢見我？」

那人吶吶道：「他……他是爲了另一件事，教屬下先來向公子求情。」

王憐花厲聲道：「快說，什麼事，莫要吞吞吐吐。」

那人道：「趙明他……他和太夫人座下的牧女萍兒，兩人情投意合，就……就……」

王憐花道：「就怎樣？」

那人道：「萍兒就已有了身孕，如今……如今……」

王憐花「哼」了一聲，道：「我已知道，莫要說了。」

過了半晌，嘴角突然泛起一絲微笑，緩緩道：「這本是喜事，他爲何不敢見我，快去叫他過來。」

那人似是有些意外，呆了一呆，方自道：「是！」

又過了半晌，一個少年的語聲在門外道：「趙明參見公子。」

王憐花微微笑道：「兗州之行，倒是辛苦你了。」

趙明恭聲道：「那是屬下份內之事。」

王憐花笑道：「你的事，我都知道，不想你看來雖老實，其實卻風流得很，少年風流，本是可喜可讚之事。」

趙明一時間還摸不透他的意向，唯有連連道：「望公子恕罪。」

王憐花笑道：「那萍兒平日看來冷若冰霜，不想竟被你搭上，看來你的本事倒不小，我倒該對你刮目相看才是。」

趙明忍不住心中歡喜，亦自笑道：「常言道強將手下無弱兵，小的有公子這樣主人，對此一道，好歹也差錯不到那裡去……」

王憐花大笑道：「好，好一個強將手下無弱兵，原來你的風流，是學我的……」笑聲未了，身子突然箭一般竄出，只聽他語聲突然變得冰冷，道：「你憑什麼也配學我。」

說到第四字時，門外已傳來趙明的慘呼，說完了這句話，王憐花又已斜倚門邊，生像是什麼事都未曾發生過似的。

四下突又一片死寂。

王憐花嘆了口氣，緩緩道：「抬下趙明的屍身，厚厚殮葬於他……再去櫃上支兩百兩銀子，送給萍兒，就說他在兗州因公殉身了。」

方才那人道：「是……是……」

此人竟已嚇得牙齒打戰，連話都說不出了。

金無望在一旁冷眼旁觀，也不禁聳然動容。

他直到如今才知道，王憐花之屬下組織，不但已如此龐大，而且組織之嚴密，紀律之森嚴，在在令人吃驚。

而年紀輕輕的王憐花，對屬下更是賞罰分明，調度得當，隱然已有一代梟雄宗主的氣概。

金無望直到如今，才知道自己往昔委實低估了王憐花——他委實從未想到王憐花圖謀竟如此之大。

無可疑問的，這少年實已是今後江湖的最大隱患，此刻若無人將他除去，來日他必將掀起滔天巨浪。

突然間，一陣風吹來。

王憐花笑道：「好，你也回來了。」

語聲未了，眼前微花……

祠堂中又多了個滿身黑衣的精悍漢子。

金無望又不免暗中吃了一驚：「王憐花門下竟有輕功如此驚人的好手，卻不知此人又是何來歷。」

只見此人身軀枯瘦短小，不但全身都被黑衣緊緊裹住，就連頭上也蒙著黑布，只露出兩隻精光閃爍的眼睛。

這雙精光閃爍的眼睛瞧了金無望一眼，突然笑道：「妙極，不想你比我來得還早。」

王憐花笑道：「原來你也認得他麼？」

黑衣人笑道：「方才我使出那金蟬脫殼之計，這廝與那姓沈的也想用欲擒故縱之計來騙我，幸好我還未上他的當。」

王憐花笑道：「若要你上當，那當真困難得很。」

這時金無望自也知道這黑衣人便是方才那人了。

只聽王憐花又道：「但你爲何直到此時才回來？」

黑衣人道：「這廝真的走了，姓沈的卻始終守在那裡，他倒沉得住氣，我躲著不動，他竟也躲著不動。」

王憐花笑道：「不錯，沈浪那廝倒端的是沉得住氣的。」

黑衣人微微一笑，道：「但那位朱姑娘，卻極端的沉不住氣，竟一路呼喊著奔過來，沈浪知道再也藏身不住，也只得走了。」

王憐花笑道：「如此說來，你還得感激於她才是。」

黑衣人道：「正是，若不是她，只怕我等到此刻，還無法脫身。」

王憐花望了望門外天色，沉吟道：「計算時刻，丐幫眾人此刻已該和沈浪對上面了。」

金不換道：「卻不知結果如何？」

王憐花微笑道：「就憑丐幫那些人，只怕無法對沈浪如何，這一點我絲毫未存奢望，但徐若愚卻是逃不過的了。」

金不換道：「但……但沈浪若已知道……」

王憐花笑道：「沈浪縱然知道了又怎樣？我反而可以利用他與丐幫互相牽制，頭疼的不過只是丐幫而已，與咱們根本全無關係。」

金不換嘆了一口氣，道：「公子神算，我可是服了。」

幾個人言來言去，就彷彿身旁根本沒有金無望這個人似的，金無望暗嘆一聲，知道他們今日是再也不會放過自己的了。

火堆不斷在添著柴木，燒得更旺。

門外，卻有灰濛濛的光線照了進來。

曙色顯已來臨。

王憐花在門口踱著方步，不住喃喃道：「該回來了……該回來了。」

過了半晌，寒風中果然傳來一陣步履奔行之聲。

黑衣人霍然長身而起，道：「不錯，是已回來了。」

又過了半晌，步履漸近。

三個乞丐，大步走了進來，爲首一人，頭髮花白，紅光滿面，身上揹著八九品級麻袋。

金無望認得，此人正是「丐幫三老」中的左公龍，但卻也未想到，素來俠義的左公龍，竟也會和王憐花同流合污起來。

王憐花對左公龍倒也有禮，微微一笑，抱拳道：「幫主辛苦了。」

左公龍捋鬚大笑道：「公子切莫如此稱呼，老朽是不是能當幫主，還說不定哩，如此稱呼，豈非折煞了老朽。」

金不換笑道：「左兄此刻雖還未登上幫主寶座，但那兩個心腹之患既已除去，又有王公子在暗中相助，那幫主之位，豈非早已是左兄的囊中之物了。」

左公龍大笑道：「好說好說，老朽來日若真的當了丐幫幫主，幫中執法長老之座，除了金兄外，是再也不會有別人的了。」

金不換笑道：「執法長老，月酬若干？」

左公龍道：「金兄取笑了，金兄要多少，老朽還敢不如數奉上麼？」

金不換哈哈大笑道：「如此小弟就先謝了。」

王憐花道：「不知幫主此行結果如何？」

左公龍道：「雖非十全十美，倒也差強人意。」

王憐花道：「徐若愚已身中五刀，縱是神仙，也難救他回生。」

金不換忍不住道：「沈浪呢？」

左公龍嘆了口氣，道：「沈浪還死不了。」

金不換跺足道：「不想這廝竟如此命長。」

他一生之中，最畏懼之人便是沈浪，他雖然令人頭疼，但只要一見沈浪，頭疼的就是他自己了。

他日日夜夜都在盼望著沈浪快些死，那知沈浪卻偏偏死不了——其實盼望沈浪快死的，又何只他一個。

王憐花沉吟了半晌，突然笑道：「金兄莫要失望，明年今日，只怕就該是沈浪的忌日了。」

金不換大喜道：「真的？」

王憐花道：「我幾時胡言亂語過？」

金不換道：「公子有何妙計快些說出來吧。」

王憐花緩緩道：「一個時辰之後，沈浪必定也會來到此間。」

左公龍道：「這……這何以見得？」

王憐花一笑道：「他無論如何，也要尋到金無望與白飛飛的下落，是麼？」

金不換道：「不錯。」

王憐花道：「但金無望與白飛飛究竟在何處，他卻全無線索。」

金不換道：「既然全無線索，又怎會尋到這裡？」

王憐花道：「既然全無線索，便只有誤打誤撞，便是那條路都可以……若換了金兄……走哪條路呢？」

金不換道：「這……」

王憐花笑道：「若換了是我，追著丐幫群豪的足跡而來，縱然尋不著金無望，也可以追出丐幫的下落……」

金不換拍掌道：「正是如此，這樣一來他至少總不至完全落空了……唉，我怎地就想不到此點，公子卻偏偏想得到。」

左公龍笑道：「公子之智計，又豈是你我能及。」

金不換又道：「但……但沈浪縱然追來這裡，又當如何？」

王憐花道：「此人武功之高，委實深不可測，是以咱們對付他，只可智取，不可力敵，好歹叫他來得便去不得。」

金不換皺眉道：「只是這斯的鬼心眼兒，卻也不少。」

王憐花大笑道：「金無望的智計又如何？此刻還不是做了我的階下之囚……能騙得過金無望的，又怎見得騙不過沈浪？」

金無望突然冷笑道：「沈浪之智計，高我何止百倍，憑你那些裝神弄鬼的手段，要想騙得過他，當真是癡人說夢。」

王憐花笑道：「此計不成，還有一計……」

他俯首凝注著金無望，目中已露出惡毒的光芒，獰笑接道：「等我使到第二計時，少不得要借你身上一樣東西用。」

金無望怒喝道：「金某今日既已落在你手上，本已抱必死之心，只求速死而已……」

他語聲本已漸漸黯然，說到這裡，突又厲聲大喝道：「但你們若要想凌辱於我，我……我……我……」

王憐花微微一笑，柔聲道：「金大俠天縱奇才，聰明絕頂，在下怎敢對金大俠稍有無禮……不換兄，你說是麼？」

金不換笑道：「是極是極。」

王憐花笑道：「但話又說回來了，金大俠你此刻既已落入區區手中，區區縱然凌辱了金大俠，金大俠你又能怎樣？不換兄，你說是麼？」

金不換拊掌大笑道：「是極是極。」

金無望怒極之下，空自咬牙，卻再也說不出一句話來。

金不換道：「金無望，你如今可知遇著對頭了麼？你那些狠話，雖可嚇得了我，卻又怎能嚇得了我家王公子，你雖是沈浪的好友，但沈浪在王公子眼中卻不值一文，你雖是快活王門下的四大使者，但快活王在王公子……」

王憐花突然截住道：「夠了。」他又自微微一笑，接道：「說起快活王，在下又想起還忘了告訴你一件事，你那位同伴偷香使者，雖也曾落在我手中，但我卻又已將他放了回去，這倒不是我突然發了什麼善心，只是爲了……爲了什麼，金大俠你可猜得出？」

金無望咬緊牙關，不言不語。

王憐花開懷笑道：「我放他回去，只是爲了要他向快活王密報，閣下已反叛了他……快活王對叛徒的手段如何，你知道得總比我清楚得多。」

金不換咯咯笑道：「所以你此刻落入王公子手中，當真還算你走運的。」

風吹入戶，王憐花霍然轉首，目注窗外，喃喃道：「沈浪呀沈浪，你怎地還不來呀，我倒真有些想你。」

「追，自是要追的，但往哪裡追？」

朱七七面對著一片雪原，皺眉道：「我雖然瞧見金大哥是往這個方向走的，但他要走到何處去，我卻不知道，這……卻教咱們如何追法？」

沈浪凝目前方，久久不語。

朱七七頓足道：「喂，你倒是說話呀。」

沈浪緩緩道：「丐幫弟子，也是由此方逃逸，此刻雪地上足跡猶新。」

朱七七道：「咦，怪了，你不是說最重要還是找金大哥麼？丐幫弟子的足跡新不新，又和金大哥有什麼關係？」

沈浪沉聲道：「金無望去向渺不可尋，丐幫弟子所去又與他同一方向……那麼，你我不如就循此足跡追去，說不定能誤打誤撞，撞著金無望亦未可知。」

朱七七拍手道：「對了，還是你聰明，咱們循著這足跡追去，縱然尋不著金大哥，也可追著那些丐幫弟子，好歹問出那秘密。」

沈浪道：「正是。」

他口中說是，腳下卻未移動。

朱七七忍不住又著急道：「話是你說的，你怎地還不走呀？」

沈浪道：「但從此而去亦有不妥之處。」

朱七七道：「什麼不妥之處？」

沈浪道：「白飛飛被人擄走，說不定也與丐幫弟子此來有些關係，丐幫的叛變，徐若愚口中的秘密，說不定又牽連著金不換……這些事看來雖然各不相關，其實卻可能是同一個人在策劃主使的，這個人，說不定就是……」

他緩緩頓住話聲，仰首不語。

朱七七著急道：「說不定就是誰，快活王……王憐花……」

沈浪嘆道：「不錯，王憐花。」

朱七七道：「就算是王憐花又怎樣？」

沈浪道：「這些事若都是王憐花主使，那麼，我們若是循著這些足跡追去，就必定會落入王憐花算計中，此人奸狡狠毒，天下無雙，我等的行動，若是被他料中，這一路之上的兇險埋伏就當真要令人頭疼得很了。」

朱七七睜大眼睛，怔了半晌，失笑道：「你揣測之準雖然無人能及，但你的顧慮卻又未免太多了，照你這樣說法，咱們乾脆一步路也不必走了。」

沈浪微微笑道：「諸葛孔明之神機妙算，天下誰人能及，但『諸葛一生唯謹慎』這句話你也該聽人說過。」

朱七七笑道：「羞不羞？自己比自己是諸葛亮。」

沈浪笑道：「我就是因爲比不上他老人家，所以更要謹慎，但謹慎雖謹慎，路還是要走的。」語聲之中，終於大步前行而去。

# 十九　肝膽相照

路雖是積雪沒脛，寒風刺骨，但這一段路在沈浪與朱七七走來，並不覺什麼艱苦，直到寒風中飄來那陣陣肉香。

朱七七眼睛一亮，笑了，道：「這裡有個饞嘴貓，天沒亮就在煮紅燒肉。」

沈浪道：「風雪嚴寒荒郊無人，卻有此等肉香傳來，你不覺奇怪？」

朱七七道：「有什麼奇怪，嘴饞的人，原來到處都有的。」

沈浪瞧了她一眼，苦笑搖頭，不再說話。

這時，那座破落的祠堂，已然在望，丐幫弟子的足跡也在祠堂前消失了，他們是否入了祠堂？

朱七七笑容已瞧不見了，皺眉道：「奇怪！奇怪？」

沈浪道：「你居然也會奇怪的麼？」

朱七七道：「肉香居然是自這祠堂中傳出來的，燒肉的人是誰？會不會是丐幫弟子？若是的，他們又怎會有這樣的閒情逸致。」

沈浪沉聲道：「愈是兇險之事，外表愈是會裝得閒逸安全，你眼中所見的閒情逸致，說不定就是誘人的陷阱，殺人的埋伏。」

朱七七道：「但一鍋紅燒肉又算得是什麼埋伏，莫非肉裡有毒，就算肉裡有毒，咱們不吃，他又怎樣。」

沈浪苦笑道：「有時你的確聰明得很……」

朱七七嘟起嘴，道：「但有時卻又太笨，是嗎？」

沈浪笑道：「這次你倒猜對了。」

朱七七嘟著嘴道：「天下只有你一個聰明人，天下的聰明都被你佔盡了，別人怎麼會不笨。」她生氣，心裡卻不氣，這半天來，沈浪都在惱她，這是她第一次瞧見沈浪笑，只要沈浪不再惱她，就算罵她呆子，她還是高興的。

但心裡雖高興，面上還是要裝出生氣的模樣，女孩子的心，唉……她裝了半晌，忍不住偷偷去瞧沈浪。

只見沈浪凝目瞧著那祠堂，動也不動，像是呆了。

朱七七道：「喂。」

沈浪道：「嗯。」

朱七七道：「倒是走呀，咱們可不能老是站在這兒吧，祠堂裡縱有埋伏、陷阱，咱們好歹也得去瞧瞧呀。」

沈浪瞧了瞧她，又瞧了瞧那祠堂，緩緩道：「我進去，你在這裡等著。」

朱七七一瞪眼，想要不答應，但瞧見沈浪的眼睛，心裡嘆了口氣，委委屈屈的垂下頭，道：「好，隨便你吧。」

沈浪微微一笑，道：「這才像個女孩子——祠堂中若有動靜，我就會通知你……」他並未作勢縱身，只是一步步緩緩走了進去。

朱七七望著他走了幾步，突又輕喚道：「喂。」

沈浪回首，皺了皺眉。

朱七七道：「你……你可別讓我等得太久呀。」

沈浪終於走入了祠堂。

他雖然不知道金無望就是在這祠堂裡中計，被擒，他雖然不知道王憐花還要以對付金無望的惡計來對付他。

但他似乎已有預感，知道祠堂是兇惡不祥之地，他走得極緩，但無論如何，他還是得走進去。

朱七七望著他走進去，先還覺得沈浪老是欺負她，她總是受委屈，但沈浪的身影一消失，她的心，突然跳得很厲害。

她愈想愈覺得這祠堂中必有埋伏，殺人的埋伏，否則天剛亮，怎麼就有人燒紅燒肉，這簡直不可能。

嗯，這紅燒肉裡必定大有文章——什麼文章，她猜不出。

她愈是猜不出，愈是擔心，愈是想猜——莫非有人躲在祠堂裡，等著沈浪暗施迷香，他燒這紅燒肉，只是想以肉香來掩飾迷香，讓沈浪難以覺察。

對了，一定不錯，我得去告訴沈浪，否則，他若不留意，等到他發現肉香裡有迷香時，就太遲了。

她一想到這裡，就要往前跑，但腳一動，又停住了。

呀，不對，以沈浪的鼻子，還會分辨不出迷香的氣息，王憐花怎會用這種幼稚的法子來對付沈浪。

王憐花對沈浪本事，一向清楚得很，他用來對付沈浪的，必定是奇裡古怪，別人再也想不出的毒計。

那會是什麼的毒計——祠堂裡四面埋伏，沈浪一進去，四面就亂箭齊發，射他個措手不及？

不對，這也不對，這法子也太幼稚。

祠堂裡有消息機關——不對，不會的。

祠堂裡有好幾個絕頂的高手，每一人武功都和沈浪相差無幾，等著圍攻沈浪——不會，那簡直不可能。

這些念頭，她想得愈想愈快，愈想愈亂。

她眼睜睜瞧著那祠堂，只等著沈浪從裡面發生驚呼，發生怒吼，發出叱咤廝打聲，兵刃相擊。

但沈浪進去已有盞茶時分，祠堂中卻毫無聲音傳出——莫說呼吼叱咤聲，簡直連咳嗽嘆氣的聲音都沒有。

一絲聲音都沒有。

這沒有聲音，可真比任何聲音都怕人，都令人著急。

風在吹，嚴寒清晨的風，冷煞人。

嚴冬浸晨的雪地，更是靜煞人。

朱七七咬著唇，搓著手，簡直快急瘋了。

又過了盞茶時分，不，簡直有頓飯功夫，還是一絲聲音都沒有，連放個屁的聲音都沒有。

沈浪呀沈浪，你倒是弄點聲音出來呀，你若是沒有中埋伏，你就該出來，告訴我讓我安心。

你若是中了埋伏，你也該喊救命呀！你……你……你，你難道連聲音都未及發出，就被人害了。

王憐花的手段，難道真有那麼毒，那麼狠。

還是沒有聲音，沒有動靜……

好，王憐花，你若是害死了沈浪，我也不想活了，你索性連我也一齊害死算了，死了反倒乾淨。

朱七七飛也似地自祠堂掠去。

蒼穹，已由青灰色轉成淡白色。

淡白色的曙光，浸溶著殘敗的祠堂，使這祠堂看來更詭秘，更陰森，更充滿著不祥。

祠堂中火堆仍未熄，但火勢已很小了。

火上，肉仍在，因爲火小，肉還沒有焦。

褪色的，破舊的神幔，已被撕下來——但也不知是不是被撕的，片片落在地上，捲成一團，被風一吹，就好像……

就好像正匍伏在地上的死屍一樣。

神案，已被人踢翻了，也不知是被誰踢的，就在火堆和神案間，有一灘烏黑的水漬……

呀，不是水漬，是鮮血。

本已殘破的祠堂，此刻更是亂得一團糟，而剛剛明明走進祠堂的沈浪，此刻卻瞧不見了。

什麼人都沒有，簡直連鬼都沒有，沈浪呢？

沈浪呢，沈浪到哪裡去了，已被害死了，死屍呢？

朱七七驚極，駭極，放聲大呼道：「沈浪……」

尖銳的呼聲就像是一把刀，一下子就劃破了那死一般的靜寂，但也就是一下子，又突然停頓，她像是突然被人扼住喉嚨似的。

因爲，突然，踢翻的神案下，露出一個頭來。

沈浪的頭。

沈浪的頭露了一露，就又縮了回去。

朱七七已飛也似的掠過去，一把抱住沈浪的脖子，又是驚奇又是歡喜，又是埋怨，喘著氣笑道：「你還在這裡，你沒出事，你怎麼不告訴我一聲呢？害得我著急。」

沈浪身子動也不動，只是冷冷叱道：「走開。」

朱七七一怔，鬆開了手。

無論如何，無論沈浪喜不喜歡她，沈浪平日對她倒總是客客氣氣的，倒從沒有這樣疾言厲色。

朱七七鬆開了手，眼圈兒又紅了，她那樣為沈浪擔心，心都快急碎了，此刻換來的卻是冷冰冰一聲斥責。

她身子不由自主往後面退，她嘴唇都快咬碎了——但無論怎樣，還是忍不住，淚珠兒一連串落了下來。

沈浪卻連瞧也不瞧她一眼，眼睛直勾勾瞧著前面。

他在瞧什麼，朱七七沒看見。

此刻，朱七七眼睛裡只有沈浪，她瞧著沈浪，流著淚，一時間當真是心灰意冷，喃喃道：「罷了，罷了，我這又是何苦，我這又是為的什麼？我為何有福不會享，反而巴巴的跟著他，受他的氣？」

她抹一抹眼淚，喑道：「好，沈浪呀沈浪，你既如此對我，我……我以後永遠也不要見你了。」

但是，她的眼睛卻彷彿離不開沈浪。

要她說沈浪究竟好在那裡，她也說不出。

論豪邁，他不及熊貓兒，論沉著，他不如金無望，若論風流俊俏，善解人意，他卻又不如王憐花。

但不知怎地，她眼裡卻只有他，只要瞧見他，她就覺得歡歡喜喜，若是瞧不見他，總是整日間掛肚牽腸。

她不敢想，若是以後永遠瞧不見沈浪，她會怎樣。

「爲什麼，爲什麼他這樣對我，我還要這樣對他？」

一時間，她不覺更是愛恨交迸，忍不住放聲大哭道：「沈浪，我恨你，我恨你……」

沈浪還是不瞧她一眼，眼睛還是直勾勾的瞧著前面。

朱七七恨得心都裂開了，嘶聲道：「你是死人麼，你說話呀，你……你……你……」

只覺一股熱血上湧，那隻纖纖玉手，不知怎地揚了起來，「吧」的，清清脆脆一掌摑在沈浪臉上。

沈浪卻似全無覺察，還是動也不動，只是那令人恨又令人愛的臉上，已多了個紅紅的掌印。

朱七七又急，又痛，又悲，又悔，終於伏地痛哭道：「沈浪，沈浪，你爲什麼要這樣對我，你爲什麼？你打死我吧，打死我吧，我反正不想活了。」

她哭聲有如杜鵑夜啼，令人斷腸。

但沈浪還是不理她。

也不知哭了多久，她哭聲終於漸漸微弱。

只聽沈浪柔聲道：「你好些了麼……好些了麼？」

朱七七一喜道：「呀，沈浪還是關心我的……」

但沈浪已接著道：「金兄……你振作些。」

沈浪竟不是對她說話。

朱七七又是失望，又是驚奇，這才抬起頭，這才瞧見沈浪面前原來還倒臥著個人——赫然竟是金無望。

金無望倒臥在血泊中，雙目緊閉，如金紙，呼吸間更是氣若游絲，一條命已去了十之八九了。

這祠堂中情況怎會變成如此模樣？

金無望又怎會變成如此模樣？

王憐花、金不換都到哪裡去了？

朱七七一眼瞧見金無望的臉，接著，她又瞧見他的手——他一條右臂竟已被生生砍斷了。血，流滿了鮮血，一身都是鮮血。

朱七七「呀——」一聲驚呼了出來。

難怪沈浪不理她，沈浪此刻正以手掌按著金無望的胸口，正以綿長的內力，來延續金無望已將中斷的性命。

朱七七整個身子都顫抖了起來。

「金大哥，金大哥，金大哥，你怎會如此，是誰害了你的？」

她想放聲悲呼，放聲痛哭，但她卻只有咬著牙，一點聲音也不敢發出來，她眼淚又似斷了線的珍珠般落下。

這一次，她眼淚是爲金無望流的。

「金大哥，你不能死，求求你，莫要死……」

她暗中默禱，全心全意。

「沈浪，求求你，救活他吧，我相信你必能救活他的。」

呻吟，一聲，兩聲……

金無望終於發出了呻吟，發出了聲音。

沈浪蒼白，凝重，沉痛的臉上，早已流滿汗珠，直到此刻，他嘴角的肌肉才鬆懈下來。

他暗中鬆了口氣，金無望終於活回來了。

天色，已在不知不覺間大亮了。

漸漸，金無望有了呼吸，胸膛有了起伏。

朱七七緊握著拳，緊咬著牙——她也用出了全身氣力，她自己似乎也正陪著金無望掙扎在生死邊緣上。

終於，金無望睜開眼來。

他目中再也沒有昔日那利剪般的神光，他黯淡的目光，空虛的四下轉了轉，然後便瞧在沈浪臉上。

他掙扎著顫聲道：「……沈……」

沈浪趕緊道：「金兄，莫要說話，好了，什麼事都沒了。」

金無望不再說話。

但他那雙眼睛，卻道出了敘不盡的沉痛、悲憤與傷感，也道出了敘不盡的感激、寬慰與歡喜。

他已自死亡中回來，他平生摯友已在他身旁。

他嘴角露出一絲寬慰的笑容，又緩緩閉起了眼睛——方才的惡戰，如今想來實如噩夢一般。

但他覺得方才的惡戰，流血，全都是值得的——若不是方才的惡戰，沈浪或者已中了王憐花的奸計。

朱七七也長長鬆了口氣，但還是不放心的問道：「金大哥，已沒事了麼？」

沈浪道：「哼。」

他還是沒有好臉色給朱七七，但朱七七卻只得忍受了，緩緩將頭湊到金無望耳畔，輕輕喚道：「金大哥……」

沈浪冷冷道：「走開，莫要吵他。」

朱七七退回身子，垂下頭，幽幽道：「我又沒有吵他，我……我……」突似想起什麼，趕緊在身上左摸右摸，終於摸出了個錫紙包，喜道：「我這裡有藥。」

沈浪道：「什麼？」

朱七七道：「這救傷的藥，據說還是皇宮大內的，是我爹爹花了不少心血求來的，我臨走時偷了一包……」

沈浪道：「拿來。」

朱七七道：「一半外敷，一半內服。」

金無望服了藥，臉色早已好轉了些，朱七七忙著添了些柴火，火堆又旺旺的燃燒起來。在火光中，金無望的臉上，彷彿已有了些紅潤之色。

他又張開眼，又瞧著沈浪，目光中滿是感激之色，但口中卻未說出半個謝字，只說道：「好，你終於來了。」

沈浪也終於能笑了，笑道：「小弟來了，你……你還是莫要說話，說話傷神。」

金無望道：「你放心，我已死不了。」

目光又四下一轉，瞧見朱七七，一笑，但笑容很短，立刻消失，目中又燃起仇火嘶聲道：「王憐花呢？」

沈浪道：「未見著他。」

金無望恨聲道：「這惡賊……惡賊。」

朱七七忍不住道：「金大哥可是被這惡賊們傷的？」

金無望道：「他雖傷了我，自己也未必好受。」

朱七七道：「這究竟……」

她本想問「這究竟是怎麼回事」，但瞧了沈浪一眼，立刻改口道：「究竟……說話傷神，金大哥你還是歇歇吧，慢慢再說。」

她竟將自己的性子壓了下去，這的確是難得的事——她偷眼去瞧沈浪，只希望沈浪給她一絲讚許的微笑。

沒有微笑，一絲微笑也沒有，沈浪根本沒瞧她。

就連金無望都沒有瞧她，這種被人輕視，被人冷淡的滋味，她簡直不能忍受，但她卻又不得不忍受。

只聽金無望對沈浪道：「這件事，悶在心裡，我更難受，你還是讓我說出得好。」

沈浪含笑道：「金兄若是自覺可以說話，就說吧。」

金無望道：「我一路追來此地，嗅得肉香，闖入祠堂，那知這祠堂卻是個害人的陷阱，我一入祠堂便中計被擒。」

朱七七立刻瞧著沈浪笑道：「什麼事都瞞不過沈浪，他嗅得肉香，立刻就知道……」

沈浪冷冷道：「少插嘴。」

本想討好沈浪的朱七七，卻討來沒趣，眼淚，又開始在她眼眶裡打起轉來了，她垂下頭，不讓金無望瞧見。

她心裡發疼，臉上發燒，直過了半晌，才發覺金無望還在繼續說著他那段歷險的故事。

只聽金無望道：「……那時我要穴被點，那些惡賊已將我視爲網中之魚，俎上之肉，算準我已只有任憑他們宰割，是以在我面前說話，便毫無顧忌……那時我才知道王憐花這惡賊城府之深，黨羽之眾，竟非我所能想像。」

沈浪嘆道：「此人委實聰明，只可惜反被聰明誤了。」

金無望道：「到後來丐幫三老中那左公龍來了，這廝平日假仁假義，誰知竟也被王憐花收買，為的只不過是想登上幫主寶座而已。」

沈浪動容道：「徐若愚的秘密，果然又與王憐花有關。」

金無望奇道：「徐若愚，他又有何秘密？」

沈浪道：「他的秘密，想來便是丐幫的叛亂……」

當下將徐若愚如何前來，如何身死之事說了。

金無望默然半晌，道：「那日他與丐幫三老等四人，想必便是在這祠堂裡，等到半夜時，想必便是王憐花那廝來了。」

沈浪笑道：「徐若愚自不知我已識得王憐花此人，見得他竟有這麼大的陰謀，是以便急著要來通知於我。」

金無望道：「但他又怎知你在哪裡？」

沈浪道：「在起先左公龍必將他當作心腹，我的行蹤，自然是王憐花說出來的，他必是在一旁聽到了。」

金無望道：「王憐花是何等厲害的角色，徐若愚當然想有所舉動，又怎能逃得過他那一雙惡毒的眼睛。」

沈浪道：「正是如此，他的行蹤，顯然早已被王憐花窺破，是以他還未尋著我，便已負傷，但不知怎地被他逃脫了追蹤……」

朱七七忍不住道：「那時王憐花想必已到那山上密窟中去了，正忙著要害我們，是以徐若愚雖然負傷還能逃脫。」

語聲微頓，又道：「他明知自己雖然逃脫，但必定仍有人追蹤，自然躲躲藏藏，不到半夜三更，夢深人靜時，便不敢來見我們。」

金無望笑道：「不想你近來分析也有如此明白。」

沈浪卻冷冷道：「此刻我等正在研討大局，此等枝節小事，何必費心去想——縱然說對了，於大局又有何助益，你還是少說話得好。」

朱七七正在高興，那知又是一盆冷水當頭潑下，她簡直耽不住了，但又捨不得走，一走之後幾時才能見到沈浪。

金無望黯然道：「不錯，這確實是枝節小事，不管王憐花那時在哪裡，此刻反正他總已來了，不管徐若愚那時是如何逃脫的，此刻反正他已……已故去了。」

沈浪仰首長嘆道：「只可憐他拚了性命要來告訴我王憐花的秘密，卻不知王憐花的陰謀我早已知道了，他……他死得當真冤枉。」

金無望沉聲道：「人生在世，有些事是雖死也是要做的，至於做了此事是否有用，卻是另外一件事了……徐若愚雖拚死做了這無用之事，但他爲仁義而死，一生已可算是庶幾無憾，他死得又有何冤枉。」

沈浪動容道：「金玉之言，小弟拜領。」

金無望嘆道：「這些話我不過只是說說而已，你卻時常在做，對於生死之事之看法，我委實遠遠不如你。」

沈浪道：「愈不怕死的人，愈不會死……」

金無望忽然哈哈一笑，道：「這才是金玉良言，世人不可不聽，我金無望方才若是心怯怕死，只怕早已活不到此刻了。」

沈浪道：「王憐花他……」

金無望顯得極是興奮，蒼白的面頰也已泛出紅暈。

他不等沈浪說話，便已截口道：「那時王憐花、金不換、左公龍……不論是誰，都已將我當做必死之人，不但百般凌辱於我，還當著我的面，計劃如何害你的奸謀，我表面裝做在強忍憤怒，其實，我暗中早已有了算計。」

沈浪笑道：「王憐花那雙眼睛雖惡毒，但卻想必再也瞧不透你的心意……世上又有誰能猜透你的心事？」

金無望道：「他雖能猜透我的心意，卻再也想不到我那時非但悲憤、忍耐態度，乃是做作的，就連身子不能動，也有一半是假的。」

朱七七終於又忍不住道：「但……但你豈不是已被他點了穴道？」

金無望道：「那時驟出不意，他一指點來，我身子雖然不能閃避，但卻在暗中運氣擋了一擋，他那一指並未能點透我的穴道。」

沈浪道：「海內武功名師，若論氣之術，柴玉關昔日已可算是此中大家，經過衡山會後，他成就想必更是驚人，只是我卻未想到，金兄竟也從他處得到此中訣竅，竟也能將一股真氣，運用得這般如意，這般巧妙。」

金無望臉上露出一絲悲愴之色，道：「柴玉關此人是善是惡？姑且不論，但他卻實有知人之明，用人之能，對門下之人，從無藏私。」

沈浪嘆道：「一代梟雄，自有非常人所不能及之處，若無過人之能，怎能行得出過人之惡……唉！不瞞你說，連我也急著一見其人之風采。」

金無望道：「但你豈非對他……」

沈浪道：「對他的惡毒行事，我雖痛恨，但對他的過人之智，過人之能，我卻當真也有些欽佩之意。」

金無望默然半晌，顯然不想再說這能令人佩服無比的一代梟雄不凡人物。

於是，他言歸正題，道：「那時我雖已運氣抵擋，但王憐花的指力，究竟非同小可，我仍覺半身麻木，那時我若出手，實難擋得他一招。」

沈浪嘆道：「王憐花，又何嘗不是今日之梟雄！」

金無望接道：「我作出等死之態，一來好暗中運氣復原，再來好聽聽他們的秘密，等他們猜你必定也要來時，我更想等你來後再出手。」

朱七七瞪大眼睛，忍不住又道：「王憐花真的猜出沈浪要來？」

金無望道：「王憐花心計之靈，端的非凡，他算準你們必定會跟著那些丐幫叛徒的足跡而來，早已準備以惡計相待。」

朱七七嘆道：「王憐花智計雖高，但沈浪……唉，這一點也早已被沈浪算出了……」說到這裡，又偷偷去瞧沈浪。

沈浪冷冷道：「你不說話，沒人當你啞巴。」

朱七七道：「我……我……我再去添些柴。」扭轉身，奔到火堆前，「嗤」的，一滴眼淚，落入了烈焰。

金無望瞧她扭動的肩頭，輕嘆道：「可憐的孩子……」

沈浪卻是面不改色，道：「後來如何？」

金無望道：「後來……唉，他們竟要在你來之前，將我送至他處，於是我明知敵眾我寡，也不得不出手了。」

沈浪環顧這祠堂中零亂的景象一眼，道：「想來，那必是一場驚心動魄的惡戰。」

金無望道：「惡戰，那何止惡戰而已，那簡直不是人類的交手，而是野獸的搏殺，以王憐花、金不換、左公龍三人的武功，我實難招架……」

他傲然一笑，接道：「但金不換那妖魔小丑，見我之面，已覺心寒，左公龍雖然久經戰陣，卻也被我殺氣所驚，十成功夫，與我動手時也不過只有五六成了，唯有王憐花……王憐花……唉，他委實是人中豺狼。」

沈浪道：「莫非他武功也和智計同樣毒辣？」

金無望道：「此人武功所學之雜，招式之狠毒，固是實在驚人，最可怕的是，他心計之靈敏，更助長了他武功之兇焰。」

沈浪道：「此話怎講？」

金無望道：「正因他武功博雜，心計靈巧，是以你還未出手前，他已猜出你要使的是那一招了，而且，他心與手之配合，如臂使指，就在那間不容髮的那一刹那間，你還未出手，他已先出手封閉了你的招式。」

沈浪道：「他武功比之天法大師怎樣？」

金無望道：「天法萬萬接不了他二十招。」

沈浪失聲道：「竟有如此厲害！」

金無望冷笑道：「你心裡必在懷疑，他武功既然如此厲害，我又怎能使他負傷。」

沈浪自然知道他的強傲，笑道：「小弟並無此意。」

金無望道：「如論武功，我實難傷他，但你可知道，與人動手時，最厲害的武功，便是那『拚命』兩字。」

「夫拚命，萬人難當」，這沈浪自是知道的。

金無望慘笑道：「我拚了這條右臂，方自傷了他一掌，只可惜我當時便已暈厥，竟傷得他怎樣，我卻也不知道了。」

沈浪道：「你那一掌，豈是血肉之軀所能抵擋，他傷勢若是不重，又怎會容得我如此太太平平與你說話。」

金無望面上這才露出一絲笑容，道：「不錯，只怕他傷勢亦自不輕，竟顧不得再害人了。」

沈浪凝目瞧了他半晌，長長嘆息道：「但金兄你……你又何需如此？」

金無望瞠目道：「我怎樣？我難道做得不對。」

沈浪嘆道：「你如此對我，卻教我於心怎安？」

金無望道：「對你，我何曾對你怎樣了，此事本是我一時大意，才會中了他的暗算，與你又有何關係？」

沈浪道：「但你卻不必出手的。」

金無望作色道：「胡說，我怎可不出手。」

沈浪黯然道：「你那時若不出手，只是一走了之，他三人怎擋得住你，但你明知不敵，亦要出手，只是為了我……只要為了要叫他們無力再來害我。」

金無望冷笑道：「胡說，我金無望一生之中，只知有己，不知有人，何況我為你拚命，只怕你是在說夢話。」

沈浪道：「你外表雖然冷如堅冰，其實卻心中如熱火，你如此做作，只不過是為要我心安而已，是麼……」

他傷痛的笑了笑，接道：「但是你卻不知，你愈是如此，我心裡愈是……唉，愈是難受，我……我……」

金無望大聲道：「你有何難受，你可憐我已是殘廢，是麼……哼，金無望雖只剩下一隻手，也要比那兩隻手的強勝千百倍，你信不信？」

沈浪道：「我……我……」

金無望叱道：「莫要說了，怎地今日你也做出這般兒女態來，你數次救我性命，我都未曾言謝，你還在此囉嗦什麼。」

沈浪突地大笑道：「對！區區一條手臂，在我等男子漢說來，又算得什麼，一隻手的金無望，端的要比兩隻手的王憐花強勝百倍。」

這兩人一個還倒臥血泊中，重傷難起，一個也是前途多難，憂患重重，但就在此時此刻，這兩人卻大笑起來。

朱七七雖背對他兩人而立，他們的言語，卻字字句句都已留在她心底，一時間，她早已淚流滿腮。

但這卻不是悲傷的淚，而是感動的淚——這樣的好男兒，原是值得天下的女孩子為他們流淚的。

兩人相對大笑，金無望只覺氣力已愈來愈充沛，奇蹟般好得如此快，他自然高興。

但忽然間，他發覺沈浪的笑聲卻愈來愈弱了。

於是，他也發覺沈浪的手，竟始終未曾離開過他的身子，竟一直在以自己的真氣輸送給他，難怪他重傷方癒，就能如此滔滔不絕的說話。

真氣就是練武人的性命，就是練武人的精血，對於沈浪這樣的人說來，原就將真氣看得比什麼都重。

然而，沈浪此刻卻將這珍若性命之物，毫無吝色輸送給金無望，於是金無望強了，而他自己卻弱了。

金無望突然頓住笑聲，厲聲道：「快把手放開。」

沈浪笑道：「好……好……」

他委實也無力支持了，身子也不覺倚在那神案上。

這一切動靜，都未逃過朱七七的耳目，她本想不管的，但是，她的心頭卻突然跳了起來，她告訴自己：「這樣的男子漢，我絕不能放棄，我若是放過了他，只怕再也找不著像這樣的人了，永遠也找不著了。」

「我絕不能放棄他，否則我必將悔恨，痛苦，無論他對我怎樣，我也要爭到他，受些委屈又有何妨呢……」

於是她自火上取下烤肉，扭轉身，走回沈浪身旁。

烤肉，外皮已有些焦了，但香氣卻更誘人。

朱七七柔聲笑道：「你累了，吃些東西好麼？」

沈浪正眼也不瞧，冷冷道：「拿開。」

朱七七道：「我已用銀釵試過了，這肉是好的。」

沈浪道：「拿開。」

朱七七咬了咬嘴唇，道：「你若不吃這肉，附近想必有村鎮，你想吃什麼，我給你買去……金大哥，他想也該吃東西了。」

沈浪道：「不用費心。」

朱七七道：「我……我只是想爲你做件事，又……」

沈浪冷冷道：「你想爲我做事麼？好，爲我做件事吧。」

朱七七喜道：「什麼事？無論什麼事，我都做。」

沈浪道：「請你走遠些吧，走得愈遠愈好，走得讓我永遠瞧不見你就算替我做了件好事了，我就感激不盡。」

朱七七怔了一怔，面上又已滿是眼淚，但仍笑道：「我……我……我……」

她瞧了瞧金無望，雖然有金無望在旁邊，但她也不管了，她什麼都不管了，她已決心犧牲一切，只爲沈浪。

她咬了咬牙，接道：「我究竟做了些什麼事讓你生氣？你說呀，我若真的錯了，我以後一定會改，我什麼都會改的。」

這些話，本是她死也不肯說出的，此刻竟說出了——說完了話，雖已忍不住抽泣失聲，卻又只得忍住。

這無聲的悲泣，這帶著笑的悲泣，當真含蓄了敘不盡歡樂，敘不盡的真情，敘不盡的辛酸，敘不盡的委屈。

沈浪終於回過頭，目光也終於凝注到她臉上。

她的臉，如梨花帶雨。

但他的目光，卻仍如鐵一般冷，石一般硬。

這冰冷的目光，更使得朱七七整個人、整個心都顫抖了起來，她身子不由自主向後退，顫聲道：「我究竟做錯了什麼……做錯了什麼……」

沈浪冷笑道：「你做錯了什麼，你自己不知道？若不是你，白飛飛怎會被人擄走，若不是你，金大哥怎能變成如此模樣？」

朱七七道：「這……這全都怪我……」

沈浪厲聲道：「不怪你，怪誰？你若肯稍替別人想，你若有絲毫同情別人的心，這一切都不會發生了。」

朱七七淚如雨下，顫聲道：「我……我……」

沈浪厲叱道：「你……你只是個又自私，又驕縱，又任性，又嫉妒的小惡婦，只要能使你自己快樂，別人的事你便全都不放在心上……只要能使你自己快樂，就算將別人的心都割成碎片，你也不在乎！」

這些話，就像鞭子似的，一鞭鞭抽在朱七七身上，抽得她耳畔「嗡嗡」的響，終於仆地跌倒。

從小到大，從來沒有人這麼罵過她，此刻沈浪竟將她罵得整個人都呆住了，不住暗問自己：「我真是這樣壞麼……我真是這樣壞麼……」

刹那間，熊貓兒、白飛飛、方千里、展英松……這些人的臉，都似已在她眼前搖動了起來。

這些人，都是曾經被她傷害過的，有些人被她傷害了面子，有些人被她傷害了自尊心，有些人為她傷了心。

「但我也是無意的呀，我絕未存心傷害過任何人。」

沈浪道：「不錯，你並未有意傷過人，但這無意的害人，其實比有意還要可惡……你只將你自己當做人，別人都該尊重你，愛你，只有你高高在上，別人都該被你踩在腳下，你傷害別人，好像是應當的事。」

朱七七道：「沒有……我絕沒有這意思。」

沈浪道：「還說你沒有。」

朱七七放聲痛哭道：「好，你說我有，就算我有吧，但我……我還不懂事，什麼都不懂，你難道就不能原諒我麼？」

沈浪冷冷道：「辦不到。」

朱七七手捶地，嘶聲道：「許多做過錯事的……做的事都比我更錯，但你卻原諒了他們，你……你為何就偏偏不能原諒我？」

沈浪道：「我原諒你的次數已太多了。」

朱七七咬了咬牙，掙扎著站起，掙扎著站在沈浪面前。

她忍住淚，咬牙道：「好，你不能原諒我，我也不求你原諒，你既已殺死過許多不能原諒的壞人，你也殺死我吧。」

沈浪冷冷道：「殺你，我也犯不著。」

朱七七道：「你……你好狠的心，我什麼都不求你，只求能死在你手上，你連這都不答應，你難道竟不屑殺我？」

沈浪不再說話。

朱七七再次仆倒，痛哭道：「老天呀老天，你爲何對我這麼壞……再惡的惡人，至少還有死在沈浪手上的福氣，而我……我……我現在本就不想活了，但是……但是我……我竟連死在他手上的福氣都沒有。」

沈浪閉上了眼睛，金無望早已閉上了眼睛。

世上沒有任何言語，能形容朱七七此刻的感情。

她恨，她恨自己，也恨沈浪。

她雖然恨，卻又無可奈何。

突然間，她一躍而起，發瘋似的，將地上可以拾起來的任何東西，都拾起了，摔在沈浪身上。

她瘋狂的嘶呼著道：「我恨你……恨死你，一輩子都恨你……」

她瘋狂般轉身奔了出去。

沈浪張開了眼，卻仍動也不動，宛如老僧入定。

金無望也張開了眼，靜靜地凝注著他。

良久，沈浪終於笑了笑道：「我……」

金無望道：「你的心，難道是鐵石鑄成？」

沈浪笑容裡有些淒涼之意，喃喃道：「我的心……誰知道我的心……」

金無望道：「你怎忍如此對她？」

沈浪道：「我又該如何對她？」

金無望默然，過了半晌，緩緩道：「她難道真的不可原諒？」

沈浪道：「她難道可以原諒？」

金無望嘆道：「就算她不可原諒，你也該原諒她的。」

沈浪道：「爲什麼？」

金無望目光凝注著那灰黯的屋頂，緩緩道：「到了你像我這樣的年紀時，你就會知道，世上的美女雖多，但要找一個愛你如此之深的，卻不容易……太不容易。」

他倏然收回目光，目注沈浪，接道：「你總該承認，她確是真心愛你的，你總該承認，她做事確無惡心，你對別人都那般寬厚，爲何對她卻不？」

沈浪垂下眼簾，亦自默然半晌，緩緩道：「我對別人都能寬厚，卻不能對她寬厚……」

金無望怔了半晌，終也頷首嘆道：「不錯，你對別人都寬厚，對她卻不能。」

兩人許久沒有說話，都在沉思著——他們究竟在思索著一些什麼？是否在思索著人與人之間微妙複雜的關係。

然後，沈浪又道：「別人，也都可原諒她，但我卻不能。」

這一次，金無望未再思索。他立刻就頷首道：「不錯，別人都可以原諒她，但你卻不能……別人的責任只有他自己，只要對自己盡責，便可交代了，所以縱有一些情感的困擾也不妨，但你……唉，你肩上的責任卻太重……太重了。」

沈浪抬起頭，黯然笑道：「還是金兄知我。」

金無望道：「只有一個知道，不太少麼？」

沈浪緩緩道：「人生得一知己，也就足夠了。」

火堆燒得正烈，祠堂裡開始溫暖了起來——卻不知是火造成的溫暖，還是這友情造成的溫暖？

又過了許久……

沈浪道：「無論如何，但願她……」

金無望道：「無論如何，但願她……」

兩人同時說話，說出了同樣的七個字，又同時閉口，只因兩人都已知道，他們要說的話，本是一樣的。

「無論如何，但願她能活得平安幸福。」

這真誠的祝福，朱七七早已聽不到了。

她此刻已奔出了多遠，她自己也不知道。

總之，那必定已是很遠很遠一段路了。

她的臉，開始被風颼疼，然後，變成麻木，此刻，卻又疼痛起來，像是有許多螞蟻在咬著。

她的淚，已流乾，她的腳，已變得有千斤般重。

好了，前面就有屋宇。

她加急腳步，奔過去——此刻，人類的本能，已使她忘記一切悲哀，她所想的，只有一碗熱湯，一張床。

但前面沒有屋宇，也沒有熱湯，更沒有床。

屋宇的影子，其實只是座墳墓。

顯然這座富貴人家的墳墓，建造得十分堂皇。

朱七七的心，又沉落了下去，宛如沉落在水底——又是失望，失望……為什麼她總是失望？

她將身子蜷曲在墓碑後——只有這裡是四下唯一擋風之處，她脫下靴子，用力搓著她的足趾……

但，突然，她的手停頓了。

在奔跑時，她什麼也未想，此刻，千萬種思潮，又泛起在她心頭，她愛，她恨，愛得發狂，恨得發狂。

「為什麼他對別人都好，對我如此無情？」

她恨沈浪。

「為什麼別人都對我那麼好，我反而對他們不理不睬，而沈浪對我這麼壞，我反而忘不了他？」

她恨自己。

她的心亂成一團，亂如麻……但，突然，所有紊亂的思潮都停頓了，一個聲音，鑽入她耳朵。

是人說話的聲音。

但這聲音卻是自墳墓中發出來的。

千真萬確，每個字都是自墳墓中發出來的。

墳墓中竟會發出聲音，難道死人也會說話。

朱七七嚇得整個人都涼了。

但她雖是女子，究竟和別的女子不同，江湖中的風風浪浪，她經歷得太多了，她立刻就想到——

「這墳墓只怕又是什麼秘密幫會的秘密巢穴。」

她目光正在四下搜索，已聽到那墓碑下傳來一陣腳步聲。

有人要自墳墓裡走出來了。

朱七七方才雖已全無氣力，此刻卻一躍而起——這是人類的本能潛力，她一躍而起，掠出丈餘。

丈餘外有個石翁仲。

她躲到石翁仲後，仍忍不住偷眼往外瞧。

只見那墓碑已開始轉動，露出了個地洞，然後，地洞中露出一個頭來……兩個頭，兩個人自地中鑽出。

這是兩個穿著羊皮襖的大漢，雖然在冰天雪地中，兩個人仍是挺胸凸腹，顯得和熊一般的神氣。

先出來的一人，四下瞧了瞧——他自然想不到這裡還會有人，瞧得自然很馬虎，只不過是對自己交代交代而已。

後出來的一人，瞧也未瞧，便又去推那墓碑——他氣力顯然不小，那墓碑被他一推，便又復原了。

於是兩人大步走下墓碑前的石階，口中卻在嘟嘟囔囔。

其中一人道：「這殘廢是什麼東西，派頭倒不小，這麼樣的天，還要咱們跑幾十里地去爲他配藥，這不是成心折磨人麼？」

另一人道：「王老大，你也莫埋怨了，不管他是誰，總之和咱們頭兒的交情不淺，否則頭兒又怎會帶他到這裡來？」

王老大道：「哼，若不是瞧這個，我會聽他的。」

那人笑道：「不管怎樣，反正咱們整天躲在裡面，雖然有酒有女人，也覺得悶得慌，趁這機會出來走走也好。」

王老大敞笑道：「對，咱們就趁機會逛他個半天，反正瞧那殘廢的模樣，就算不吃藥，也是死不了的。」

兩人說說笑笑，走得遠了，

朱七七直等他們身影完全瞧不見，方自走出，也不知是有意，是無意，也走到墓碑前，伸手一推。

她若不動這墓碑，倒也罷了，那知她也一推就動，這一動之下，她的一生生命又改變了。

墓碑一動，朱七七心也動了起來。

「這究竟是什麼人的密窟？那『殘廢』是誰？那『頭兒』又是誰？將密窟造在墳墓裡，八成不是好人，我得去瞧瞧。」

她天生就是好事的劣根性，沒有事也要找些事做，又何況她此刻遇著的又確是十分離奇詭秘之事？

常言道：「江山易改，本性難移。」

雖在如此情況下，她脾氣還是改不了。

墓碑一移開，地洞方露出，她就要往裡走。

但是……

「不對，這是什麼人的秘密，這是好人壞人，與我又有何關？我為何要多事？難怪沈浪說我……」

她本已要轉身，但想到沈浪，她的心又變了。

「沈浪，我為何直到此刻還要聽他的話，反正我已不想活了，就算進去遇險又算得什麼？」

她跺了跺腳，立下決心。

「我想做什麼就做什麼，誰也別想管我。」

她終於鑽了進去。

天下所有的密窟，所有的地道，差不多全是一樣的——陰森，黝黯，帶著股令人頭暈的霉濕氣。

這地道比較特別一點的是，既無人防守，也無機關，這或許是因爲這地方實在太秘密了，別人根本不會找進來，所以根本無需防守，也或許是因爲這墓裡的主人自視極高，根本就未將別人放在心上。

朱七七也不管這究竟是爲什麼，闔起墓碑，就往裡走。有十多級石階通下去。

然後，就是間小廳，佈置得竟也和普通富貴人家的客廳差不了多少。

朱七七探首一瞧，廳裡沒有人。

她居然就這樣走了進去，她根本不怕被人瞧見——她現在實已有種自暴自棄，只覺被人發覺了最好。

廳的前面，有扇門，朱七七筆直走了過去。

就在這時，門裡有笑語聲傳了出來。

「公子你想得端的周到，生怕你屬下在這裡悶得慌，還找來這兩位嬌滴滴的大姑娘陪著，真是好極妙極。」

朱七七身子陡然一震，腳步立刻停了。

這竟是金不換的笑聲，這惡賊，怎會在這。

只聽另一人道：「金兄有所不知，公子處處替人著想，才能成得了大事，此地若非如此享受，又有誰心甘情願的耽在這裡？」

這語聲也很熟，很熟……是誰呢？

朱七七想了想，終於恍然：「這是左公龍。」

金不換笑道：「不錯，別人若不心甘情願，縱然無奈耽在這裡，卻也會偷偷溜出去，這麼一來，卻用鞭子也趕不出去了。」

一人笑道：「但如今卻便宜了你，小玲，還不倒酒？」

這赫然竟是王憐花的聲音。

但奇怪的是，王憐花此刻的聲音，竟是有氣無力，而且說完了一句話，就不住喘氣，不住咳嗽。

朱七七一顆心，又幾乎要跳了出來。

她站在那裡，退也不是，進也不是。

門，是關著的。

但門底下卻有一條空隙，有燈光透出來。

朱七七呆了半晌，咬了咬牙，走到門口，蹲下身子，俯下頭，用一隻眼睛，向那條縫裡瞧進去——

只見裡面屋子中央，是個火燒得正旺的銅火盆，火盆邊有張擺滿酒菜的桌子，金不換和左公龍就坐在那裡。

有個穿著一身紅衣裳，雖蓬著頭髮，但臉上卻打扮得妖妖嬈嬈的女子，正在火盆邊弄火，那腰就和蛇似的。

另一個穿綠衣服的女子，卻坐在金不換懷裡，臉上紅馥馥，卻帶著笑，但一雙水汪汪的眼睛裡卻充滿了厭惡之色。

王憐花呢？

朱七七瞧了一轉，才瞧見王憐花，他此刻正倒臥在一張虎皮榻上，那張俊俏的臉，蒼白得有如死人一般。

金無望說得不錯，這惡魔果然已受了傷。

就連左公龍、金不換，似也負傷，左公龍右臂已被包紮，用根布帶吊在脖子上，傷得也像不輕。

金不換傷得卻顯然不重，此刻又吃又喝，還不忘時常去欺負欺負坐在他懷裡那可憐的女孩子。

但他卻又爲何偏偏要別人去爲他配藥——那兩個穿著羊皮襖的大漢，口中罵的「殘廢」自然就是他了。

朱七七再也想不到自己誤打誤撞竟又撞入了王憐花的密窟，人世間的遇合，爲什麼時常都是如此離奇湊巧？

屋子裡最失意的是王憐花，最得意的自然是金不換，金不換大笑大嚷，王憐花卻連說話的氣力都沒有。

他似乎很疲倦，很想睡，但金不換卻讓他睡不著。

金不換索性將那水蛇腰的紅衣姑娘，也拉了過去，左擁右抱，那兩個女孩子嘴裡吃吃的笑，心裡偷偷的罵。

不但朱七七瞧得又氣又恨，就連左公龍也似瞧不過了。

左公龍道：「金兄倒開心得很。」

金不換大笑道：「我正是開心得很，有這麼標緻的大姑娘在身旁，怎會不開心……來，小玲，讓你金大爺親一親。」

左公龍冷冷道：「在經過方才那種事後，金兄還能開心，這倒當真不容易。」

金不換道：「方才之事……嘿嘿，那可不早已過了，金無望那廝，眼見也是活不成了，咱們還不該開心？」

左公龍冷笑道：「金兄那時若是再補金無望一刀，他倒當真活不成了，只可惜……金兄那時走得卻太匆忙了些。」

金不換嘻嘻笑道：「我走得匆忙，左兄難道走得不匆忙麼？小弟瞧見王公子受傷不敢再留在那裡，左兄難道不是麼？」

左公龍面上一陣青，一陣白，再也說不出話來。

金不換卻大笑道：「事過境遷，左兄也該開心才是……小芳，快站起來唱個曲兒給你左大爺解解悶。」

那綠衣姑娘低著頭，道：「我不會唱。」

金不換道：「你娘的，幹這行連曲兒都不會唱。」

水蛇腰小玲陪笑道：「她真的不會，我來侍候大爺們一段吧。」

金不換道：「誰要你唱，小芳，你不會唱就侍候大爺們一段舞……你娘的，連舞都不會，隨便動動手動動腳不就成了麼。」

那小芳嘟著嘴站了起來，揮揮手，抬抬腿，就像個木頭人似的，小玲趕緊陪著笑，唱了起來。

「豆蔻花開三月三，一個蟲兒往裡鑽，鑽了半日，鑽不裡去，爬到花兒上打鞦韆，肉兒小心肝，我不開了，你怎麼鑽？」

金不換拍掌大笑道：「肉兒小心肝，你不開了，我也要鑽，瞧你怎麼辦……」

左公龍皺眉道：「公子還得安歇，金兄也歇歇吧。」

金不換笑道：「王公子麼……嘿嘿，反正他也活不長了，趁著還有一口氣的時候，瞧瞧樂子，有何不好。」

這句話說將出來，門裡門外，六個人俱都大吃一驚。

左公龍面色大變，吶吶道：「金……金兄莫……非在說笑。」

金不換道：「小弟從來不說笑的。」

王憐花笑道：「金兄怎知小弟活不長了。」

他雖然裝作若無其事，其實面色也有些變了。

金不換道：「我自然知道。」

左公龍道：「公子雖然中了金無望一掌，但那廝的掌力，又怎傷得了公子，不出七日，公子便可復原了。」

金不換道：「我卻說他活不過今日。」

左公龍失色道：「你……瘋了，胡說八道。」

金不換道：「我說他活不過今日，你可敢和我打賭麼？」

王憐花咯咯笑道：「不想小弟的死期，金兄倒知道了，只可惜小弟這裡什麼都準備得有，就是未準備棺材。」

金不換道：「那也無妨，等你死了後，就將你屍身，送到仁義莊，那仁義莊中，自然會爲你準備棺材的。」

他說得雖然平平淡淡，就好像這本是天經地義之事，但左公龍卻聽得臉黃了，吶吶的道：「金兄你這是什麼意思？」

金不換道：「我這是什麼意思，你還不知道？」

燈光下，只見他滿面俱是獰笑，剩下的那隻色瞇瞇的眼睛裡，此刻卻散發著一股狼一般的光芒。

左公龍機伶伶打了寒噤道：「小……弟不知。」

# 二十 罪大惡極

左公龍並非畏懼金不換的武功，只因他方才已見過金不換動手，金不換的武功，並未見能比他強勝許多。

他們畏懼的，只是金不換面目上此刻流露出的獰笑，這獰笑竟使得金不換本極猥瑣的面容，突然有了種懾人之力。

左公龍並不是好人，他所遇見的壞人也比好人多得多，但是，他卻從沒有看見過比金不換更壞的人。

他從沒有見過這種令人心驚膽戰的獰笑。

只見金不換已緩緩站了起來，緩步向王憐花走了過去，他嘴裡仍咀嚼著王憐花請他吃的肉，手裡仍拿著王憐花請他喝的酒。

杯中的酒，盛得極滿，他歪歪斜斜的走著，每走一步，杯子裡的酒，就會濺出一滴，就像是血一樣滴出來。

他目中的惡毒之意，也就像杯中的酒一樣，已快要濺出來了，這對眼睛，此刻正瞬也不瞬的望著王憐花。

王憐花臉更白了，強笑道：「你要怎樣？」

金不換道：「就算左公龍不知道我要怎樣，難道連你也不知道？」

王憐花道：「我雖知道，卻有些不懂。」

金不換嘻嘻笑道：「你有何不懂？」

王憐花道：「你要殺我，是麼？」

金不換大笑道：「好孩子，果然聰明。」

王憐花道：「但你我已是盟友，你爲何要殺我？」

金不換重重在地上啐了一口，獰笑道：「盟友，盟友値多少錢一斤？有奶就是娘，姓金的一輩子可沒交過一個朋友，誰若要交姓金的這朋友，他也準是瞎了眼。」

王憐花道：「但你昔日……」

金不換冷笑道：「昔日我瞧你還有兩下子，跟著你總可有些好處，所以才交你，但你此刻卻像個死狗似的躺著不能動了，誰還交你？」

王憐花道：「我此刻雖在無意中受傷，但這傷不久就會好的，我勢力遍佈十三省，屬下至少也有千人，只要你還願意交我這個朋友，等我好起來，於你豈非大有幫助，你是個聰明人，難道連這點都想不透。」

躲在門外的朱七七，瞧見王憐花在這生死一線的關頭中，居然仍然面不改色，侃侃而言，心裡倒不覺有些佩服。

只聽金不換道：「不錯，等你起來，我還可啃你這根肉骨頭，但一來我已等不及了，二來，我此刻宰了你，好處更多。」

他咯咯一笑，接道：「姓金的做事，從來不問別的，只問那件事好處多，就做那件。只要有好處，叫我替別人擦屁股都沒關係。」

王憐花道：「你此刻殺了我又有何好處？」

金不換道：「好處可多著咧，你要聽？」

王憐花道：「我倒想聽聽。」

金不換道：「第一，我此刻宰了你，就可將你自朱七七那裡騙來的東西，據爲己有，那一大堆黃澄澄的金子，也就是我的了。」

王憐花吸了口氣道：「原來此事你也知道。」

金不換道：「第二，你此刻已是有身價的人了，我宰了你，不但可到仁義莊去領花紅，還可博得他們讚我一聲義士，我名利兼收，何樂不爲……就算沈浪，他最恨的是你，而不是我，我若宰了你，他也會拍拍我的肩膀，誇我一聲：好朋友……你莫忘記，金無望也是你動手殺死的。」

王憐花苦笑道：「好……好……好！」

金不換大笑道：「當然好，連你也佩服我了，是麼？」

王憐花道：「但你莫要忘記，我屬下好手如雲，家母更是天下第一高手，你若殺了我，他們怎肯放得過你？」

金不換道：「我此刻殺了你，有誰知道。」

王憐花道：「你既要去仁義莊……」

金不換道：「這個，你儘管放心，仁義莊對於前去領取花紅之人，從來守口如瓶，否則還有誰肯爲了些許銀子前去惹麻煩。」

王憐花眼角一瞟左公龍，道：「還有左幫主。」

他故意將「幫主」兩字，說得極響，本已倒在椅子上不能動的左公龍，聽到「幫主」兩字身子果然一震。

王憐花若是死了，還有誰能將他扶上幫主寶座。

這「幫主」兩個字就像是火種，立刻就將他心中的貪慾之火燃了起來，燒得他幾乎已完全忘記畏懼。

他一躍而起，大喝道：「不錯，無論誰想加害王公子，我左公龍都萬萬不會坐視。」

他吼聲雖響，金不換卻不理他。只是冷冷道：「左公龍若是聰明的，此刻便該乖乖的坐在那裡，你若已變成死人，對他還有何好處？他若不動，好處多少總有些的。」

王憐花道：「他……他若……」

金不換冷笑道：「他若不聽明，我就連他也一齊宰了，死人是永遠不會說話的，他若不服，還想鬥一鬥……」

他猛然旋身目注左公龍，接道：「也不妨拿他剩下的那隻手來試試。」

左公龍瞧了瞧自己受傷的手，「噗」地，又坐了回去。

金不換哈哈大笑，將杯中酒一飲而盡，手一提，「嗆啷」一聲，那隻白花花的酒杯，也被他摔得粉碎。

小玲與小芳本已嚇得躲在一角，此刻小玲突的挺胸站了起來，輕輕一擰小芳的粉頰笑道：「你瞧，都是你小妞惹得金大爺生氣，還不快去給金大爺陪個禮，讓金大爺消消氣。」

這老資格的風塵女子，不但果然有一套，而且見得多了，膽子可真不小，竟敢在此刻挺身而出。

她倒並不是要救王憐花，她只是知道王憐花若死了她也活不了，王憐花雖明知如此，仍不禁感激的瞧了她一眼。

只見她拉著小芳的手，一扭一扭的走到金不換面前，將小芳嬌怯怯的身子，整個推進金不換懷裡。

她自己也膩在金不換身上，勾住他的脖子，吃吃笑道：「金大爺，莫要生氣了，讓我姐妹兩個侍候你，保險你……」突然壓低聲音，在金不換耳邊輕輕的說。

金不換捏捏她的胸膛，又擰擰小芳的身子，笑道：「兩個騷蹄子，肉倒不少，大爺少不得要宰宰你們。」

小玲眼睛似已將滴出水來，膩聲道：「要宰現在就宰吧，我已等不及了，後面就有屋子，還有張好大好大的床，鋪著雪白的床單。」

金不換獰笑道：「好。」

突然揚起手，啪，啪兩掌，將兩個嬌滴滴的大姑娘打得飛了出去，白生生的臉上早已多了五隻紅紅的指印。

小玲捂著臉，道：「你……你……」

金不換大笑道：「臭婊子，你當老子是什麼人，會上你的當，像你這種臭婊子，老子見得多了，沒有三千，也有八百。」

小玲突也放聲大罵道：「臭瞎子，臭殘廢，老娘有那隻眼睛瞧得上你，你連替老娘洗……」她索性豁出去了，什麼話都罵了出來。

那知金不換卻大笑道：「好，罵得好，少時你也得像這樣罵，罵得愈兇，老子愈痛快，老子就喜歡辦事的時候被人罵。」

朱七七只聽得一陣噁心，左公龍也想掩起耳朵。

王憐花卻嘆道：「像你這樣的人，天下倒的確少見，王憐花今日能栽在你這種人手上，也不算太冤枉了。」

金不換道：「你倒識貨。」

他獰笑一聲，接道：「但你此刻想必也後悔得很，後悔爲何不肯將丐幫弟子帶來，後悔爲何要叫你那兩個心腹去爲我抓藥。」

王憐花輕輕嘆了口氣，道：「我不但後悔，還可惜得很。」

金不換道：「你可惜什麼？」

王憐花道：「只可惜你這樣的人才，也活不長了。」

金不換怔了一怔，大笑道：「莫非你已駭糊塗了麼？要死的是你，不是我。」

王憐花微微一笑，道：「不錯，我要死了，你也差不多。」

金不換大喝道：「放屁！」

王憐花柔聲道：「金兄，你雖是世人中最最卑鄙，無恥，險惡，狡猾的人，但在下比起你來，也未見好許多。」

金不換獰笑道：「但你還是要上當。」

他雖然仍在獰笑，但那隻獨眼裡已閃起疑畏之光。

王憐花道：「我雖然上了金兄的當，但金兄也上了在下的當，金兄方才飲下的美酒裡，已有了在下的穿腸毒藥。」

金不換身子一震，如被雷轟，整個人都呆住了。

他呆了半晌，滿頭大汗，涔涔而落，顫聲道：「你……你騙我……哈哈，你騙我的，酒中若真有毒，我……我為何直到此刻還全無感覺？」

他又笑了，但這笑聲卻比哭還要難聽。

王憐花道：「那毒藥到七日才會發作，天下只有在下一人能救，金兄此刻若殺了在下，七日之後，只怕……」

金不換整個人都跳了起來，大吼道：「你騙我……你休想騙得了我，老子此刻偏偏就宰了你。」

王憐花道：「金兄若不信，請，請，此刻就請動手。」

金不換衝了過去，舉起手掌——

但這隻舉起的手掌，卻再也不敢劈下。

王憐花微笑道：「金兄為何不動手了？」

金不換舉起的手一揚，但卻是摑在他自己的臉上。

他一連打了自己幾個耳光，大罵道：「都是你這張嘴，爲何要貪吃，打死你，打死你。」

王憐花笑道：「輕些，輕些，金兄又何苦打疼自己。」

金不換突的仆地跪下，顫聲道：「王公子，大人不計小人過，你就饒了我吧，我方才只是……只是鬧著玩的，王公子，你伸手解了我的毒，我一輩子感激不盡。」

王憐花笑道：「你要我救你，好，但卻要等七日。」

金不換嘶聲道：「但七日後你的傷就可好了。」

王憐花含笑道：「不錯。」

金不換反手抹汗，道：「你……你的傷好了，怎會放過我。」

王憐花道：「會的，但信不信，卻得由你了。」

金不換叩首道：「七天，在下等不及了，就請王公子現在……」

王憐花大笑道：「我現在若救你，我可活不成了。」

金不換突又大喝道：「我好言求你，是給你面子，你此刻已落在我手上，乖乖的替老子解毒便罷，否則……」

王憐花微微笑道：「否則又怎樣，我若救你必定是死，不救你還有活命的希望，你若換了我，又當怎辦？」

金不換呆在當地——跪在當地，真的不知該怎麼辦，他既不敢此刻便殺王憐花，也不敢等到七日之後。

他雖然用盡各種方法，怎奈王憐花全不賣帳，若說他方才比老虎要威風，此刻他實比老鼠還要可憐。

這一切自都落在朱七七眼中，只瞧得她忽而驚奇，忽而噁心，忽而憤怒，忽又覺得好笑。她暗暗忖這：「金不換這廝心腸之毒，臉皮之厚，當真是天下無雙，他正在發威之時，居然還能跪得下來，已跪在那裡，居然還能發威……唉，天下雖大，但除了他之外，這種事只怕再也沒有第二個人能做得出了。」

但若說金不換是狐狸，王憐花便是豺狼，若說金不換乃是惡魔，王憐花便是魔王了。

「這魔王如今躺在床上，我便在他門外，這是何等樣的機會，這機會我若不知好好把握，簡直該打耳光。」

只聽王憐花笑道：「金兄你前倨而後恭？跪在那裡，在下也擔當不起。」

左公龍趕緊陪笑道：「是，是，王公子說得是，你……」

金不換獰笑道：「我怎樣，你此刻討的什麼好，賣的什麼乖？你莫忘了，你方才也未做好人，王憐花就會隨便饒了你。」

左公龍抹汗道：「我……我方才只是被你脅從。」

金不換道：「你也莫忘了，你此刻性命，也還捏在我手中，我隨時高興，隨時都可將你這條小命拿來玩玩。」

左公龍汗出如雨，嗄聲道：「我……我……」

突然間「砰」的一聲，門已被撞開。

一個人飛也似撲了進來，直撲金不換。

金不換大驚旋身，失聲道：「朱七七，是你。」

朱七七咯咯笑道：「你還想逃麼，沈浪……沈浪，他們都在這裡，你快來呀。」

說話之間，她出手如風，已攻出數掌。

金不換見她來了，雖然吃驚，又有些歡喜，正覺她是送到口的肥羊，正要施展手腳，將她活活拿下。

但一聽到沈浪的名字，他的手立刻就軟了。

「不錯，朱七七既來了，沈浪哪裡會遠？」

朱七七大喝道：「金不換，你莫逃……莫要逃。」

金不換喃喃道：「不逃的是孫子。」

他什麼也顧不得了，虛晃一掌，奪門而出——這石室中還另有一扇門戶，想見也有道路通向墓外。

朱七七道：「左公龍，他逃了，你不准逃。」

左公龍暗道：「他逃了，我為何不逃，我又不是呆子。」

心念一轉，腳底抹油，逃得比金不換還快。

朱七七大嚷道：「有種的莫逃，你們逃不掉的。」

她嘴裡大呼大叫，腳下可沒移動半分——她嘴裡雖叫人家莫逃，心裡卻希望他們逃得愈快愈好。

王憐花瞧見朱七七闖入，聽她呼喚沈浪，也是立刻面無人色，但此刻他瞧見朱七七如此模樣，嘴角突然泛起笑容。

朱七七還在呼喝道：「沈浪，他們從那邊逃了，快追。」

王憐花突然大聲道：「王憐花還未逃，咱莫要追趕。」

朱七七先是一怔，立刻發覺他這原來是在學沈浪說話，好教外面還未逃遠的金不換聽了，再也不敢回來。

這時王憐花已壓低聲音，笑道：「多謝姑娘，前來相救。」

朱七七回身叱道：「你住嘴。」

王憐花道：「沈相公怎地未來？」

朱七七道：「你怎知道他未來，他就在外面。」

王憐花笑道：「沈相公若在門外，姑娘你就不會故意要將他們駭走了……在下也就不會幫著姑娘將他們駭走了。」

朱七七道：「你倒是什麼都知道。」

王憐花道：「察言觀色，在下一向擅長。」

朱七七冷笑道：「就算沈浪未來，又怎的，憑我一個人，難道對付不了你？」

王憐花道：「在下此刻已是手無縛雞之力，姑娘自然……」

朱七七道：「既是如此，你高興什麼？你以為我是來救你的麼？哼，我只是不願讓你落在別人的手上而已。」

王憐花笑道：「自然，自然。」

朱七七道：「你方才還可威脅金不換，叫他不敢向你下手，但你此刻落在我手上，可比方才還要慘得多了。」

王憐花笑道：「姑娘此刻就算殺死我，我也是高興的，讓姑娘這樣的天仙美人殺死，總比落在那獨眼殘廢……」

朱七七冷笑道：「你若認爲落在我手上舒服，你是錯了，金不換最多不過宰了你，但我……我卻要慢慢折磨你。」

她想起王憐花對她做的種種可惡之事，當真是恨上心頭，一步竄過去，順手就給了他三個耳括子。

王憐花笑道：「能被姑娘這樣的纖纖玉手打上幾下，也算是三生有幸，姑娘若不嫌手疼，不妨再打幾下。」

朱七七道：「真的麼?好。」

話未說完，反手又是五，六個耳括子。

王憐花笑道：「打得好，打得好。」

朱七七道：「打得好就再打。」

這七八個耳括子打了下去，王憐花一張蒼白的面孔，已變作豬肝顏色，看來也像是突然醉了許多。

朱七七冷笑道：「打得好不好，你還要不要再打？」

王憐花道：「你……你……」

他的臉此刻就好像被火燒著了似的，那些油腔滑調，此時此刻，他委實再也說不出來了。

小玲與小芳瞧得睜大眼睛，再也想不到如此甜美嬌俏的少女，竟如此狠得下心，手段竟如此毒辣。

朱七七冷笑道：「你不說話，好，我再打。」

她雖未使出真力，但下手卻是又快又重。

王憐花終於嘆道：「姑娘何時變得如此狠心了！」

朱七七道：「你說夠了麼？」

王憐花趕緊道：「夠了，夠了。」

朱七七道：「打得冤不冤？」

王憐花道：「不冤，不冤。」

朱七七道：「你若以為我還是昔日的朱七七，你就錯了，告訴你，我已變了，從頭到腳，每分每寸都變了。」

王憐花道：「姑娘莫非是受了什麼人的氣……」

他話未說完，臉上又著了兩掌。

朱七七冷笑道：「你若敢再胡言亂語，我就先割下你一隻耳朵，你信不信，哼，我要你知道，朱七七可再也不是好欺負的人了。」

王憐花只得道：「是，是。」

朱七七道：「你還記不記得，那日我被你騙得好苦。」

王憐花道：「記得……不記得……唉，姑娘，昔日之事，還提它做甚。」

朱七七道：「不提？哼！我一輩子也不會忘記，老天有眼今日要你落在我手中，你……你……你還有什麼話說。」

王憐花嘆道：「在下無話可說，姑娘要我怎樣，我就怎樣。」

朱七七道：「好，先拿來。」

王憐花道：「什……什麼？」

朱七七怒道：「你還裝蒜，騙去我的東西，先還我。」

王憐花苦笑道：「是是，但憑姑娘吩咐。」

他受傷果然不輕，費了多少氣力，才將那一對耳環取出，朱七七一把奪了過來，冷笑道：「王憐花呀，王憐花，想不到你也有今日。」

王憐花苦笑道：「姑娘還有何吩咐？」

朱七七卻不答話，手撫雲鬢，來回踱了幾圈。

她走到西，王憐花的眼睛便跟到西，她走到東，王憐花的眼睛就跟到東，他一心想要瞧破她的心意。

那小玲不知何時端來張凳子，陪笑道：「姑娘莫生氣，先坐下來歇歇，就算王公子對你負了心，那他……」

朱七七怒道：「放屁，他對我負心？哼，他還不配，你好生在一旁站著，我也不會難為你，你若多事，哼！」

小玲陪笑道：「是，是，我絕不多事。」

她自己是女人，她知道女人若是狠起心來，可比男人還要狠得多，果然不敢再說一句話，乖乖的退開去了。

王憐花心念一動，突然道：「男人負心，最是可惡，姑娘若要找人幫著姑娘去對付負心的男人，在下可是再也恰當不過。」

朱七七道：「你住嘴。」

她雖然還想裝出兇狠的模樣，但眼圈兒卻已不覺紅了——王憐花幾句話，確實說入了她的心眼兒裡。

王憐花暗暗歡喜，知道朱七七暫時是絕不會向他出手的了，只要此刻不出手，日後總有法子。

他法子的確多得是。

只見朱七七又踱了兩圈，突然出手點了王憐花兩處穴道，用棉被將他一包，竟扛著他往外走。

小玲道：「姑……姑娘，你要將王公子帶去哪裡？」

朱七七冷笑道：「若是有人回來問你，你就說王憐花已被朱七七姑娘帶走了，若有人要來找他，我就先要他的命。」

小玲轉了轉眼波，突也笑道：「有人回來，只怕我們也早就走了……」放低聲音道：「幸好他兩人的銀子，還都在這裡。」

雪，又在落著。

王憐花嘆道：「風塵中的女子，真不可信……」

朱七七冷笑道：「江湖中的男子，就可相信？」

王憐花笑道：「對，對，男人也不是好東西。」

朱七七道：「哼，我倒是第一次聽你說人話。」

她雖然輕功不弱，但肩上扛著個大男人，究竟行走不便——被她扛在肩上的王憐花，那滋味自更難受。

王憐花忍不住道：「姑娘要將在下帶去哪裡？」

朱七七道：「這裡說話施令的人，只有一個，就是我，知道麼？無論我將你帶去哪裡，你還是閉著嘴得好。」

王憐花苦笑道：「遵命。」

朱七七放眼四望，四下不見人煙，她心裡不禁也有些著急，揹著個大男人四處走，總不是事。

好容易走到一處，見地下車轍往來，似已走上了大道，要知道路也被積雪所沒，根本難以分辨。

朱七七在枯樹旁，尋了塊石頭坐下來，卻將王憐花拋在雪地裡，她若非對王憐花已恨之入骨，委實也狠不下這個心。

王憐花端的是好角色，竟然逆來順受，非但一聲不響，反而面帶笑容，雖是面目早已凍僵了，笑得實在難看得很。

過了半晌，一輛大車，遠遠駛到近前。

朱七七吆喝一聲，走得本不快的大車，緩緩停下，趕車的還未說話，車廂裡已伸出個頭來，道：「快走快走，這輛車是包下的，不搭便客。」

朱七七話也不說，一把拉開了車門。

只見車廂高坐著三個買賣打扮的漢子，有一個彷彿還眼熟得很，但朱七七也未細看，厲叱道：「下來，全給我下來。」

一個臉圓圓的漢子吃驚道：「下去，憑什麼下去？」

朱七七道：「你們遇著強盜了，知道麼？」

那圓臉漢子失色道：「強……強盜在哪裡？」

朱七七道：「我就是強盜。」

瞧見那漢子腰裡還掛著口單刀，朱七七手一伸，「嗆」的，將單刀抽了出來，在膝上一拗，單刀折為兩段。

那三個漢子瞧得臉都青了，再也不說話，跌跌撞撞，走了下來，朱七七將王憐花往車上一拋，道：「趕車的，走。」

那趕車的也被駭糊塗了，吃吃道：「姑……姑娘，大王，去哪裡？」

朱七七道：「往前面走就是，到了我自會告訴你。」

於是車馬前行，卻將那三條漢子拋在風雪裡。

王憐花笑道：「大王……不想姑娘竟變做大王了。」

朱七七板著臉，不理他。

其實她想起方才自己所做所爲，心裡也不覺有些好笑，就在半天前，她做夢也想不到自己會做出這樣的事來的。

半天前，沈浪還在她身旁。

她想起沈浪，沈浪若是瞧見她做出這樣的事，不知會怎麼樣，他面上的表情，必定好笑得很。

但沈浪此刻在哪裡？他又怎會瞧見自己？

一時間，朱七七忽愁忽喜，又不禁柔腸百轉。

「無論如何，王憐花此刻總已落在我手中，他是個聰明人，既然落在我手中，必定會聽我的話的。有了他，我必定可以做出一些令沈浪吃驚的事來，他一時縱瞧不見，總有一天會知道的。」

想到這裡，朱七七不覺打起精神，大喝道：「趕車的，趕快些，趕到附近最大一個城鎮，找一個最大的客棧，多做事，少說話，總有你的好處。」

車馬果然在一家規模極大的客棧停下了。

朱七七已自王憐花身上抽出了一疊銀票，瞧了瞧，最小的一張，是五百兩，她隨手就將這張給了趕車的。

趕車的瞧了瞧，又驚得呆了——歡喜得呆了。

朱七七沉聲道：「嘴閉緊些，知道麼，否則要你的命。」

趕車只覺自己好像做了個夢，前半段是噩夢，後半段卻是好夢，這一來，他下半輩子都不必再趕車了。

走進櫃台，朱七七又抛下張千兩的銀票，道：「這放在櫃上，使多少，算多少，先給店裡的伙計，每人二十兩小帳，找兩間上好屋子，將車上的病人扛進去。」

這張千兩銀票，就像是鞭子似的，將店裡大大小小，上至掌櫃，下至小二，幾十個伙計都打得變成了馬戲班的猴子，生怕拍不上馬屁。

上好的房間，自然是上好的房間，還有好茶、好酒，雪白的床單、雪白的面巾，紅紅的笑臉、紅紅的爐火。

朱七七道：「櫃上支銀兩，先去買幾套現成的男女衣服，再備輛大車侍候著，沒有事不准進來，知道麼？好，去吧。」

不到頓飯功夫，衣服買來，人退下。

王憐花笑道：「姑娘的出手好生大方。」

朱七七道：「反正是慷他人之慨，你心疼麼？」

王憐花道：「不疼不疼，我的人也是姑娘的，我疼什麼？姑娘別說使些銀子，就算割下我的肉吃，也沒什麼。」

朱七七道：「倒很知趣。」

王憐花道：「在下自是知趣得很。」

朱七七道：「好，你既知趣，我就問你，我要你做事，你可聽話？只要你乖乖的聽話，你這條命就還有希望活著。」

王憐花道：「姑娘無論吩咐什麼，在下照辦不誤。」

朱七七道：「好，第一，你先將你自己的模樣變一變——你莫皺眉，我知道易容的盒子，你總是帶在身上的。」

王憐花道：「姑娘要我變成什麼模樣？」

朱七七眼珠轉了轉，道：「變成女的。」

王憐花怔了一怔，苦笑道：「女的……這……」

朱七七臉一沉，道：「怎麼？你不願意？」

王憐花苦著臉道：「我……我只怕不像。」

朱七七道：「像的，反正你本來就有幾分像女子……好，盒子拿出來，我解開你上半身穴道，你就快動手吧。」

王憐花道：「姑娘要我變成什麼樣的女子？」

朱七七道：「白白的臉，細細的眉……眉毛要總是皺著，表示已久病不起……嗯，頭髮也得蓬鬆鬆的。」

王憐花若真是女子，倒還真有幾分姿色，果然白生生的臉，半展著的眉，果然是一副病美人的模樣。

朱七七實在想笑，王憐花卻實在想哭。

朱七七撿了件衣裳，忍住笑道：「這件衣裳店伙以爲是我要穿，卻不知穿的是你。」

王憐花忍住氣道：「姑娘還有何吩咐？」

朱七七道：「你將我也變一變。」

王憐花道：「姑娘又要變成什麼模樣？」

朱七七道：「我要變個男的。」

王憐花又是一怔，道：「什……什麼樣的男人？」

朱七七眼珠又一轉，道：「變一個翩翩濁世佳公子，要教女人見了都著迷，但卻不可有脂粉氣，不可讓人瞧破……反正我本來說話行事，就和男人差不多的。」

王憐花嘆了口氣，道：「我若不知易容術，那有多好。」

朱七七道：「你若不知易容，我已早就宰了你。」

朱七七若是男人，倒真是翩翩佳公子。

她對鏡自攬，也不禁甚覺好笑，甚覺有趣，喃喃道：「沈浪呀沈浪，如今我若和你搶一個女人，你準搶不過我……」想起沈浪，她的笑不覺又變爲嘆息。

窗外，天色已黯。

但卻不斷有車轔馬嘶聲，從窗外傳了進來。

朱七七突然推開房門，呼道：「小二。」

一個店小二，躬著腰，陪著笑，跑了過來，瞧見站在門口的，竟是個男的，不禁一怔，道：「原來公……公子的病已好了。」

朱七七知道他必是將自己當作方才被裹在棉被裡的王憐花，這一錯倒真錯得恰到好處，當下忍不住笑道：「病好了有什麼不好？」

店小二趕緊陪笑道：「小的只是恭喜……」

突然瞧見躺在床上的王憐花，失聲道：「呀，那位姑娘卻病了。」

朱七七含糊著道：「嗯，她病了……我問你，你這店裡，怎地如此吵鬧？」

店小二道：「不瞞客官，小店生意雖一向不錯，卻也少有如此熱鬧，但不知怎地，這兩天來的客人卻特別多，就是這兩間屋子，還是特別讓出來給公子的。」

朱七七心頭一動，道：「來的都是些什麼樣的人？」

店小二道：「看來，都像是保鏢的達官爺……唉，這些人不比公子是有身分的，難免吵鬧些，還請公子擔當則個。」

朱七七道：「哦……知道了，你去吧。」

店小二倒退著走了，心裡卻不免暗暗奇怪：「這兩位到底是怎麼回事，男的好得這麼快，女的又病得這麼快，花銀子像流水，卻連換洗的衣裳還得現買，……呸，我管人家的閒事幹什麼？那二十兩銀子，還不能把我變成瞎子，啞巴麼？」

朱七七關起門，回首道：「王憐花，此城中驟然來了許多江湖人物，想必又有事將要發生，究竟是什麼事，你倒說來聽聽。」

王憐花道：「在下也不知道。」

朱七七一拍桌子，道：「你會不知道？」

王憐花苦笑道：「江湖中，天天都有事發生，在下又怎會知道得那麼多。」

朱七七道：「哼。」

突然想起一事，又道：「展英松那些人，一入仁義莊，便都死了，這又是為的什麼？」

王憐花道：「呀！真的麼……這在下也不知情。」

朱七七厲聲道：「不是你做的手腳？」

王憐花嘆了口氣，道：「在下此刻已是姑娘的掌中物，生死都操在姑娘手上，姑娘要我做什麼，我自然不敢不做，姑娘要問我什麼，我也不敢不答，但姑娘若要問我也不知道的事……唉，姑娘就是逼死我，我也說不出。」

朱七七冷笑道：「總有一天，我要你什麼話都說出來的，但現在還不忙。」

她尋思半晌，突又推開門，喚道：「小二。」

小二這次來得更快，陪笑道：「公子有何吩咐？」

朱七七道：「去找頂軟兜子，再找兩個大腳婆子服侍，我要帶著我侄女上街逛逛，讓她透透風，知道了麼？快去。」

店小二笑道：「這個容易。」

小二一走，王憐花不禁苦笑道：「侄女？……唉，我做你的侄女，不嫌太大了麼？爲何不說你的姐姐、妹妹，當然，最好說是你的妻子，人家就會相信得多。」

朱七七怒道：「你可是臉上又有些癢了？」

王憐花道：「我……我只是怕人不信。」

朱七七道：「我不說你是我孫女，已是客氣的了。」

語音微頓，接口又道：「此刻我要帶你出去，不但要點你『氣海囊穴』叫你不能動彈，還要點你啞穴，讓你不能說話。」

王憐花苦笑道：「姑娘動手就是，又何必告訴我。」

朱七七道：「我告訴你，只是要你老實些，最好連眼珠子都莫要亂動……莫要忘記，我隨時都可取你性命，那真比吃白菜還容易。」

軟兜子倒也精緻小巧，兩個大腳婆子不費氣力，便可抬起，王憐花圍著棉被，坐在軟兜裡，動也不能動。

朱七七瞧了兩眼，心頭也不禁暗暗好笑：「王憐花呀王憐花，你讓人受罪多了，如今我也讓你受活罪。」

王憐花當真是在受活罪。

他心裡是何滋味，只有天知道。

軟兜子在前面走，朱七七跟在後面，緩步而行。

只見這城鎮倒也熱鬧，此刻晚市初起，街上走著的，果然有不少武林豪傑，只是朱七七一個也認不得。

她只覺得這些武林豪傑面目之間，一個個俱是喜氣洋洋，顯見這城鎮縱然有事發生，也不會是兇殺之事。

突然間，街旁轉出兩個人來。

左面一人，是個男的，紫臉膛，獅子鼻，濃眉大眼，顧盼生雄，一身紫緞錦袍，氣概十分軒昂。

右面一人，是個女的。

這女的模樣，卻委實不堪領教，走在那紫面大漢身旁，竟矮了一個半頭，不但人像個肉球，腮旁也生著個肉球。

若是這紫袍大漢也是個醜人，那倒還罷了，偏偏這大漢氣概如此軒昂，使襯得這女子愈是醜不堪言。

這兩人走在一起，自是刺眼得很，路上行人見了，自然又是驚奇，又是好笑：「怎地烏鴉配了大鵬鳥。」

但凡是武林豪傑，瞧見這兩人，面上可不敢露出半分好笑的顏色，兩人一露面，已有人畢恭畢敬，躬身行禮。

這兩人朱七七也是認得的。

她心頭不覺暗吃一驚：「怎地『雄獅』喬五與『巧手蘭心女諸葛』花四姑，竟雙雙到了這裡？」

只見「雄獅」喬五目光睥睨，四下的人是在竊笑，是在行禮，他完全都未放在心上，更未瞧在眼裡。

走在他身畔的花四姑，更是將全副心神，完全都放在喬五一個人身上了，別人的事，她更是不聞不見。

她模樣雖然還是那麼醜，但修飾已整潔多了，尤其是面上竟似乎已多了一層光輝，使得她看來已較昔日順眼得多。

朱七七雖只瞧了一眼，但卻已瞧出這是愛情的光輝，只因她自己也曾有過這種光輝，雖然如今已黯淡了。

「呀，花四姑竟和喬五……」朱七七雖然驚奇，卻又不免爲他兩人歡喜，花四姑雖非美女，卻是才女，才女也可配得上英雄的。

只見兩人對面走來，也多瞧了朱七七一眼——只不過多瞧了一眼而已，王憐花的易容術確是天下無雙。

他們走過了，朱七七還忍不住回頭去瞧。

這時，喬五與花四姑卻已走上了間酒樓。

悅賓樓。

這時街頭才開始有了竊竊私談聲：「你知道那是誰麼？嘿，提起來可是赫赫有名，兩人都是當今武林『七大高手』中的人物。」

「俺怎會不知道，江湖中行走的，若不認得這兩位，才是瞎了眼了，奇怪的是，他兩人怎會……怎會……」

「老哥，少說兩句吧，留心閃了舌頭。」

朱七七暗嘆忖道：「七大高手在江湖中，名頭倒當真不少，只可惜七大高手中也有像金不換那樣的害群之馬。」

她微一沉吟，突然向那兩個大腳婆子道：「咱們也要上悅賓樓去坐坐，煩你們將姑娘扶上去。」

這時，王憐花目光已變了，似乎瞧見了什麼奇怪的人物，只是他被點了啞穴，有話也說不出來。

悅賓樓，出奇的寬敞，百十個客人，竟還未坐滿。

「雄獅」喬五與花四姑已在窗子邊的一張桌子旁坐下了，這是個好位子，顯然是別人讓出來的。

朱七七上樓，只覺這兩人利剪般的目光，又向她瞟了一眼，然後兩人輕輕地不知說了句什麼。

朱七七只作未見，大大方方，遠遠尋了張桌子坐下——王憐花被兩個大腳婆子架住，也坐到她身旁。

他兩人看來委實不像江湖人物，所以別的人也並未對他們留意，只聽旁邊桌子上有人在悄語：「不想這件事驚動的人倒不少，連那兩位都來了。」

說話的這人朱七七也有些面熟，但卻忘了在那裡見過，此人唇紅白齒，衣衫整潔人，是位俊俏人物。

另一人道：「這件事本來就不小，依小弟看來，除了這兩位外，必定還會有人來的，說不定也會到這悅賓樓來，你等著瞧吧。」

那少年笑道：「正是，武林人到了這裡，自然要上悅賓樓的，就算這兒的菜又貴又難吃，也得瞧主人的面子。」

朱七七嘴裡在點酒菜，心中又不免暗暗思忖：這件事，卻又是什麼事？怎會驚動這許多江湖人？

這酒樓的主人又是誰？難道也是成名的英雄？

她眼睛不停的瞟來瞟去，只見這酒樓上坐著的，十人中倒有八人是江湖好漢——他們穿的衣服縱然和普通人沒什麼不同，但那神情，那姿態，那喝酒的模樣，卻好像貼在臉上的招牌似的。

這些人有的英朗，有的猥瑣，有的醜，有的俊，朱七七想了半天，也沒瞧出有什麼出奇的人物。

了。

但，突然間，她瞧見了一個人，目光立刻被吸引住。

這人模樣其實也沒有什麼出奇——在酒樓上這麼多人裡，他模樣簡直可以說是最最平凡的了。

但不知怎地，這平平凡凡，普普通通的人身上，卻似有一種絕不平常，絕不普通的地方。那是什麼地方，朱七七也說不出。

這人年紀已有五十上下，蠟黃的臉色，細眉小眼，留著幾根山羊鬍子，穿著半新不舊的狐皮襖。

看來，這只是個買賣做得還不錯的生意人，或者是退職的小官吏，在風雪天裡，獨自來享受幾杯老酒。

但這人的酒量卻真不小——若說這人有什麼與眾不同的奇怪地方，這就是他唯一奇怪的地方了。

他面前的桌子上，只擺著兩樣菜，但酒壺卻有七八個之多，而且酒杯也有七八個之多。只見他一手捻鬚，一手持杯，半瞇著眼，在仔細品嚐這些酒的滋味，有時點頭微笑，有時皺眉搖頭。

這七八壺酒，顯然都是不同的酒，他要品嚐酒味，生怕酒味混雜了，所以就用七八個杯子分別裝著。

看來，這不過只是個既愛喝酒，又會喝酒的老頭子，別人既不會對他有惡意，他更不會對別人有壞心。

麼？

但不知怎地，朱七七瞧了他幾眼，心裡竟泛起一種厭惡、畏懼之感，她也不知道這是爲什

她只覺再也不願多瞧他一眼，彷彿只要多瞧他一眼，就會有什麼不幸的災禍要臨頭一般。

這種奇異的感覺，別人也不知有沒有，但這小老人卻似已完全陶醉在杯中天地裡，別人對他如何感覺，他全然不管。

王憐花竟也在盯著這老人瞧，目中神色也奇怪得很。

朱七七忍不住悄聲道：「那人你認得麼？」

王憐花搖了搖頭。

就在這時，突有一陣大笑聲自樓下傳了上來。

有人道：「大哥怎地許久不見了，想得小兄弟們好苦，大哥若在什麼地方享福，也早該將這些通知小兄弟呀。」

另一人笑道：「享個屁福，這兩天我來回的跑，跑得簡直跟馬似的，若不是遇見梁二，還不知道你們都在這裡。」

朱七七還沒瞧見人，只聽這豪邁的笑聲，已知道這是什麼人了，心裡立刻暖和和的，像是喝了一壺酒。

王憐花也知道這是什麼人了，卻不禁暗中皺了皺眉。

這人是熊貓兒。

笑聲中，幾個歪戴著皮帽，反穿著皮襖的大漢，已擁著神采奕奕，滿紅面光的熊貓兒上了樓。

酒樓上的小二也在皺眉頭，這悅賓店可不是尋常地方，江湖豪傑，他們是歡迎的，但這些市井無賴今日怎地也敢上樓？

幾個小二暗中遞了個眼色，兩個人迎了上去，一個人卻悄悄繞進後面的帳房，朱七七突然開心起來。

她知道這又有好戲瞧了。

熊貓兒敞著衣襟，腰裡還掛著那胡蘆，一雙大又亮的眼睛，正帶著笑在四下轉來轉去。

店小二已迎了上去，皮笑肉不笑地道：「對不起，這兒客滿了，各位上別處照顧去吧。」

熊貓兒那條劍也似的濃眉微微一軒，道：「那不是還有空位子麼？」

店小二冷冷道：「空座都有人訂下了。」

熊貓兒身旁一個稍長大漢怒道：「什麼人訂下了，明明是狗眼看人低，大爺照樣花得起大把銀子，你憑什麼不侍候大爺們。」

店小二冷笑道：「你有銀子不會上別處用去？這兒就算有空座，今天就不賣給你，你又怎能咬得下我的卵子？」

那大漢怒吼一聲，登時一拳擊出，卻不知店小二也有兩下子，一個虎跳，竟然閃了開去。

於是店小二齊地湧了上來，那些大漢也挽袖子，瞪眼睛，兩下大聲喝罵，立刻就「乒乒乓乓」打了起來。

但還沒打兩拳，六七個店小二，突然一個接一個的飛了起來，一個接一個滾下了樓去！

朱七七暗中拍掌笑道：「貓兒出手了。」

滿樓豪傑，本都未將這回事瞧在眼裡，此刻卻不禁心頭一震，眼睛一亮，幾百道目光，全被瞧在熊貓兒身上。

熊貓兒卻仍是嘻嘻哈哈，若無其事，笑道：「咱們自己找座位坐，若沒有人侍候，咱們就自己拿酒喝，反正今日咱們在這悅賓樓吃定了。」

四個大漢一齊笑道：「對，就這麼辦。」

朱七七鄰桌的美少年，輕笑道：「好一條漢子，好俊的身手。」

另一人卻道：「身手雖俊，今日只怕還是要吃虧。」

這時人人都已瞧見，後面的帳房裡，已有幾個人走出來了——熊貓兒也瞧見了，已停住了腳步。

喧嘩的酒樓，立刻安靜了下來。

朱七七本想與那人打賭：「熊貓兒決不會吃虧的。」

她瞧見自帳房中出來的那幾個人，神情卻立刻變了，像是要說什麼話，但又終於忍住了。

她鄰桌的美少年又在悄聲低語：「他怎地今日也在這裡？」

另一人道：「這倒的確有些奇怪，他雖然是這酒樓的主人，但終年難得來一兩趟，小弟倒真的沒想到他今日會在這裡。」

美少年唏噓道：「他既在這裡，這莽少年只怕真的要吃虧了。」

他們口中所說的「他」，顯然便是白帳房中當先走出的一人——其餘六七人，有如捧鳳凰般圍在他四周。

只見他身材不高，氣派卻不小，身上穿的件藍色長衫，雖不華麗，但剪裁得卻是出奇的合身，叫人看著舒服。

他看來年紀並不甚輕，卻也不甚老，面色不太白，卻也不黑，眼睛不算大，卻教你不敢逼視。

他唇邊留著些短髭，修剪得十分光潔整齊，就是這一排短髭，才使他那嚴肅的面上顯得有些風流的味道。

總之，此人從頭到腳，都透著股精明強悍之色，無論是誰，只要瞧他一眼，都絕不會輕視於他。

他身上並沒有一件值錢的東西，但無論是誰，只要瞧他一眼，便可瞧出他是家財百萬，出身世家的豪富。

此時此刻，有這樣的人物走出來，自然更是引人注目，無論識與不識，都不禁在暗中議論：「這莽少年一定要倒楣了。」

但熊貓兒卻仍然滿面笑容，一雙大眼睛，瞬也不瞬地瞪著他，就算他的目光是刀，熊貓兒也不在乎。

這藍衫人目光卻未盯著熊貓兒，只在酒樓四下打著轉，一邊和認得他的人連連打招呼，一邊笑道：「朋友遠來，兄弟本該早就出來招呼，只是……」

熊貓兒大笑道：「你怕朋友們要你請客，自然躲在帳房裡不敢出來。」

藍衫人只作未聞，還是笑道：「若有招待不周之處，還請各位原諒……」

熊貓笑道：「這兒的招待確是不周，原諒不得。」

藍衫人道：「各位還請安心喝酒……」

熊貓兒道：「有人在旁打架，誰能安心喝酒。」

藍衫人每句話都未說完，每句話都被熊貓兒打斷了，但他面上卻全無激怒之色，只是目光已移向熊貓兒。

熊貓兒道：「瞧什麼？不認得麼？」

藍衫人道：「確是眼生得很。」

熊貓兒笑道：「不認得最好，認得就打不起架來了。」

藍衫人笑道：「兄台要做別的事，還有些困難，但要打架麼，卻容易得很，只是此地高朋滿座，你我不如下去……」

熊貓兒道：「沒人瞧著，打架有什麼意思。」

藍衫人終於微微變色，道：「如此說來，你是成心拆台來的。」

熊貓兒笑道：「你拆我的台，我自然要拆你的。」

藍衫人仰天狂笑道：「好，我……」

熊貓兒道：「你不必亮字號，我既要拆你的台，不管你是誰，我好歹是拆定了，你亮字號那有個屁用。」

藍衫人怒道：「好橫的少年人。」

熊貓兒大笑道：「人不犯我，我不犯人，人若得罪了我，那保管沒完沒了。」

藍衫人身旁兩條緊衣大漢，實在忍不住，怒叱一聲，雙雙搶出，四隻碗大的拳頭揮了出去，口中叱道：「下去。」

「下去」兩個字說完，果然有人下去了。

這兩條大漢武功竟不弱，不但拳風凌厲，而且招式也有板有眼，兩人一個攻上打左，一個擊下打右。

這四隻拳路委實將熊貓兒上下左右封死了。

那知熊貓兒出手一格——他兩條手臂竟像是生鐵鑄的，那兩條大漢頓時間只覺整個身子全麻了。

熊貓兒已乘勢扣住他們的手腕，乘著他們前撲之力還未消失，藉力使力，輕輕一托一帶。

那兩條大漢八九十斤的身子，竟也像是只風箏飛了出去，「咕嚨咚」，一齊滾下了樓。

這一來，滿樓群豪更是聳然動容，就連「雄獅」喬五與花四姑都不禁長身而起，要將這少年瞧清楚些。

熊貓兒帶來的兄弟們早已轟然喝采起來，震耳的采聲中，只有那個面前擺著七八隻酒壺的小老人，他還是在安坐品酒。

熊貓兒望著那藍衫人笑道：「怎樣，可是該輪到你了。」

藍衫人一言不發，緩緩脫下了長衫，仔仔細細疊了起來，交給他身旁一個跟隨的大漢，才緩緩道：「請！」

在搏鬥的生死關頭中，藍衫人居然還能如此鎮定，生像是腦中早已有必勝的把握，否則又怎會如此沉得住氣。

熊貓兒卻大笑道：「要打便就出手吧，請什麼？你心裡恨不得一拳打扁我的鼻子，嘴裡卻還要客客氣氣，這當真要笑掉我的大牙了。」

藍衫人神色不變，仍然抱拳道：「請賜招。」

熊貓兒道：「你怎地如此麻煩，我早已告訴你，人不犯我，我不犯人，你若不出手打我，我爲何要出手打你？你又沒給我戴綠帽子。」

藍衫人道：「你是萬萬不肯出手的了。」

熊貓兒笑道：「和人打架，我從來沒有先出手過。」

藍衫人道：「真的？」

熊貓兒道：「告訴你是真的，就是真的，喏，喏，喏，此刻我站在這裡，全身上下，你瞧那裡順眼，只管就往那裡招呼。」

藍衫人上上下下瞧了他幾眼，轉過身子，自身側那條大漢手裡取回那件長衫，伸手抖了抖，緩緩穿了起來。

熊貓兒奇道：「你這是幹什麼？」

藍衫人緩緩道：「在下與人交手，也是從不先出手，你既不肯出手，我也不肯出手，這場架如何打得起來？」

四下抱了抱拳，笑道：「各位還請安坐飲酒，今日這酒樓的酒帳，全由小弟一個人侍候了。」轉過身子，揚長走了回去。

這一著倒真是大出別人意料之外，不但熊貓兒怔在那裡，滿樓群豪，亦是人人目定口呆，哭笑不得。

群豪都只道這一架必定打得熱熱鬧鬧，轟轟烈烈，那知雷聲雖大，雨點卻一滴也沒有落下來。

這其間只有朱七七是一心不願他兩人打起來的，只因這兩人無論是誰敗了，她心裡都未見舒服。

此刻她當真從心眼裡覺得開心得很，又覺得好笑得很：「他果然還是老脾氣，沒有把握打贏的架，他是絕不打的。」

片刻之前，這樓上真靜得連針落在地上還可聽見，此刻卻似開了鍋的滾水般，熱鬧得令人頭暈。

有的人在暗中好笑，有的人在暗中議論，有的人也不免在暗中有些失望，這熱鬧竟未瞧成。

但無論如何，能白吃白喝一頓，總是不錯的。

熊貓兒和他的兄弟倒終於找了張桌子坐下，也不用他開口，好酒好菜已流水般送了上來。

朱七七眼珠子轉來轉去，突然站起抱拳向鄰桌那美少年道：「請了。」

那少年怔了一怔，只得也站起，道：「請了。」

朱七七瞧他滿頭霧水的模樣，心裡不覺暗暗好笑，口中卻忍住笑道：「兄台請過來喝一杯如何？」

那少年道：「這……這……兄台有家眷在旁，小可怎敢打擾？」

朱七七道：「沒關係，沒關係，他反正也不是什麼大姑娘，小媳婦，說起來，他簡直根本就不是個女人。」

那少年眼睛都直了，瞧著她身側扮成女子的王憐花，心中暗怔：「這不是女人是什麼？這人莫非是瘋子。」

朱七七瞧他如此模樣，更是笑得肚子疼，她咬了咬嘴唇，好容易總算忍住了笑聲，道：「小弟是說我這侄女這一刻雖略有不適，但平日脾氣卻和男子一般，兄台千萬莫要顧忌，快快請過來便是。」

那少年這才透了口氣，笑道：「原來如此……」

他瞧了朱七七幾眼，只因還覺得這「少年」並不討厭，猶疑了半晌，終於亦自抱拳笑道：「既是如此，小可便打擾了。」

兩人坐下，各自喝了一杯，朱七七眼睛始終直勾勾的瞧著這少年，這少年反被她瞧得低下頭去，吶吶道：「不……不知兄台有何見教？」

朱七七笑道：「小弟覺得兄台面熟得很，卻想不起在哪裡見過？」

那少年沉吟道：「哦……不知兄台大名可否見告？」

朱七七眼珠子轉了轉，道：「在下沈浪。」

那少年聳然動容，失聲道：「兄台竟是沈浪？」

他聲音喊得這麼大，朱七七倒真嚇了一跳，生怕被喬五聽見，幸好樓上此刻熱鬧已極，根本就沒有人留意他們。

朱七七這才鬆了口氣，道：「你……你認得我？」

那少年嘆道：「小弟雖不認得沈相公，但沈相公的大名，小弟卻早有耳聞。」

朱七七道：「哦……我竟如此出名麼？」

那少年正色道：「沈相公雖有高士之風，不務虛名，但小弟卻有幾位朋友，異口同聲，全都說沈相公乃是今日江湖中第一人物，不想小弟竟有幸在此相見。」

也不知怎地，朱七七雖然已對沈浪恨之入骨，但聽得別人稱讚沈浪，仍是覺得開心得很，笑道：「那裡那裡……兄台過獎了，卻不知兄台高姓大名。」

那少年道：「在下勝泫。」

朱七七道：「勝泫？莫非是勝家堡的公子。」

那少年笑道：「不敢。」

朱七七拍掌道：「難怪我瞧你如此面熟了，原來你是勝瀅的兄弟，你的面貌，的確和你哥哥有七分相似。」

勝泫動容道：「沈相公莫非認得家兄？」

朱七七道：「認得認得……」

勝泫喜道：「小弟此番，正是為了尋找家兄，是以才出來的，沈相公遊跡遍江湖，想必知道家兄的下落。」

朱七七心頭一凜，突然想到勝瀅或許也跟著展英松等人到仁義莊去了，或許也死在仁義莊裡。

幸好她易容之後，面色雖變，別人也瞧不出，當下強笑道：「在下月前雖見過令兄一面，但他的去向，卻不知道了。」

勝泫嘆息一聲，道：「家兄出堡已有半年，竟毫無信息帶回，家父家母，俱都在關心記掛著他，是以才令小弟出來尋找。」

朱七七趕緊岔開話題，說道：「在下瞧此地群豪畢集，想來必有盛事……是什麼事？兄台可知道？」

勝泫道：「此事說來，倒真不愧是一盛舉，只因丐幫幫主之位久懸，是以丐幫弟子柬邀群豪來到此地，為的自然是選幫主了。」

朱七七聲道：「原來竟是這件事。」

這件事自然與王憐花有關，她忍不住扭頭瞧了王憐花一眼，卻發覺勝泫的目光，也正在偷偷去瞧看王憐花。

這少年已說了許多話，有時歡喜，有時嘆息，但無論他在說什麼話，每說一句，總要偷瞧王憐花一眼。

要知王憐花本就是個風流俊俏的人物，如今扮成女子，在燈光下瞧來，當真是天香國色，我見猶憐。

尤其是他那一雙桃花眼，更是勾人魂魄，他此刻心裡正是哭笑不得，流入目光中，卻似嗔似怨，令人銷魂。

勝泫竟不知不覺瞧得有些癡了。

朱七七卻幾乎要笑斷了腸子，她一生之中委實再也沒有見過如此好笑的事，眼珠子一轉，突然道：「勝兄，你瞧我這侄女怎樣？」

勝泫的臉立刻飛紅起來，垂下了頭，道：「這……咳，咳咳……」

他實在說不出話，只有拚命咳嗽。

朱七七忍住笑道：「唉，我這侄女年紀可也不小了，只是眼光太高，是以直到今日還未找著婆家，兄台若有機會，不妨留意留意。」

勝泫紅著臉，扭捏了半晌，終於壯起膽子，問道：「不……不知要……要怎麼樣的人物？」

朱七七道：「第一，要少年英俊，第二，要出身世家，第三，要……呀，對了，像兄台這樣的人物，就必定可以了。」

勝泫又驚又喜，又有些害臊，卻又忍不住偷偷去瞧王憐花，瞧了一眼，又趕緊垂下了頭。

王憐花卻恨得牙癢癢的，哭笑不得，既恨不得將朱七七舌頭咬斷，更恨不得將勝泫兩隻眼珠子挖出來。

朱七七彎著腰，捧著肚子，雖已笑得眼淚都流了出來，卻又不敢笑出聲音，一個頭幾乎已鑽到桌子下面。

突聽一人大呼道：「沈浪……沈公子。」

朱七七一驚，抬頭，「砰」的，頭撞上桌子，撞得她金星直冒，她也顧不得了，趕緊扭頭向呼聲傳來之處去瞧。

只見「雄獅」喬五已推開窗子，正向窗外放聲大呼道：「沈浪……」

立時熊貓兒的身子也已箭似的自窗子裡竄了出去。

勝泫奇道：「沈相公在這裡，他們爲何卻向外呼喚？」

朱七七怔了一怔，道：「這……我怎會知道。」

勝泫道：「嘿，只怕是有人同名同姓亦未可知。」

朱七七拊掌笑道：「對了，世上同名同姓的人，本就多得很。」

她知道熊貓兒一下去，必定會將沈浪拖上來的。

她眼睛便不由自主，直望樓梯口瞧，一顆心也「噗通噗通」的直跳，真的幾乎要跳出嗓子眼了。

此刻她心裡是驚？是喜？是怨？是恨？

天知道……只怕天也不知道。

熊貓兒果然將沈浪拉來了。

兩人的身子還未上樓，笑聲已上了樓。

只聽沈浪笑道：「你這貓兒，眼睛倒真尖。」

熊貓兒笑道：「可不是我瞧見你的，是別人。」

朱七七咬緊了牙，握緊了拳頭，眼睛瞪著樓梯口。

這冤家，這可愛又可恨，這害死人不賠命的冤家，你為何又來到這裡，又來到我眼前？

她瞧見了這冤家的頭。

然後，是兩隻秀逸而英挺的眉……一雙神采奕奕的眼……然後，便是那淡淡的，懶散的笑容，就是這害死人的笑容，迷死人的笑容，天下人人都會笑，為什麼他的笑容就特別令人心動？

朱七七雖然握緊拳頭，但手還是不由自主抖了起來，她真恨不得將這雙拳頭塞進沈浪的嘴，好教沈浪永遠笑不出。

只有沈浪和熊貓兒，金無望竟不在，朱七七卻全未留意，瞧見沈浪，別的事她完全不留意了。

這時酒樓上群豪的眼睛，也不覺都來瞧沈浪——就連那品酒的小老人，神情也似乎變得有些異樣。

「雄獅」喬五更早已大步迎來，大笑道：「沈公子還記得喬某麼？」

沈浪失聲笑道：「呀，原來是喬大俠，幸會幸會。」

熊貓兒笑道：「瞧見你的，就是他。」

喬五笑道：「正是如此，所以沈公子便該坐在我那桌上。」

熊貓兒笑嘻嘻道：「你拉生意的本事倒不錯。」

喬五大笑道：「我不但要拉他，還要拉你……喬某兩眼不瞎，想交交你這朋友了，你既識得沈公子，那更是再好沒有。」

熊貓兒亦自大笑道：「好，就坐到你那桌上去，反正都是不要錢的酒菜，坐到那裡去不是一樣，只是我的弟兄倒早已想瞧沈兄想得久了，也得讓他們敬沈兄一杯。」

喬五大笑道：「一杯？既是不要錢的酒，你怎地如此小氣。」

熊貓兒大笑道：「是極是極，一杯不夠，至少也得十杯。」他那些兄弟也早已擁了過來，一群人擁著沈浪，走了過去。

這一來酒樓上可更熱鬧了，七八個人搶著去敬沈浪的酒，笑聲、呼聲，幾乎在震破別人的耳朵。

朱七七突然一拍桌子，道：「婆子們，扶起姑娘，咱們走。」

勝泫道：「兄台怎地這就要走了？」

朱七七恨聲道：「這種人，我瞧不慣。」

雖然瞧不慣，還是狠狠往那邊盯了一眼，咬著牙，長身而起，一疊聲催那兩個婆子扶起王憐花，大步走了。

勝泫呆在那裡，又怔了半晌，突也趕過去，問道：「不知沈兄借宿何處？」

朱七七此刻那裡還有心情理他，隨口道：「就在那家最大的客棧。」

蹬，蹬，蹬下了樓，恨不得將樓板也踢破。

勝泫呆呆地瞧著她背影，喃喃道：「這位沈相公，脾氣怎地如此古怪……」

突然想起這位「沈相公」雖然走了，但那邊卻還有位「沈相公」，目光便忍不住轉了過去……

那邊的沈相公，已喝下了第十七杯酒。

沈浪雖已喝下了十七杯酒，但面上神情卻絲毫未變，甚至連目中都絕無絲毫酒意，目光仍是那麼清澈，敏銳。

酒樓上，這許多目光都在瞧著他，這些目光中，有的含蘊著好奇，有的含蘊著艷羨，有的則是讚美。

自然，也有的是在嫉妒，有的是在討厭？

無論別人，怎樣瞧他，沈浪面色也絲毫不變。

對那些惡意的目光，他既不會覺得厭惡，對那些讚美的目光，他也並不會覺得有什麼得意。

他既不會意氣飛揚，志得意滿，也不會意氣沮喪，心懷不忿，無論在任何情況下，無論喝過多少酒，他神智永遠是清醒的。

能夠將自己的神智永遠保持清醒，這在別人眼中看來，自然是一件可慕可羨的事，但在沈浪自己看來，這卻是件痛苦——一個人若是永遠清醒，他所能感覺到的痛苦，委實是比別人多些。

人，有時的確要迷糊些得好。

此刻，沈浪望著狂笑的熊貓兒，心裡暗暗羨慕，只因熊貓兒有時的確可以放開一切，忘去一切。

熊貓兒若在快樂時，便是真正在快樂的。

而沈浪，沈浪此刻雖也在歡樂中，但卻忘不了一切痛苦的事。

他此刻眼中所見到的雖全都是快樂的人，但在他心裡，卻時時會浮現出一些痛苦的人的影子。

朱七七……白飛飛……金無望……

朱七七走了，他不知道朱七七到哪裡去了？朱七七雖是他趕走的，但他卻仍不能不替朱七七擔心。

他對朱七七的無情，正也是他的多情，「情到濃時情轉薄」，但……唉，這朱七七又怎會了解？怎會知道？

白飛飛呢？

這孤苦伶仃的女孩子，此刻已落入魔掌。

他和她雖然全無關係，但他卻總是覺得應該爲她的命運，爲她的將來，作一番妥善的安排。

而如今……唉，她若真的有了什麼三長兩短，他怎對得住自己，他一心想救她，但又該往何處著手呢？

最後，金無望也走了。

金無望是自己堅持要走的，而像金無望這樣的男人，若是真的堅持要走，又有誰攔得住他。

沈浪早已瞧出金無望的決心，自然不會再去勉強他，只不過仍忍不住問他：「往何處去？有何打算？」

金無望沒有回答。

其實，他根本不用回答，他的心意，沈浪是知道的。

他不願以自己的殘廢之身，來拖累沈浪——沈浪並非凡人！沈浪要做的事是那麼多，責任是那麼大。

他的仇恨，必須要報復，必須要自己報復，他雖已殘廢，卻未氣沮，他身體雖殘，卻還未廢。

他還要一個人去闖，闖出一番驚天動地的事。

沈浪不能勉強他，也拉不住他，只有眼瞧他走了，瞧著他披散的長髮在風中飄飛，瞧著他身子逐漸遠去。

他身子已遠不如昔日那般堅強，他肩頭也有些傾斜了，沈浪瞧著這些，能不爲之痛心？

半載摯友，一旦相別，別後又豈能相忘。

這些，是沈浪的心事，他心事重重，但別人都是永遠也不會知道的，別人只瞧得見他的微笑。

只因他只願以自己的歡笑與別人分享，而不以自己的痛苦來使別人煩惱，他已學會將心事隱藏在微笑中。

笑，歡笑，笑聲，使這寒夜也充滿暖意。

熊貓兒大笑道：「好，沈浪，別人都和你乾過了，就剩下我，我可得跟你乾三杯……今日能夠在這裡遇到你，可真是天大的樂事。」

沈浪笑道：「我實也未想到這麼快就能再見到你。」

熊貓兒道：「朱姑娘呢？金兒？哪裡去了？」

沈浪默然半晌，一笑舉杯，仰首飲盡，道：「這……你以後自會知道的。」

熊貓兒沒有再問了，只因他已瞧出這其中必定有些難言之隱，他喜歡沈浪，所以他不願觸痛沈浪的心事。

「雄獅」喬五道：「沈相公來到此地，莫非也因接著了丐幫的請柬？」

沈浪微笑道：「在下只不過是適逢其會而已……在昨夜才知道此事，如此機會，豈能錯過？是以雖未接著請柬，卻也要趕來作個不速之客。」

喬五大笑道：「什麼不速之客，丐幫此會有沈相公這樣的人物前來，正是他們天大的面子，四妹，你說是麼？」

花四姑輕笑道：「沈相公此番前來，最高興的只怕就算是喬五哥了，自從那日仁義莊一別，五哥總是掛念著沈相公的。」

沈浪瞧了瞧喬五，又瞧瞧花四姑，他瞧見了喬五對花四姑的關切，也瞧出了花四姑笑容中的嫵媚，於是他舉杯笑道：「小弟且敬兩位一杯。」

花四姑的臉，居然也有些紅了。

喬五卻大笑道：「好，四妹，咱們就喝三杯。」

沈浪連飲三杯，笑道：「如今我才知道，喬五哥乃是世上最幸福的男子，也是最聰明的男子。」

喬五道：「我有哪點聰明？」

花四姑笑道：「他說你聰明，只因你沒有去找漂亮的女孩子，反來找……找我，其實，你找到我這麼醜的女子，才是最笨的哩。」

喬五目光凝注著她，柔聲道：「我一生中所做的最聰明的一件事，就是找到你了，只有聰明的人，才能瞧出你的美。才能瞧出你比世上任何女孩子都美十倍，沈相公也是聰明人，我想，他說的話必定是真心在誇讚你。」

花四姑目光也在凝注著他，柔聲笑道：「謝謝你們兩個聰明人。」

熊貓兒本在奇怪，如此英雄的「雄獅」喬五，怎會喜歡上這樣個女孩子，如今，他終於知道原因了。

只因他已瞧出花四姑的確和別的女孩子有所不同，她的一舉一動，一言一笑，都是那麼溫柔，那麼體貼。

但她全沒有一絲做作，一絲扭捏，她雖有男子的豪放，但卻也有女子的細心和聰慧，無論什麼人和她一比，都會覺得舒服而坦然，她就像一池溫柔的水，可以洗去你的一切世俗的憂慮。

而朱七七，卻是海浪，多變的海浪，當你沉醉在她溫柔的波濤中時，她卻突然會掀起可令你粉身碎骨的巨浪。

這時，花四姑目光移向沈浪，微笑道：「沈相公，你今日突然說出這樣的話，是不是因爲你那位美麗姑娘，又令你添加了許多心事？」

沈浪笑道：「我哪有什麼心事。」

花四姑柔聲笑道：「我知道像你這樣的男人，縱有心事，也不會說的，但在這許多好朋友面前，你縱有心事，也該放開。」

這是第一個瞧出沈浪有心事的人，沈浪口中雖不能承認，但心中卻不得不佩服她感覺的敏銳。

他想：這真是個不凡的女子。

於是他再次舉杯，笑道：「不知小弟可否再敬兩位三杯？」

突然間，遠處一人帶笑道：「那邊的公子好酒量，不知老朽是否也可和公子喝幾杯？」

這語聲既不雄渾，也不高亢，更不尖銳，但在喬五、熊貓兒這許多人震耳的笑聲中，這語聲聽來竟然還是如此清晰——這平和緩慢的語聲，竟像是有形之物，一個字一個字的送到你耳裡。

這語聲正是那奇怪的小老人發出來的。

# 廿一 狹路相逢

沈浪一上樓，便已瞧見了這獨自品酒的小老人，他早已對此人的神情氣度，覺得有些奇怪。

只因這老人看來雖平常，卻又似乎帶著一種說不出的神秘詭奇之意，他知道凡是這樣的人，都必定有種神秘的來歷。

此刻，他自然不肯放過可以接近這神秘人物的機會，當下長身而起，抱拳含笑道：「既承錯愛，敢不從命。」

那小老人竟仍端坐未動，只是微微笑道：「如此便請過來如何？」

沈浪道：「遵命。」

熊貓兒卻忍不住低聲罵道：「這老兒好大的架子……沈兄，我陪你去。」

兩人前後走了過去，那小老人目光卻只瞧著沈浪一個人，緩緩地道：「請恕老朽失禮，不能站起相迎……」

他笑容突然變得有些奇怪，緩緩接道：「只因老朽有個最好的理由請公子原諒此點……」

熊貓兒忍不住道：「什麼理由？」

那老人且不作答，只是將衣衫下襬微微掀起一些。

他竟已失去雙腿。

空蕩蕩的褲管，在衣衫掀起時，起了一陣飄動。

老人的目光，冷冷瞧著熊貓兒，道：「這是什麼理由，只怕已無需老朽回答，足下也可瞧出了。」

熊貓兒不覺有些歉然，吶吶道：「呃……這……」

老人道：「足下已滿意了麼？」

熊貓兒道：「請恕在下……」

老人冷冷截口道：「足下若已滿意，便請足下走遠些，老朽並未相邀足下前來，足下若定要坐在這裡，只怕也無甚趣味。」

熊貓兒僵在那裡，呆了半晌，突然大笑道：「不想我竟會被人趕走，而且還發不得脾氣，這倒是我平生從來未遇過之事，但我若不坐下，只是站在一邊，這又當如何？」

老人道：「足下若真個如此不知趣，也只有悉聽尊便。」他再也不去瞧熊貓兒一眼，目光回向沈浪時，面上又露出笑容，微微笑道：「請坐。」

沈浪抱拳笑道：「謝座。」

熊貓兒進又不是，退也不是，只有站在那裡。

但見那老人又招手店伙，送上了七隻酒杯，整整齊齊放到沈浪面前，老人神情似是十分歡悅，含笑道：「相公既豪於酒，想必知酒。」

沈浪笑道：「世上難求知己，何妨杯中尋覓。」

老人拊掌道：「妙，妙極。」

取起第一隻酒樽，在沈浪面前第一個杯中，淺淺斟了半杯，淡青而微帶蒼白的酒正與老人的面色相似。

老人笑道：「足下既知酒，且請盡此一杯。」

沈浪毫不遲疑，取杯一飲而盡，笑道：「好酒。」

老人道：「這是什麼酒，足下可嚐得出？」

沈浪微微笑道：「此酒柔中帶剛，雖醇而烈，如初春之北風，嚴冬之斜陽，不知是否以酒中烈品大麴與竹葉青混合而成？」

老人拍掌笑道：「正是如此，相公果然知酒……竹葉青與大麴酒性雖截然不同，但以之摻合而飲，卻飲來別有異味。」

沈浪道：「但若非老丈妙手調成，酒味又豈有如此奇妙？」

老人喟然嘆道：「不瞞相公，老朽一生之中，在這『酒』中上的確花了不少功夫，只是直到今日，才總算遇著相公一個知音。」

熊貓兒在一旁忍不住大聲道：「這有什麼了不起，將兩種酒倒在一起，連三歲小孩子都會倒的，不想今日竟有人以此自誇。」

老人神色不變，更不瞧他一眼，只是緩緩道：「有些無知小子，只道將兩種混成一味，必定容易已極，卻不知天下酒品之多，多如天上繁星，要用些什麼樣的酒混在一起，才能混成一種動人的酒味，這其中的學問，又豈是那些無知小子夢想能及。」

熊貓兒吃了個癟，滿腹悶氣，也發作不得。

沈浪含笑瞧了他一眼，道：「常言道：文章本天成，妙手偶得之，老丈調酒，想必亦是此理。」

老人拍掌笑道：「正是，胡亂用幾個字拼成在一起，又豈可算得上是文章？而高手與俗手作成的文章，相差又豈可以道里計，文章如此，酒亦如此，字，需要高手連綴，才能成為文章，酒，亦需高手調配，才能稱得上妙品。」

沈浪笑道：「既是如此，且讓在下再嚐一杯。」

老人果然取起第二隻酒樽，在沈浪面前第二個酒杯中又淺淺斟了半杯，琥珀色的酒，卻帶著種奇異的碧綠色。

這正與老人目光的顏色相似。

沈浪取杯飲盡，又自嘆道：「好酒！不知道是否以江南女兒紅為主，以茅台與竹葉青為輔，再加幾滴荷藥酒調合而成？」

老人大笑道：「正是如此！老朽調製此酒，倒也花了不少心思，是以便為此酒取了個名字，喚作唐老太太的撒手鐧……」

沈浪截口笑道：「酒味既佳，酒名更妙，此酒飲下時，清涼醒腦，但飲下之後，卻如一股火焰，直下腸胃，那滋味的確和中了唐門毒藥暗器有些相似。」

老人大笑道：「調酒之難，最難在成色之配合，那是絲毫也差錯不得的，此酒若是將女兒紅多調一成，便成了『唐老太太的裹腳佈』，再也吃不得了。」

兩人相與大笑，竟是愈見投機。

那老人開始爲沈浪斟第三杯酒時，熊貓兒已實在耽不住了，只得抽個冷兒，悄悄溜了回去。

喬五笑道：「兄台終於回來了。」

熊貓兒聳聳眉宇，笑道：「喝酒原爲取樂，那有這許多麻煩，若先花這許多心思來調酒配酒，這酒倒不喝也罷。」

喬五大笑道：「對，還是一大杯一大杯的燒刀子喝著乾脆。」

熊貓兒道：「不想喬兄倒是小弟知已，來，敬你一杯。」

兩人乾了三杯，嘴裡在喝酒，眼角還是忍不住偷偷往那邊去瞧，目光中終是多少有些羨慕之意。

花四姑抿嘴笑道：「看來你兩人對那老頭子樽中的酒，還是想喝的。」

喬五眼睛一瞪，道：「誰說我想喝。」

花四姑咯咯笑道：「只是喝不著，所以就說不好了。」

喬五道：「正是，喝不到的酒，永遠是酸的。」

熊貓兒含笑嘆道：「沈浪的福氣，當真總是比人強，他不但艷福比人強，就連口福，也要比別人強上幾分。」

花四姑微微笑道：「但你卻也莫要當他這幾杯酒是容易喝的。」

熊貓兒眨了眨眼睛，道：「此話怎講？」

花四姑道：「他喝這幾杯酒，當真不知費了多少氣力。」

熊貓兒奇道：「有人將酒倒在他面前的杯子裡，他只要一抬手，一仰脖子，酒就到了肚子裡，這又要費什麼氣力？」

花四姑道：「就因爲別人替他倒酒，他才費氣力。」

熊貓兒苦笑道：「愈說愈不懂了。」

喬五道：「非但不懂，我也糊塗得很。」

花四姑笑道：「你們再仔細瞧瞧。」

熊貓兒、喬五早已一齊凝目望去，只見沈浪此刻已喝光了第五杯酒，剛舉起第六隻酒杯。

花四姑道：「現在沈相公舉起了酒杯，是麼？」

熊貓兒揉了揉鼻子，道：「是呀！」

花四姑道：「現在呢？」

熊貓兒道：「現在……那老兒舉起了酒樽。」

花四姑道：「嗯……接著往下瞧，瞧仔細些。」

「現在，那老兒將酒樽歪了下去……」

熊貓兒道：「現在，那老兒瓶口已碰著沈浪酒杯。」

喬五道：「好，現在他開始倒酒。」

花四姑道：「你還瞧不出奇怪麼？」

喬五皺眉道：「這……這又有什麼奇……」

熊貓突然拍掌道：「對了，這老兒不但動作緩慢，而且倒酒也特別慢，我倒說了這許多話，他卻連半杯酒還未倒完。」

花四姑道：「這就是了，但他倒酒爲何特別慢？這原因你已瞧出？」

熊貓兒目光截住，道：「他倒酒的那隻手，雖然穩得很，但衣袖卻不住飄動，像是整條手臂都在發抖似的。」

喬五道：「不錯，他穿的是皮袍子，又厚又重，這衣袖終不是被風吹動的，但他手臂爲何發抖？莫非……」

熊貓兒接口道：「莫非他正拚命用力氣？」

花四姑道：「你倒再瞧沈相公。」

熊貓兒道：「沈浪還在笑……但他這笑容卻死板得很，嗯！他的衣袖，也有些動了……哎呀！你瞧他那酒杯。」

喬五亦自失聲道：「他那酒杯難道缺了個口麼？」

熊貓兒道：「那酒杯方才明明還是好的，但此刻竟被那老兒的酒樽壓了個缺口……嘿，你再瞧那酒樽。」

喬五笑道：「這酒樽的瓶口已彎了……」

花四姑笑道：「不錯，你兩人此刻總該已瞧出，他兩人表面在客客氣氣喝酒，其實早已在暗暗較量上了。」

熊貓兒嘆道：「不想這老兒竟有如此深厚的內力，竟能和沈浪較量個不相上下，這倒是出人意外得很。」

喬五沉聲吟道：「依我看，還是沈相公佔了上風。」

熊貓兒道：「自然是沈浪佔上風的，但能讓沈浪出這許多氣力的人，江湖中又有幾個？」

喬五嘆道：「這倒是實話。」

熊貓兒道：「所以我愈想愈覺這老兒奇怪，武功如此高，人卻是殘廢，神情如此奇特，你我卻想不出他的來歷。」

喬五道：「看來，他與沈相公之間，必定有什麼過不去之處，否則又怎麼才一見面，便不惜以內力相拚？」

熊貓兒道：「對了……嗯，不對，他若和沈浪真的有什麼仇恨，卻爲何不肯言明，反要裝出一副笑臉？」

喬五皺眉沉吟道：「嗯，這話也不錯……」

目光觸處，只見那酒樽與酒杯終於分了開來。

沈浪居然還是將那杯酒一飲而盡，居然還是笑道：「好酒。」

那老人「砰」地放下酒樽，整個瓶口突然中斷，落了下來，但老人卻也還是若無其事，笑道：「此酒自然是好的……老朽調製的酒，好的總是留在後面。」

沈浪笑道：「如此說來，這第七杯酒想必更妙了。」

老人笑道：「妙與不妙，一嚐便知。」

緩緩吸了口氣，取起第七隻酒樽，緩緩伸了出去。

沈浪亦自含笑端起第七隻酒杯，緩緩迎了過來。

熊貓兒皺眉道：「這老兒倒也奇怪，明知內力不及沈浪，爲何還要……」

語聲未了，突見沈浪手掌一翻，用小指將酒杯扣在掌心，卻以食、拇、中三指，捏著瓶口，將老人手中的酒樽，輕輕奪了過來。

老人終於變色，道：「相公這是爲什麼？」

那老人面不改色，仍然笑道：「相公莫非要自己倒酒？」

沈浪笑而不答，卻推開窗子，向下面瞧了瞧，然而伸出酒樽，竟將一樽酒全都倒在窗外。

老人終於變色，道：「相公這是爲什麼？」

沈浪笑道：「老丈這第七杯酒，在下萬萬不敢拜領。」

老人怒道：「你既然喝了前面六杯，更該喝下這第七杯，你此刻既要對老夫如此無禮，方才爲何又要將那六杯酒喝下去。」

沈浪微微笑道：「只因那六杯酒喝得，這第七杯酒卻是喝不得的。」

老人怒道：「此話……」

沈浪突然出手如風，往老人衣袖中一摸。

那老人猝不及防，失聲道：「你……」

一個字方說出，沈浪手已縮了回去，手中卻已多了個小巧玲瓏，彷彿以整塊翡翠雕成的盒子。

這時酒樓之上，除了花四姑、喬五、熊貓兒三人之外，也早已有不少雙眼睛，在一旁眼睜睜的瞧著這幕好戲。

沈浪突然施出這一手，眾人當真齊地吃了一驚。

那老人更是神情大變，只是勉強控制，冷冷喝道：「老夫好意請你喝酒，你怎敢如此無禮？……還來……」

沈浪笑道：「自是要奉還的，但……」

他緩緩打開了那翡翠盒子，用小指挑出了粉紅色粉末，彈在酒杯裡，凝目瞧了兩眼，嘆道：「果然是天下無雙的毒藥。」

老人雙手緊緊抓著桌沿，厲聲道：「你說什麼？」

沈浪笑道：「老丈方才若是未曾將這追魂奪命的毒藥，悄悄彈在那第七樽酒裡，在下自然早已將第七杯酒喝了下去。」

老人怒道：「放屁，你……」

沈浪含笑截口道：「老丈方才屢次與在下較量內力，只不過是想藉此引開在下的注意而已，在下若真的一無所知，方才再與老丈較量一番內力，等到老丈不敵縮手，在下難免沾沾自喜，於是又將那第七杯酒喝下去……」

他仰天一笑，接道：「那麼，在下今生只怕也喝不著第八杯酒了！」

那老人面上已無絲毫血色，猶自冷笑道：「我與你非但無冤無仇，簡直素昧平生……你甚至連我名字都不知道，我為何要害你？」

沈浪微微笑道：「老丈其實是認得在下的，而在下麼……其實也早已認出了老丈。」

老人動容道：「你認得我？」

沈浪緩緩道：「來自關外，酒中之使……」

老人厲叱一聲，滿頭毛髮，突然根根聳起。

那邊的對話，熊貓兒等人俱都聽得清清楚楚。喬五聳然道：「不想這老兒竟是快活四使！」

花四姑道：「不想他行藏雖如此隱密，卻還是被沈相公瞧破了。」

熊貓兒嘆道：「普天之下，又有那件事，能瞞得過沈浪，唉……沈浪呀沈浪，你難道真是無所不能，無所不知的麼？」

那「快活酒使」的一雙眼睛，此刻生像已化爲兩柄利劍，直恨不得能將之齊根插入沈浪的心臟裡。

但他狠狠瞪了沈浪半晌後，日光竟漸漸柔和，聳立著的頭髮，也一根根落了下去，怒火似已平息。

沈浪含笑道：「在下猜得可不錯麼？」

老人嘴角竟也泛起一絲笑容，道：「厲害厲害……不錯不錯……」

沈浪道：「既是如此，不知大名可否見告？」

老人道：「老朽韓伶。」

沈浪拊掌笑道：「好極好極，昔日劉伶是爲酒仙，今日韓伶是爲酒使，小子有幸得識今日酒使，幸何如之？」

韓伶亦自拊掌笑道：「只慚愧老朽全無劉伶荷鋤飲酒的豪興。」

兩人又自相與大笑，笑得又似乎十分開心。

群豪面面相覷，都有些愣住了。

喬五嘆道：「沈相公當真是寬宏大量，這老兒幾次三番的害他，他非但一字不提，居然還能在那裡坐得住。」

熊貓兒苦笑道：「沈浪的一舉一動，俱都出人意外，又豈是我等猜得透的。」

喬五道：「這老兒雖在大笑，但目光閃爍，心裡又不知在轉著什麼惡毒的念頭，沈相公還是該小心才是。」

熊貓笑道：「你放心，沈浪從不會上人家當的。」

花四姑突然失聲道：「不好……」

喬五道：「什麼事？」

花四姑道：「你瞧……你瞧那老人的兩條腿。」

熊貓兒奇道：「他哪裡有腿……」

話猶未了，只聽沈浪一聲長笑，他面前的整張桌子，俱都飛了起來，桌子下竟有湛藍色的光芒一閃。

熊貓兒已瞧出這光芒竟是自韓伶褲腿中發出來的。

雙腿齊膝斷去的韓伶，褲腿中竟是兩柄利劍。

兩柄淬毒的利劍。

他談笑之間，雙「腿」突然自桌下無聲無息的踢出，沈浪只要沾著一點，眨眼之間，便要毒發身死。

那知沈浪竟似在桌子下也長著隻眼睛，韓伶的「腿」一動，他身子已平空向後移開了三尺。

韓伶一擊不中，雙手抬起，整個桌子，卻向沈浪飛過去，他自己卻自桌子邊竄過，「腿中劍」連環踢出。

他平日行路，俱是以劍為腿，二十多年的苦練下來，這兩柄淬毒利劍，實已如長在他腿上的一般。

此刻他的劍踢出，寒光閃動，劍氣襲人，其靈動處居然遠勝天下各門各派的腿法，其犀利處更非任何腿法所能望其項背。

滿樓群豪，俱都聳然失色，脫口驚呼。

熊貓兒、喬五，更早已大喝著撲了上去。

就在此時，只見沈浪身子在劍光中飄動遊走，韓伶連環七劍，俱都落空，突然反手擊破窗子，箭一般竄了出去。

等到熊貓兒、喬五追到窗口，這身懷武林第一歹毒外門兵刃的惡毒老人，身形早已消失不見。

## 廿二 愛恨一線

酒樓上的騷動，久久都不能平息。

熊貓兒跌足道：「沈兄，你為何不還手？你為何還不追？」

沈浪默然半晌，輕輕嘆道：「瞧在金無望面上，放他這一次。」

熊貓兒亦自默然半晌，嘆道：「不錯，該放的。」

喬五道：「怕是縱虎容易擒虎難。」

沈浪笑道：「有『雄獅』在此，虎有何懼。」

喬五大笑道：「在下若是雄獅，兄台便該是神龍了。」

熊貓兒道：「你們一個雄獅，一個神龍，卻連我這隻貓兒如何是好？」

大笑聲中，三個豪氣干雲的男子漢，竟似乎在瞬息之間，便已將方才的兇殺不快之事，拋在九霄雲外。

突見一個錦衣華服的美少年，大步走了過來，走到沈浪面前，停下腳步，上上下下，瞧個不停。

沈浪忍不住道：「這位兄台……」

那美少年隨口道：「在下勝泫。」

熊貓兒道：「他臉上又沒長花，你瞧個什麼。」

勝泫宛如未聞，又瞧了兩眼，自己點頭道：「不錯，你才是真的沈浪。」

沈浪笑道：「真的沈浪……難道還有假的沈浪不成？」

勝泫嘆道：「倒是有一個。」

熊貓兒大聲道：「假的沈浪……你瞧見過？」

勝泫道：「方才還在這裡。」

熊貓兒動容道：「此刻哪裡去了？」

勝泫道：「此刻他……」

眼前突然泛起個嬌弱動人的影子，語聲立刻停頓。

熊貓兒道：「說呀，怎地不說了？」

勝泫微微一笑道：「說不定那只是個與沈相公同名同姓的人。」

熊貓兒道：「你且說出，咱們好歹去瞧瞧。」

勝泫道：「這……」

熊貓兒一把抓住他手臂，厲聲道：「你說不說？」

勝泫冷笑一聲，道：「我本非必要說的，不說又怎樣。」

熊貓兒瞪了他一眼，突然大笑道：「好，不想你也是條漢子，我熊貓兒平生最喜歡的就是你這樣有骨頭的漢子，來……不管別的事，咱們先去喝一杯。」竟真的拉著勝泫去喝酒了。

喬五搖頭失笑道：「這貓兒倒真有意思。」

沈浪笑道：「武林中人若不認得這貓兒，當真可說是遺憾得很。」

只見勝泫已被糊里糊塗的灌了三杯酒回來，他本已喝得不少，再加上這三杯急酒喝下去，步履已不免有些踉蹌。

沈浪伸手扶住了他，含笑道：「下次莫和貓兒拚快酒，慢慢的喝，他未必喝得過你。」

熊貓兒大笑道：「勝兄又非大姑娘，小媳婦，怎肯一口口的泡磨菇，醉了就醉了，躺下就躺下，這才是男兒本色。」

勝泫拊掌笑道：「正是正是，醉了就醉了，躺下就躺下，有什麼了不起……但小弟卻還未醉，沈相公，你說我醉了麼？」

沈浪笑道：「是是是，沒有醉。」

勝泫道：「好，好，沈兄果然不是糊塗人，沈兄，告訴你，你只管放心，你若要見另一個沈浪，只需等到明日。」

沈浪道：「明日？」

勝泫道：「不錯，明日……明日丐幫之會，他必定也會來的。」

沈浪目光凝注，緩緩頷首道：「好，明日，丐幫之會……在此會中，我想必還會遇見許多人，許多我十分想見到的人。」

勝泫道：「對了，此次丐幫之會，必定熱鬧得很。」突然反身一拍熊貓兒肩頭，道：「貓兒，你醉了麼？」

熊貓兒大笑道：「我？醉了？」

勝泫道：「你若未醉，咱們再去喝三杯。」

熊貓兒笑道：「正中下懷，走。」

勝泫道：「但……但咱們卻得換個地方去喝，這……這房子蓋得不牢，怎地……怎地已經在打轉了……嗯，轉得很厲害。」

突見一個店伙大步奔了過來，眼睛再也不敢去瞧那熊貓兒，遠遠便停下了腳步，垂著頭道：「哪一位是沈浪沈相公？」

沈浪道：「在下便是。」

那店伙躬身道：「敝店東主，在後面準備了幾杯水酒，請沈相公進內一敘。」

沈浪方自沉吟，熊貓兒笑道：「嘿，又有人請你了，你生意倒真不錯。」

勝泫道：「怎……怎地就沒有人請我？」

沈浪沉吟半晌，緩緩笑道：「煩你上覆店東，就說沈浪已酒醉飯飽，不敢打擾了。」

那店伙陪笑道：「敝店東吩咐小的，請沈相公務必賞光，只因……只因敝店東還有事與沈相公商量，那件事是和一位朱姑娘有關的。」

沈浪動容道：「哦……既是如此，相煩帶路。」

那店伙展開笑臉，躬身道：「請。」

兩人先後走了，喬五道：「朱姑娘，可就是那位豪富千金？」

熊貓兒道：「就是她……莫非她也來了……莫非她又惹出了什麼事……但她卻又和這酒樓店東有何關係？」

朱七七寒著臉，直著眼睛，自酒樓一路走回客棧，走回房，等那兩個婆子一出門，她就「砰」地關上了門。

王憐花就坐在那裡，直著眼，瞧著她。

只見朱七七在屋子裡兜了七八個圈子，端起茶杯，喝了半口茶，「砰」的將茶杯摔得粉碎。

王憐花仍然瞧著她，眼睛裡帶著笑。

朱七七突然走過來，一掌拍開了他的穴道，又走回去，有張凳子擋住了她的去路，她一腳將凳子踢得飛到床上。

這一腳踢得她自己的腳疼得很，她忍不住彎下腰，去揉揉腳，王憐花忍不住「噗哧」笑出聲來。

朱七七瞪起眼睛，大喝道：「你笑什麼？」

王憐花道：「我……哈……」

朱七七道：「笑！你再笑，我就真的將你嫁給那姓勝的小伙子。」

沒說完，她自己也忍不住笑出聲來。

但這笑，卻是短促得很，短促得就像人被針戳了一下時發出的輕叫——想起沈浪，她再笑不出。

王憐花喃喃道：「何苦……何苦……自己踢椅子，踢疼自己的腳，自己去找個人，來傷自己的心……這豈非自作自受。」

朱七七霍然回首，怒道：「你說什麼？」

王憐花笑嘻嘻道：「我只是在問自己，天下的男人是不是都死光了，只剩沈浪一個，據我所知，有許多人卻比沈浪強得多。」

朱七七衝到他面前，揚起手。

但這一掌，她卻實在摑不下去。

她也在暗問自己：「天下的男人，難道真的都死光了麼？爲什麼……爲什麼我還是對沈浪這麼丟不開，放不下？」

她跺了跺腳，大聲道：「我要報復……我要報復。」

王憐花緩緩道：「憑你一人，若想對沈浪報復，只怕……」

朱七七道：「只怕怎樣？你說我不行？」

王憐花笑道：「自然可以的，但……卻要加上我，有了我替你出主意，有了我幫忙，你還怕沈浪不遭殃麼。」

朱七七目光凝注著他，良久良久，突然轉回頭，轉過身子，她身子不住顫抖，顯見她心中正在掙扎著。

王憐花微微笑道：「其實，依我看來，你雖受了一些氣，也就算了吧，像他那樣的人，當真是惹不得的，你又何苦……」

朱七七霍然再次回身，怒道：「誰說他惹不得，我就偏要惹他。」

王憐花笑道：「那麼，你心裡可有什麼主意？」

朱七七道：「我……我……」

目光一閃，突然大聲道：「我要叫所有的人都恨他，和他作對。」

王憐花點首笑道：「這主意不錯，但你如何才能叫別人都和他作對……你方才想必已瞧見，他如今是極受歡迎的人物。」

朱七七道：「哼，我自有主意。」

她又在屋子裡兜了七八個圈子，突又駐足回身，目光又緊緊凝注著王憐花，一字字地緩緩道：「那丐幫之會究竟是怎麼回事，你想必清楚得很。」

王憐花笑道：「沒有比我再清楚了。」

朱七七道：「說。」

王憐花道：「左公龍想當幫主，已想得快瘋了，我答應助他一臂之力，是以他將丐幫弟子，全都召集到此處。」

朱七七道：「但如今左公龍已逃得無影無蹤，你……嘿，你自己也是自顧不暇。」

王憐花笑道：「這些事的變化，丐幫弟子又怎會知道，他們接到了『丐幫三老』的手令，自然就從四面八方趕來。」

朱七七問道：「那些趕來赴丐幫之會和觀禮的武林豪士，卻又是誰約來的？」

王憐花道：「自然也是左公龍，能坐上丐幫幫主的寶座，乃是他一生中最得意的事，他自然恨不得天下武林英雄都來瞧瞧。」

朱七七猛的一拍巴掌，道：「這就是了。」

王憐花道：「瞧你如此得意，莫非你已有了妙計？」

朱七七目中果然充滿了得意之色，笑道：「王憐花，告訴你，我可也不是什麼好人，我不想壞主意害人也就罷了，我若要想壞主意害人，可也不比你差。」

王憐花笑道：「究竟是何妙計？在下願聞其詳。」

朱七七目光閃爍，道：「丐幫弟子們接著左公龍手令後，便立刻全都趕來，顯見左公龍在丐幫弟子心目中，仍是領導人物。」

王憐花道：「正是如此。」

朱七七道：「那些武林豪士，甚至包括七大高手在內，接到左公龍的請柬，也俱都不遠千里而來，顯見左公龍在武林中聲望不弱。」

王憐花笑道：「左公龍在江湖中，素來有『好人』之譽，若以聲望而論，昔年丐幫的熊故幫主，也未必能比他強勝多少。」

朱七七道：「由此可見，直到今日為止，江湖中還沒有人知道左公龍的真面目，大家仍然都對他愛戴得很。」

王憐花道：「只要你我不說，就絕無人知道。」

朱七七沉下臉，瞇著眼睛，緩緩道：「所以，這時若有人對大家揚言，說左公龍已被沈浪害了，那麼要為左公龍復仇的人，必定不少。」

她雖然努力想做出陰險獰惡的模樣，卻偏偏裝得也不像，王憐花瞧得暗暗好笑，口中卻大聲讚道：「妙，果然是妙計。」

朱七七道：「咱們不但要說左公龍是被沈浪害死的，還要說單弓、歐陽輪也是死在沈浪手中，那麼要找沈浪復仇的人，就更多了。」

王憐花笑道：「妙！愈來愈妙了……」

突然一皺眉頭，道：「但這裡只有一點不妙。」

朱七七道：「什麼不妙？」

王憐花道：「只可惜左公龍並未死，他若來了……」

朱七七笑道：「說你是聰明人你怎地這麼笨，左公龍來了豈非更好，他難道不是對沈浪恨之入骨，他若來了咱們便可授意於他，叫他說自己乃是自沈浪手下死裡逃生，但單弓和歐陽輪卻真的死了。」

她拍掌笑道：「左公龍親口說出的話，相信的人必定更多，是麼？」

王憐花笑道：「是極是極，妙極妙極。」

突又一皺眉頭，接道：「但你我此刻……你我說的話，別人能相信麼？」

朱七七道：「所以，這其中還要個穿針引線的人，這些話，你我不必親自去說，而要自他口中傳將出去。」

王憐花道：「嗯，好。」

朱七七道：「為了要使別人相信此人的話，所以他必須是個頗有威望的人物，說出來的話，也必須有些份量。」

王憐花嘆道：「這樣的人，只怕難找得很。」

朱七七笑道：「這裡現成就有一個，你怎地忘了？」

王憐花道：「誰……哦，莫非是那小子？」

朱七七道：「就是那小子，勝泫。」

王憐花道：「但……他……」

朱七七道：「他自己雖只是毛頭小伙子，在武林中全無威望，但勝家堡在武林中卻可稱得上是世家望族，這種世家子弟說出的話，別人最不會懷疑了。」

王憐花道：「不錯，問題只是……這樣說，他肯說麼？」

朱七七笑道：「這自然又要用計了。」

王憐花道：「在他身上，用的又是何計？」

朱七七道：「反間計……」

瞧了王憐花一眼，嘻嘻笑道：「自然，還有美人計。」

王憐花怔了一怔，大驚道：「美人計，你……你……你莫非要用我……」

朱七七咯咯笑道：「對了，就是要用你這大美人兒……竟然有人對你著迷，你真該開心，真該得意才是。」

她話未說完，已笑得彎下了腰。

王憐花又氣，又急，道：「但……但這……」

朱七七彎著腰笑道：「這才是天大的好事，我爲你找著了這樣個如意郎君，你也真該好好的謝謝我才是。」

王憐花苦著臉，慘兮兮地道：「但……但他若真要和我……和我……」

朱七七笑得幾乎喘不過氣來，道：「這就是你的事了，我……我怎麼管，我可管不著……」

突然推開房門，高聲喚道：「店家……伙計。」

王憐花瞧著她，暗暗搖頭，暗暗忖道：「這到底算是個怎麼樣的女孩子，說她笨，她有時倒也聰明得很，說她聰明，她有時卻偏偏其笨無比，片刻前她還是滿腹怨氣，片刻後她又會開心起來，玩笑時她會突然板起了臉，做正事時，她卻又會突然莫名其妙的開起玩笑來……唉，這樣的女孩子，可真是教人哭笑不得，頭大如斗，但有時為何又偏偏使人覺得她可愛得很。」

有錢的大爺呼喚。

那店伙自然來得其快無比。

朱七七道：「我有件事要你做，你可做得到？」

店伙陪笑道：「公子只管吩咐？」

朱七七道：「我有個朋友，姓勝……勝利的勝，名字叫泫，也來到這裡了，卻不知住在哪家客棧中，你可能為我尋來？」

店伙道：「這個容易，小的這就去找。」

朱七七道：「找著了，重重有賞，知道麼？」

店伙腰已彎得幾乎到地了，連聲道：「是是是。」

說著便一溜煙的去了。

朱七七笑道：「有錢能使鬼推磨，這話，可真不錯，王憐花，你……」

突然間，只聽一人大嚷道：「喂，小子，慢走，我問你，你這裡可有位年輕的公子，帶著個標標緻緻的小姑娘住在這裡。」

這人嗓子比鑼還響，聲音遠遠就傳了過來。

朱七七變色道：「不好，這是那貓兒的聲音，他怎地也來了？」

又聽另一人道：「那……那相公姓沈……沈。」

朱七七道：「呀，這就是勝泫，但怎會和貓兒在一起？又怎會來找我？莫非……」

只聽那店伙的聲音道：「公子貴姓？」

又聽得勝泫道：「勝……大勝回朝的勝。」

那店伙笑道：「原來就是勝公子，好極了，好極了，沈公子正要找你去……」

笑聲，隨著腳步聲一齊過來了。

朱七七失色道：「不好，全來了，這怎麼辦……」

王憐花笑道：「無妨，聽聲音，這兩個小子已全都醉了，絕對認不出你……何況，以我之易容，那貓兒就算未醉，也是認不出你的。」

朱七七道：「但是……你趕快睡上床。」

她衝過去，抱起王憐花，「砰」地拋在床上，拉起床上棉被，沒頭沒臉地將他全身都蓋住了。

這時，勝泫已在門外大聲道：「沈兄，沈公子，小弟勝泫，特來拜訪。」

沈浪被人請去後，熊貓兒又拉著勝泫喝了三杯，喬五說他欺負人，便又拉著他喝了九杯。

熊貓兒和勝泫果然全都醉了。

這九杯下去，熊貓兒也差不多了，於是拿著酒壺，四處敬酒——已有六分酒意時，喝酒當真比喝水還容易。

此刻，朱七七一開門，便嗅到一股撲鼻的酒氣。

她皺了皺眉，熊貓兒已拖著勝泫撞了進來。

朱七七瞧他果然已醉得神智迷糊，心頭暗暗歡喜，心中卻道：「這位兄台貴姓大名？有何見教？」

勝泫舌頭也大了，嘻嘻笑道：「他……就是鼎鼎大名的熊貓兒。」

熊貓兒笑道：「不錯，熊貓兒……喵嗚……喵嗚，貓兒，一隻大貓兒……哈哈，哈哈。」

朱七七忍住笑道：「哦，原來是貓兒，久仰，久仰。」

熊貓兒道：「我這隻貓兒，此番前來，乃是要爲勝兄作媒的……」伸手「吧」的一拍勝泫肩頭，大笑接道：「既然來了，還害什麼臊，說呀。」

勝泫垂下頭，嘻嘻笑道：「我……這……咳咳……」

熊貓兒大笑道：「好，他不說，我來替他說……這小子自從見了令侄女後，便神魂顛倒，定要央我前來為他說媒……哈哈，說媒，妙極妙極。」

勝泫紅著臉笑道：「不是……不是我，是他自告奮勇，定要拉著我來的。」

熊貓兒故意作色道：「好好，原來是我定要拉你來的，原來你自己並不願意，既是如此，我又何苦多事……」抱了抱拳，道：「再見。」竟似真的要走了。

但他身子還未轉，已被勝泫一把拉住。

熊貓兒道：「咦？奇怪，怎地你也拉起我來了。」

勝泫嘻嘻笑道：「熊兄，小弟……小弟……」

熊貓兒道：「到底是熊兄在拉小弟？還是小弟在拉熊兄？」

勝泫道：「是……是小弟……」

熊貓兒哈哈大笑道：「你這小弟，總算說出老實話，既是如此，我這熊兄也就饒你這一遭。」向朱七七抱了抱拳，又道：「卻不知我這媒人可當得成麼？」

朱七七一隻手摸著下巴，故意遲疑道：「這……」

她不過才遲疑了一眨眼的功夫，勝泫卻已著急起來，連聲道：「小子雖不聰明，卻也不笨，身家倒也清白，人品也頗不差，而且規規矩矩，從無什麼不良嗜好……」

熊貓兒大笑道：「這些話本該是媒人替你說的，你怎地卻自吹自擂起來。」

勝泫著急道：「但……但這全是真的。」

熊貓兒道：「你自吹自擂，真的也變作假的了。」

勝泫急得脹紅了臉，道：「我要你來幫忙的，你怎地拆起台來，你……你……你……」

朱七七瞧得早已幾乎笑斷肚腸子。

她暗笑忖道：「這樣的媒人固然少見，這樣來求親的準女婿可更是天下少有，我若真有個侄女會嫁給這樣求親的才怪。」

熊貓兒已大聲道：「好，好，莫要吵了，聽我來說。」

只見他一拍胸膛，道：「我姓熊，名貓兒，打架從來不會輸，喝酒從來不會倒，壞毛病不多，書讀得不少，這樣的男兒，天下哪裡找？」

勝泫著急道：「你……你……你究竟是在替我作媒？還是替你作媒。」

熊貓兒道：「是替你。」

勝泫道：「既是替我作媒，你為何卻為自己吹噓起來，唉……我尋得你這樣的媒人，當真是倒了窮楣了。」

熊貓兒正色道：「這個你又不懂了，我既替你作媒，自然要先為自己介紹介紹，作媒的若是低三下四之人，這個媒又如何作得成。」

勝泫怔了半晌，吶吶道：「這……這倒也是道理。」

熊貓兒道：「這道理既不錯，你便在一旁聽著……」

朱七七突然道：「好。」

熊貓兒大笑道：「兄台已答應了麼？」

朱七七道：「我答應了，我侄女嫁給你。」

熊貓兒也不禁怔了怔，道：「嫁……嫁給我？」

勝泫更吃驚道：「嫁給他？我又如何？」

朱七七故意板著臉道：「他這樣的男人既是天下少有，我姪女不嫁他嫁給誰？」

熊貓兒摸著頭，苦笑道：「這……這……」

勝泫頓著腳，長嘆道：「這……這怎麼辦，這怎麼辦……熊貓兒，你……你……」

朱七七再也忍不住，笑得彎下了腰去。

熊貓兒道：「好，算是我吹牛的，你們再聽我說……熊貓兒，雖不差，勝家兒郎更更佳，熊貓兒只不過配替他搓搓腳板丫。」

朱七七笑得喘不過氣來，吃吃道：「原來他比你更強。」

熊貓兒道：「是，是，他比我強得多了，你侄女還是嫁給他吧。」

朱七七故意又遲疑半晌，緩緩道：「好，就嫁給他吧。」

她話未說完，熊貓兒已歡喜得跳了起來。

勝泓卻呆站在那裡，竟已開心得癡了。

熊貓兒「吧」的一拍他肩頭，道：「喂，你不高興麼？」

勝泫道：「我不高興……我不高興……」

突然跳了起來，凌空翻了個觔斗，大笑大嚷著衝了出去，一眨眼，他又大笑大嚷著衝了回來，手裡已多了一缸酒。

熊貓兒拍掌道：「好，好小子，謝媒酒居然已拿來了。」

朱七七笑道：「這謝媒酒自是少不得的。」

找了兩隻茶碗，道：「待小弟先敬媒人。」

勝泫道：「我先來。」

朱七七眼睛一瞪，道：「你莫非已忘了我是誰？」

勝泫一怔，道：「你……你是……」

熊貓兒已拍掌大笑道：「對，你莫忘了，他此刻已是你未來的叔叔，你怎可與他爭先。」

勝泫反手就給了自己一耳光，笑道：「是，是，小侄錯了，叔叔先請。」

朱七七突道：「這才像話。」

於是替熊貓兒倒了滿滿一杯，卻只爲自己倒了小半杯，道：「請。」

熊貓兒眼睛早已花了，別人倒的酒是多是少，他已完全瞧不見，舉起杯，一仰脖子就喝了下去。

此刻擺在他面前的就算是尿，他也一樣喝得下去。

朱七七一杯杯的倒，他一杯杯的喝……

突然，熊貓兒大叫道：「好傢伙……你們是誰……沈浪在哪裡……誰說沈浪比我強……熊貓兒天下第一，喝酒……喝酒……」

「噗通」一個觔斗翻在地上，不會動了。

朱七七喚道：「貓兒……熊貓兒……」

熊貓兒動也不動。朱七七伸出手，在熊貓兒眼前晃了晃。熊貓兒眼睛怎麼會張開？

朱七七咏咏笑道：「醉了……這隻貓兒真的醉了。」

轉臉一瞧，勝泫卻已伏在桌子上睡著。

朱七七皺了皺眉，轉了轉眼珠，將桌子上那壺冷茶提了起來，一倒，冷茶成了一條線，全都灌進勝泫脖子裡。

勝泫先是伸手摸了摸脖子，然後又縮了縮肩頭，最後，終於「哎喲」大叫一聲，整個人跳了起來。

朱七七笑嘻嘻道：「你醒了麼？」

勝泫在甜夢中被人一壺冷水倒下，那滋味自然不好受，他本已有些怒髮衝冠的模樣，像是立刻就要動手。

但等他瞧見倒他冷水的，原來是他「未來的叔叔」，他滿腹火氣，那裡還有一星半點發作得出。

他本要伸出來打人的手，此刻也變作向人打恭作揖了，他本來板起的臉，此刻只有苦笑，道：「失禮失禮，小弟不想竟睡著了……」

朱七七卻板起臉，道：「小弟？」

勝泫道：「哦，不是小弟，是……是小侄。」

朱七七這才展顏一笑，道：「這就對了……賢侄酒可醒了些麼？」

勝泫笑道：「小侄根本未醉……」

朱七七笑道：「就算醉了，這壺冷水，想必也可讓你清醒清醒。」

勝泫道：「是……是……」

又摸了摸脖子，當真全身都不是滋味——他此刻酒意當真已有些醒了，垂下頭，吶吶道：「時候已不早，小侄也不便再多打擾。」

朱七七道：「你要走？」

勝泫道：「小侄這就告辭，明日……明日小侄再和這位熊兄前來拜見……」他逡巡了半晌，終於鼓足勇氣道：「關於行聘下禮之事，小侄但憑吩咐。」

朱七七突然冷冷一笑，道：「行聘下禮，這……只怕還無如此容易。」

勝泫大驚失色，道：「方……方才不是已說定了。」

朱七七道：「凡是要做我家女婿的人，卻要先為我家……也是為江湖做幾件事，我瞧他能力若是不差，才能將侄女放心交給他。」

勝泫道：「如此……便請吩咐。」

朱七七道：「明日丐幫之會，定在何時？」

勝泫道：「日落後，晚飯前。」

朱七七道：「嗯……你若能在正午之前，將一件重要的消息，傳佈出去……還要使得參與此會之人，大都知道，那麼你這人才可算有點用處。」

勝泫道：「這個容易，只是……卻不知是何消息。」

朱七七道：「我方才在酒樓上突然走了，你可知是何緣故？」

勝泫道：「這……是因為另一沈……」

朱七七道：「不錯，只因另一沈浪乃是個大大的惡人，『丐幫三老』就全都是被他害死的……這廝做出了此等大奸大惡的事，咱們怎能不讓別人知道。」

勝泫聳然動容，失色道：「這……這是真的？」

朱七七道：「你不信？」

勝泫呆了半晌，道：「這……這事委實太過驚人，於江湖中影響也委實太大……小侄在未得著真實證據前，委實不敢胡亂說出去。」

朱七七暗暗點頭，心中忖道：「武林世家出來的子弟，果然不敢胡作非爲。」但面上她卻作出大怒之色，喝道：「你不信我的話？難道那沈浪……」

勝泫亢聲道：「小侄與那沈浪雖無關係，但總也不能胡亂以如此重大的罪名，加在他身上，此點你老人家必須原諒。」

朱七七冷笑道：「不想你居然還爲他說話，你可知道，你的兄長勝瀅爲何失蹤，你可知道他是被什麼人害死的？」

勝泫面色慘變，道：「家兄已……已遇害了……難道是……是那沈浪？」

朱七七道：「就是他。」

勝泫「噗」地坐倒在椅上，嘶聲道：「這……這事我也不能輕信。」

朱七七道：「好，你不信，我不妨從頭告訴你，你兄長與『賽溫侯』孫道，一齊去到中州，那一日到了……」

當下她便將勝瀅如何入了古墓，如何中伏被擒，又如何被人救出，如何到了洛陽，沈浪如何將他們自那王夫人手中要出，如何令他們去到「仁義莊」，他們又如何一入「仁義莊」便毒發身死……這些事全說了出來。

她口才本不壞，這些事也本就是真的，一個口才不壞的人敘說件真實的故事，那自然是傳神已極。

勝泫只聽得身子發抖，手足冰冷，酒早已全醒了。

朱七七悠悠道：「你是個聰明人，我這些話說的是真是假，你總該聽得出。」

勝泫顫聲道：「我……我好恨。」

朱七七道：「如今，你還要幫沈浪說話麼？」

勝泫突然瘋了似的跳起來，就要往門外衝。

朱七七一把拉住了他衣服，道：「幹什麼？」

勝泫道：「報仇，報仇……我要去找沈浪……」

朱七七冷冷截口道：「你要找沈浪去送死麼？」

勝泫嘶聲道：「父兄之仇，不共戴天，我……我拚命也要……也要去找他。」

朱七七嘆了口氣，道：「傻孩子，憑你這樣的武功，大概不用三招，沈浪就可要你的命，你這樣去拚命，豈非死得冤枉。」

勝泫道：「但……我……我是非去不可。」

朱七七眨了眨眼睛，道：「你家裡共有幾個孩子？」

勝泫道：「就只我兄弟兩人，所以我更要……」

朱七七冷笑截口道：「你哥哥已死在他手上，如今你再去送死，那可正是中了沈浪的意了，勝家堡從此絕了後，還有誰找他去報仇。」

勝泫怔了怔，仆地，又坐倒，仰天嘆道：「我怎麼辦……我又該怎麼辦？」

朱七七道：「報仇的法子多得很，只有最笨的人，才會去自己拚命……只要你肯聽我的話，我包你可以報仇。」

勝泫垂著頭，又呆了半晌，喃喃道：「我此刻實已全無主意，我……我聽你的話……」

朱七七道：「好，你這就該去將沈浪所做的那些惡毒之事，去告訴丐幫弟子，去告訴武林群雄，那麼，就自然會有人助你復仇了。」

勝泫咬牙道：「好，我……」

朱七七截口道：「但你卻要悄悄的說，切莫讓沈浪知道，否則……唉，你想說的話，只怕永遠也莫想說出了。」

勝泫道：「我省得，我……我這就去了。」

再次跳了起來，衝出門去。

這次，朱七七卻不再拉他了。

她只是靜靜地瞧著他，目中充滿了得意的微笑。

朱七七拉開被，王憐花仍蜷曲在那裡，動也未動，只是目光中也充滿了朱七七那種得意的微笑。

他甚至比朱七七還要得意。

朱七七道：「你聽見了麼？怎樣？」

王憐花笑道：「好，好極了。」

朱七七道：「哼！你如今總知道我不是好惹的人了吧。」

王憐花道：「我不但知道，還知道了一些別的。」

朱七七道：「你知道了些什麼？」

王憐花笑道：「我如今才知道這些初出茅廬的世家子弟，看來雖然都滿聰明的，其實一個個卻都是呆子，要騙他們，委實比騙隻狗還容易。」

他嘆了口氣，接道：「以前，我總是將你瞧得太嫩，太容易上當，那知江湖中竟還有比你更嫩的角色，如今你居然也可以騙人了。」

朱七七冷笑道：「如今，任何人都休想再能騙得到我。」

王憐花道：「自然自然，如今還有誰敢騙你。」

朱七七雖然想裝得滿不在乎，但那得意的神色，卻不由自主從眼睛裡流露出來——眼睛，是不大會騙人的。

她輕輕咳嗽了一聲——這咳嗽自然也是裝出來的，她又抬起手，攏了攏頭髮，微微笑道：「你還知道什麼？」

王憐花道：「我還知道，一個女孩子，老是裝做男人，無論她裝得多像，但總還是有一些女子的動作，在不經意中流露出來。」

朱七七瞪眼道：「難道我也流露出女孩子的動作了？」

王憐花笑道：「偶而有的。」

朱七七道：「你倒說說看。」

王憐花道：「譬如……你方才伸手攏頭髮，就十足是女孩子的動作，還有你方才去拉那姓勝的，不去拉他手臂，而去拉他的衣服。」

朱七七呆了呆，忍不住點頭道：「你這雙鬼眼睛，你倒是什麼都瞧見了……你再說說，你還知道什麼？」

王憐花道：「我如今也知道，當被一個女子愛上，當真可怕得很。」

朱七七道：「有人愛，總是好事，有什麼可怕？」

王憐花笑道：「男子有女子垂青，自是祖上積德，但那女子之『愛』若是變成『恨』時，那可是他祖上缺了德了。」

朱七七想說什麼，卻又默然。

王憐花接著道：「常言道，愛之愈深，恨之愈切，愛之深時，恨不得將兩人揉碎，合成一個，恨之切時，卻又恨不得將他碎屍萬段，銼骨揚灰。」

朱七七終於嘆了口氣，道：「不錯，女子若是恨上一人，那當真有些可怕，但……但你若能要她只愛你，不恨你，那又有何可怕。」

王憐花道：「這話也不錯，怎奈女子愛恨之間的距離，卻太短了些，何況……」

朱七七道：「何況怎樣？」

王憐花大笑道：「何況女子恨你時，固是恨不得將你碎屍萬段，恨不得吃你的肉，女子愛你時，也是恨不得揉碎你，關住你，吃你的肉，這兩種情況可都不好受，能讓女子既不恨你，也不愛你，那才是聰明的男子。」

朱七七恨聲道：「笑，你笑什麼？你重傷未癒，小心笑斷了氣。」

王憐花果然已笑得咳嗽起來，道：「我……咳……我……」

朱七七道：「你也莫要得意，沈浪雖不好受，你也沒有什麼好受的，我雖然永遠不會愛上你，但卻也恨你入骨，也是恨不得將你碎屍萬段。」

她一面罵，一面站起身來，腳下果然碰著件東西，卻是熊貓兒——熊貓兒躺在地上，真是爛醉如「泥」。

王憐花目光轉動突然又道：「你準備將這貓兒如何處置？」

朱七七道：「這隻醉貓……哼！」

王憐花道：「明日他醒來，必定想到與勝泫同來之事，勝泫說不定已告訴他你也叫沈浪，那麼，他必定可猜出要害沈浪的人就是你，所以……」

朱七七又瞪起眼睛，道：「所以怎樣？」

王憐花緩緩道：「為了永絕後患，便應該讓他永遠莫要醒來才好。」

朱七七突然大喝道：「放屁，你這壞種，竟想假我的手，將跟你作對的人全都殺死，你……你這簡直是在作夢。」

王憐花嘆道：「你不殺他，總要後悔的。」

朱七七道：「他來時已醉得差不多了，此刻我將他抬出去，隨便往那裡一拋，明日他醒來時，又怎會記得今日之事？」

王憐花苦笑道：「你要這麼做，我又有什麼法子？」

朱七七冷笑道：「你自然沒法子。」

俯身攙起熊貓兒，熊貓兒卻又向地上滑了下去。

朱七七恨恨道：「死貓，醉貓。」

嘴裡罵著，手裡卻掏出了絲帕，擦了擦熊貓兒嘴角流出的口水，然後用力抱起了他，走向門外。

但走了兩步，突又回身，向王憐花冷笑道：「你莫想動糊塗心思，好好睡吧。」

伸出手，點了王憐花兩處穴道。

長街上，燈火已疏，人跡已稀少。但黃昏的街燈下，不時還有些三五醉漢，勾肩搭背，踉蹌而過，有的說著醉話，有的唱著歌。他們說的是什麼，唱的是什麼，可沒有人聽得出。

朱七七抱著熊貓兒，走出客棧。

她瞧著街上的醉漢，再瞧瞧手上的醉漢，不禁輕嘆道：「男人真是奇怪，爲什麼老是要將自己灌得跟瘟豬似的……這不是自己跟自己找罪受麼。」

其實，男人也總是奇怪著：「爲什麼酒中的真趣，女子總是不知道？」

朱七七抱著熊貓兒，往陰暗的角落裡走，她雖想將熊貓兒隨地一拋，卻又怕熊貓兒吃了苦，著了涼。

突然間，三匹馬從長街那頭，飛馳而來。

朱七七本未留意，但靜夜中長街馳馬，無論如何，總不是件尋常的事，她不由得抬頭去瞧了一眼。

她不瞧還罷，這一瞧之下，卻又呆住了。

第一匹馬上坐的人，神采煥發，衣衫合體，嘴上微蓄短髭，正是那不肯隨意打架的酒樓主人。

第二匹馬上，卻赫然正是沈浪。

朱七七呆在那裡——三匹馬從她面前馳過，馳入黑暗中，走得不見，她還是連動都沒有動一下。

三匹馬上的人，也似都有著急事，一個個俱是面色凝重，急於趕路，也都沒有瞧她一眼。

朱七七呆了半晌，方自喃喃道：「奇怪，奇怪，他怎會和沈浪認識的，又怎會和沈浪在一齊？」

「哦，是了，他想必是聽酒樓中人說有個沈浪來了，而我和沈浪在一起的事，江湖中必定也已久有傳聞。所以他就將沈浪找出，探詢我的消息。」

這些事，朱七七倒還都猜得不錯。

「但是，他究竟和沈浪談了些什麼？兩個人如此匆匆趕路，又是爲了什麼？他們究竟是要到哪裡去呢？」

這些事，朱七七可猜不透了。

她跺足低語道：「這死鬼，爲什麼要將沈浪拉走？明日丐幫大會時，沈浪若是趕不回來，我心機豈非白費了。」

想到這些，她再也顧不得熊貓兒是不是會受罪，是不是會著涼了，她將熊貓兒往屋簷下一擺，道：「對不起你了，誰叫你愛管閒事，誰叫你愛喝酒。」

她走了兩步，又回頭，脫下身上件長衫，蓋在熊貓兒身上，然後，她便匆匆地趕回客棧去了。

朱七七走了還不到片刻，突見四條黑衣大漢，自對街屋簷下的暗影中閃了出來，兩人奔向客棧。

另有兩人，卻直奔熊貓兒而來。

這兩人俱是神情剽悍，步履矯健。

兩人走到熊貓兒面前，瞧了兩眼，其中一人踢了熊貓兒一腳，熊貓兒呻吟著翻了個身，又不動了。

那人冷笑道：「這醉貓，何必咱們費手腳。」

另一人笑道：「頭兒吩咐的，只要跟那嫩羊在一起的人，咱們就得特別費心照顧，頭兒的吩咐，想必總有道理。」

那人道：「不如把他拋到河裡餵王八去算了。」

另一人道：「那也不行，頭兒吩咐的，要留活口。」

那人嘆道：「好吧，咱們抬他回去吧。」

這兩人口中的「頭兒」是誰？

爲什麼這「頭兒」要吩咐特別留意朱七七？

這其中又有何陰謀？

這些，可沒有人猜得到了。

只見兩條大漢迅速的抬起熊貓兒，立刻大步向長街那頭走過去，但這時卻正好有幾條醉漢自那邊高歌而來。

這幾條醉漢腳步雖已踉蹌，但看來還醉得不十分厲害，只因他們高歌，別人還大致可聽得清。

他們大聲唱著：「江湖第一遊俠兒……就是咱們大哥熊貓兒……」

其中一人突然頓住歌聲，笑道：「你瞧，那邊有個傢伙可比咱個醉得還厲害，竟要人抬著走。」

另一人笑道：「你可也差不多了……」

一群人嘻嘻哈哈，打打鬧鬧。

那兩個抬著熊貓兒的大漢，想見也不願惹事，走得遠遠的——一人走在街右，一人走在街左。

兩邊人很快就錯過了，交錯走了過去。

但醉漢中卻突然又有一人道：「不對……不對。」

另一人道：「什麼事不對？」

那人道：「我瞧那人，怎地有點像大哥？」

另一人道：「莫非是你眼花了吧。」

那人笑道：「嗯……我好像是有些眼花了。」

但卻又有一人道：「咱們好歹過去瞧個清楚怎樣。」

一群人喝了酒，興致正高，這時無論是誰，無論提議做什麼，別人都不會反對的，大家齊聲道：「好。」

於是一群人回身奔過去。

那兩條大漢瞧見有人追來，雖不知是幹什麼，心裡多少總有些發慌，兩人打了個招呼，拔腳就跑。

他們一跑，醉漢們也就跑開了。

一群人紛紛大喝道：「站住……不准跑。」

他們愈呼喝，那兩條大漢跑得愈快，但這兩人手裡抬著熊貓兒這樣鐵一般的漢子，究竟跑不快。

還沒到街盡頭，醉漢們已追著他們，將他們團團圍住。

兩個大漢鼓起勇氣，喝道：「朋友們，幹什麼擋路？」

但這時醉漢們已認出了熊貓兒，紛紛喝道：「呀，果然是大哥。」

「小子們，抬咱們大哥往那兒走。」

「趕快將大哥放下來。」

喝聲中，七八隻拳頭已向那兩個大漢招呼了過去。

兩個大漢手高抬著人，也還不得手——等他們放下熊貓兒時，身子早已被打了十幾拳了。

這些醉漢們武功雖不高，但拳頭卻不輕，再加上幾分酒力，那碗大的拳頭擂在人身上，可真夠人受的。

兩個大漢武功也不高，挨了這幾拳，骨頭都快散了，那裡還能還手，只有抱頭鼠竄而逃。

醉漢們吆喝著，還想追。

那知熊貓兒竟突然翻身坐了起來。

醉漢們瞧見了，又驚又喜，圍將過來，笑道：「大哥原來沒有醉。」

熊貓兒也不說話，霍然站起，舉起手，只聽「劈劈啪啪」一連串響，每條醉漢臉上都被他摑了個耳光子。

醉漢們被打得愣了，捂住臉，道：「大……大哥為什麼打人。」

熊貓兒恨聲道：「哼，一個耳光還不夠，依我脾氣，還要再打。」

醉漢們哭喪著臉道：「咱們做錯了什麼？」

熊貓兒道：「你們可知道我為什麼裝醉？」

醉漢們一齊搖頭道：「不知道？」

熊貓兒道：「我裝醉，只因我正要瞧瞧那兩個兔崽子是什麼變的，瞧瞧他們的窩在哪裡？

誰知卻被你們這些混球壞了大事。」

醉漢們捂著臉，垂下頭，那裡還敢說話。

熊貓兒道：「我打你們，打得可冤麼？」

醉漢們齊聲道：「不冤不冤，大哥還該再打。」

熊貓兒道：「好。」

他手又一動，但卻非打人，而是自懷中摸出好幾錠銀子，往這些醉漢每人手裡，都塞了一錠。

醉漢們道：「大哥這……這又是做什麼？」

熊貓兒道：「你們雖該打，但瞧見我有難，就不要命的來救，可還是我的好兄弟，我也該請你們喝酒。」

醉漢們拍掌大笑道：「大哥還是大哥，有這樣的大哥，莫說挨兩下打，就是挨三刀，六個洞，可也不算冤枉。」

大家圍著熊貓兒，那知熊貓兒卻又軟軟的往下倒。

醉漢們又大驚失色，道：「大哥莫非受了傷麼？」

熊貓兒道：「胡說，誰傷得了我，我只是……唉，我的腦袋沒有醉，身子卻真的有些醉了，手腳都軟軟的沒個鳥力氣。」

醉漢們又拍掌笑道：「看來咱們的大哥雖強，可是這酒，卻比大哥更強。」

一群人又拍掌高歌：「熊貓兒雖然是鐵喲，燒刀子卻是鋼！熊貓兒雖然是天不怕，地也不怕喲！可就怕遇見大酒缸……」

熊貓兒站了起來，笑道：「莫要唱了，我說你們，可瞧見沈浪沈相公了麼？」

醉漢們道：「沈相公……沈相公方才還在找大哥。」

熊貓兒道：「現在呢？」

醉漢們道：「現在……哦，現在沈相公已和那酒樓的主人，騎著馬走了。」

熊貓兒失色道：「騎著馬走了……呀，糟了，糟了，這下子可糟了……你們可知道他爲什麼要走，又是到哪裡去了？」

醉漢們你望著我，我望著你。

終於一人道：「好像是要去找兩個人。」

熊貓兒急急追問道：「找誰？」

那人道：「找誰……我就不知道了，但我卻瞧見，他們三匹馬，是往那邊出鎭的。」

熊貓兒頓足道：「該死該死，方才那馬蹄聲，想必就是他們……」

要知他雖能聽見馬蹄聲，但朱七七口中喃喃低語，他卻是聽不見的——他自然是多少有些醉了，只是醉得沒有朱七七想像中那麼厲害而已。

那醉漢道：「不錯，他們的馬，還走了沒多久。」

熊貓兒道：「咱們此刻去追，只怕還追得著……兄弟們，快替我找匹馬來……快，不管你們是偷，是搶都可以。」

朱七七匆匆走進客棧——這幾天，客棧的人門，是長夜開著的，掌櫃的過來陪笑，店小二過來招呼。

但朱七七全沒瞧見，也沒聽見。

她垂頭走了進去，心裡一直在嘀咕。

突然間，身後有人大呼道：「前面的相公請留步。」

朱七七一驚，回首，只見兩條黑衣大漢，大步趕了過來，兩人臉上卻陪著笑，看來並無惡意。

但朱七七卻瞪起眼，道：「我不認得你們，你們叫我幹什麼？」

黑衣大漢陪笑道：「小人們雖不認得公子，但我家主人卻認得公子。」

朱七七道：「哦……」

那大漢道：「我家主人，有件事……咳咳，有件事想找公子。」

朱七七道：「什麼事？」

那大漢陪笑道：「沒什麼，沒什麼，只不過……只不過想請公子去……去喝兩杯。」他人雖長得魁偉剽悍，但說起話來，卻吞吞吐吐，其慢無比。

朱七七皺眉道：「喝酒，深更半夜找我去喝酒？哼，我看你家主人必定……」突然想起自己已經易容，世上已沒有人認得自己了，不禁厲叱道：「你家主人是誰？」

那大漢笑道：「我家主人就是歐陽……」

朱七七叱道：「我不認得姓歐陽的……」

那大漢道：「但……但我家主人卻說認得李公子，所以才叫小人前來……」

朱七七怒道：「你瞎了眼麼？誰是李公子。」

那大漢上下瞧了她幾眼，又瞧了瞧他伙計，吶吶道：「咱們莫非是認錯了。」

朱七七大怒道：「混帳……以後認人，認清楚些，知道嗎？」

兩條大漢一齊躬身道：「是，是，對不起……」

朱七七雖然滿肚怒氣，但也不能將這兩人怎樣，只得「哼」了一聲，轉身而行，嘴裡還是忍不住罵道：「長得這麼大，卻連認人也認不清，真是瞎了眼睛……」

她喃喃的罵著，走入長廊。

只見幾個婦人女子，蓬頭散髮，抬著軟榻，哭哭啼啼走了出來，榻上蒙著張白被單，裡面像是有個死人。

婦人們一個個都低著頭，哭得甚是傷心。

朱七七皺眉暗道：「真倒楣，好的撞不著，又撞著死人。」

但她也只有避開身子，讓路給她們過去。

婦人們一把眼淚，一把鼻涕，走過朱七七身旁，有個老婆子手一甩，竟把一把鼻涕甩在朱七七身上。

朱七七更氣得要死，但瞧見人家如此傷心，她又怎能發作，只有大步衝過去，衝向自己的房間。

幸好，房間裡一無變故，王憐花還躺在那裡。

王憐花被朱七七點了睡穴，此刻睡得正熟。
朱七七一掌拍開了他的穴道。
她滿腹怒氣要待發作，這一掌拍得可真不輕。
王憐花「哎喲」一聲，醒了過來。
朱七七道：「你倒睡得舒服，我卻在外門倒了一大堆窮楣。」
她也不想想別人可不願意睡的，也沒有人叫她出去——漂亮的女孩子若是不講理，別人可真是沒法子。
而此時此刻的王憐花，卻更是沒有法子。
他被朱七七如此折磨，傷勢非但沒有減輕，反似更重了，目光更是黯淡，幾乎連呻吟都無力氣。
朱七七道：「你可知道沈浪方才竟走了？」
王憐花嘆道：「我……我怎會……知道……」
朱七七道：「我只擔心，他明日若不回來，我心機豈非白費。」
王憐花道：「不會的……如此盛會，他……他怎會不來？」
朱七七想了想，展顏道：「不錯……你這一輩子，就算這句話最中我意……好，瞧你眼睛都睜不開的模樣，我就讓你睡吧。」
王憐花道：「多謝。」

睡著了。

又嘆了口氣，道：「連睡覺都要求人恩典，向人謝謝，你說可憐不可憐……」

朱七七也不禁笑了，於是不再折磨他，在牆角一張短榻上倒下，不知不覺，也迷迷糊糊的睡著了。

朱七七也的確累了，這一睡，睡得可真舒服。

但她醒來時，王憐花卻還在睡，她皺了皺眉，又不禁笑了笑，下床，穿鞋，攏頭，揉眼睛，伸了個懶腰，然後，推開門。

突然，一個人自門外撞了進來。

朱七七一驚，但驚叱之聲還未出口，她已瞧清了這個撞進來的人，便是那在王憐花眼中不值一文的勝泫。

勝泫也站穩了身子。

他眼睛紅紅的，神情憔悴，一副睡眠不足的模樣。

朱七七知道昨夜這一夜必定夠他受的——世家的公子哥兒，幾時吃過這樣的苦，她不禁笑道：「你可是在門外睡著了麼？」

勝泫紅著臉道：「我方才來時，聽得裡面鼻息，知道兩位在沉睡，我不敢打擾……」他偷偷瞧了那邊的王憐花一眼，吶吶接道：「所以我就等在門外，那知……那知卻倚在門上睡著了。」

說完這句話，他又瞧了王憐花好幾眼，也瞧了朱七七好幾眼，目中的神色，顯然有些奇怪。

朱七七笑道：「我這位侄女染得有病，夜半需人照顧，出門在外，又未曾帶得使女，我只得從權睡在這裡，也好照顧她。」

勝泫被人瞧破心意，臉更紅了，垂首道：「是是。」

朱七七道：「我吩咐的事，你做了麼？」

勝泫這才抬起頭，道：「都已做了，我……小侄昨夜，在一夜之間，將那一個沈浪的作惡之事，說給了五十七個人聽……那沈浪絕對還不知道。」

朱七七道：「好，那些人聽了，反應如何？」

勝泓道：「丐幫弟子聽了，自是怒憤填膺，有些人甚至痛哭流涕，有些人立刻就要去找那個沈浪報仇，還是小侄勸他們稍微忍耐些。」

朱七七道：「別人又如何？」

勝泫道：「別的人聽了，也是怒形於色……總之，那個沈浪今日只要在丐幫會上出現，他是萬萬無法再整個人走出來了。」

朱七七恨聲道：「好……好好，我就要看他那時的模樣……我當真已有些等不及了，如今已是什麼時刻？」

勝泫沉吟道：「還早得很，只怕還未到……」

卻見個店伙探頭進來，陪笑道：「客官可要用飯？」

朱七七道：「用飯？是早飯還是午飯？」

店伙陪笑道：「午時已快過了，小的已來過好幾次，只是一直不敢驚動。」

朱七七道：「呀，原來午時都已將過，快了，快了！」

想到沈浪立刻就要禍事臨頭，她忍不住要笑了出來——但不知怎地，卻又偏偏笑不出來。

她咬了咬牙，道：「好，擺飯上來吧。」

店伙一走，她喃喃又道：「吃過了飯，咱們就得出去，勝泫，你可得多吃些，吃飽了，才有力氣，才能殺人。」

勝泫嘆道：「可惜只怕小侄還未出手，那個沈浪已被人碎屍萬段了。」

# 廿三　眞相大白

飯擺上來，那兩個婆子也跟著來了，爲的自然是服侍王憐花用飯，王憐花吃一口，嘆口氣，簡直食難下嚥。

勝泫也是吃一口，嘆口氣，還不時停下筷子，望著屋頂發呆，又不時偷偷去瞧王憐花一眼。

朱七七卻是狼吞虎咽，似乎吃得津津有味，其實，唉！天知道，無論什麼好東西，吃到她嘴裡，卻像是嚼木頭似的。

沈浪就要被人「碎屍萬段」了，而且是她一手造成的。

她想：「我真了不起，只有我了不起，沈浪又算得什麼？他還不是一樣要栽在我手裡，我豈非該慶祝慶祝自己。」

於是她挾了一大塊糖醋魚。怎麼是苦的？苦得令人流淚。

她突然「吧」的放下筷子，人聲道：「沈浪呀沈浪，我既得不到你，我就要你死……我既得不到你，我也不要任何一個別的人得到你。」

勝泫怔了怔，道：「你……你說什麼？」

朱七七道：「什麼……沒有什麼，快吃飯，少說話。」

勝泫道：「小侄已吃飽了。」

朱七七道：「看你倒像個漢子，怎地吃飯卻像個大姑娘似的……哼，飯都吃不下兩碗，還像什麼男子漢。」

勝泫臉一紅，垂首道：「小……小侄……還可以吃。」

趕緊滿滿的盛了一碗飯，大口大口的往嘴裡扒，連菜都顧不得吃了──這飯吃下肚，委實不是滋味。

朱七七道：「既吃不下，還往裡面塞什麼，難道是塡鴨子不成……哼！你以爲飯吃得多，就是男子漢了麼。」

勝泫張口結舌，吶吶道：「但……但這是你……你要我……」

他自然不知道朱七七肚子裡一有氣，就喜歡出在別人身上的脾氣，當真被整得哭笑不得，也不知該說什麼。

這頓飯吃得真是艱苦之至，但總算吃完了。

勝泫喘了口氣，不住悄悄抹汗。

朱七七又開始在屋子裡踱來踱去，神情更是焦躁，勝泫那裡還敢去招惹她，悶聲不響，遠遠坐著發呆。

王憐花卻又睡下了──蒙著頭而睡，他顯然不願被勝泫這樣瞧──一個男人被另一個男人這樣瞧，真是受不了。

時間，就在這種難堪的情況下溜過，莫說朱七七，就連勝泫也覺此一個時辰過得比平時一年還慢。

朱七七推開窗子，關起窗子，已有十幾次了。

她第十三次開起窗子，終於忍不住道：「時候到了麼？」

勝泫道：「大概差不多了。」

朱七七道：「那地方你可知道？」

勝泫道：「昨夜去過一次。」

朱七七道：「好，叫那婆子進來，咱們走。」

勝泫怔了怔，望著床上的王憐花，道：「她……去得麼？」

朱七七瞪眼道：「爲何去不得？」

勝泫低下頭，吶吶道：「小……小侄只怕有些不便。」

朱七七道：「有何不便？」

勝泫道：「那裡人太多，又太雜，萬一有人傷著她……」

朱七七道：「哼，他還沒嫁給你，還是我家的人，我都不擔心，你擔心什麼……有我在這裡，誰傷得了他。」

勝泫臉又紅得跟紅布似的，垂首道：「是……是……」

趕緊跑出去，將那兩個大腳婆子喚了進去——他發誓，以後無論「這位叔叔」說什麼，自己絕不回嘴了。

街上，自然要比昨夜更熱鬧。

每隔十幾步，屋簷下就有個乞丐打扮的漢子站著，背後大多揹著三四隻麻袋，顯見是丐幫的執事弟子。

他們有的抱著胳膊，斜倚在人家門口，有的就蹲在路旁邊，別人不去找他們說話，他們也不找別人。

這是丐幫的規矩。

他們雖是爲了接待武林朋友而來，但在大街上，除了要錢、討飯外，他們是絕不許和別人說話的。

自然也有些武林中人去找他們打聽、問路，他們就朝東邊一指——丐幫大會，顯然是在東郊外。

朱七七要勝泫帶路，所以勝泫走在前面，中間是兩個婆子搭著王憐花，朱七七便緊跟在王憐花的軟兜後。

街上的人，瞧見他們，都不免要多瞧幾眼，但瞧見朱七七瞪著大眼睛，滿臉想找麻煩的神氣，大家又不禁趕緊轉過頭去。

走出了鬧區，丐幫弟子更多了。

這時，丐幫弟子中有些人瞧見勝泫，才含笑招呼。

但他們的笑容卻都有些很勉強，目光中都有些悲戚之色，裝出來的笑容，掩飾不了他們重重的心事。

朱七七瞧見他們的神色，便知道那左公龍絕對還沒有現身，她眼珠子一轉，趕到勝泫身旁悄聲道：「少時到了那裡，你最好莫要和我們坐在一起。」

勝泫道：「爲……爲什麼？」

朱七七瞪眼道：「只因爲我叫你這樣。」

勝泫嘆了口氣，道：「是！」

朱七七道：「但你也莫要坐得太遠……」

目光一轉，突然失聲道：「熊貓兒在那裡。」

勝泫也瞧見他在遠處人叢中閃了閃，趕緊道：「我去招呼他。」

朱七七厲聲道：「這種酒鬼，你招呼他則甚。」

勝泓只得又垂首道：「是！」

只見兩個丐幫弟子遠遠的走過來，右面一人，形狀猥瑣，滿臉都是麻子，但背後卻揹著六隻麻袋。

右面一人，年紀不大，矮矮胖胖的身材，圓圓的臉，臉上笑嘻嘻的，看來有些傻頭傻腦，但背後也是六隻麻袋。

六袋弟子，丐幫中已不多。

朱七七悄聲道：「這兩人你認得？」

勝泫道：「認得，這兩人都是昔年熊幫主的嫡傳弟子，據說他們在丐幫中的名頭都不小，僅在『丏幫三老』之下。」

朱七七道：「叫什麼名字？」

勝泫悄聲道：「左面的叫『遍地灑金錢』錢公泰，右面的叫……叫什麼『笑臉小福神』，姓高，名小蟲。」

朱七七不禁笑道：「小蟲？這名字倒真奇怪。」

這時，兩人已迎面走來。

錢公泰躬身道：「昨夜多謝勝公子傳訊……」

瞧了朱七七一眼，改口道：「這位是……」

勝泫還未說話，朱七七已搶著道：「我是他表叔。」

錢公泰詫聲道：「哦……」

忍不住上上下下瞧了朱七七幾眼。

朱七七道：「你瞧我太年輕，不像是麼？」

錢公泰躬身笑道：「那裡那裡。」

朱七七道：「你們是來帶路的麼？」

錢公泰道：「這……正是。」

朱七七道：「好，走吧。」

錢公泰只得再次躬身道：「請。」

他們本是來找勝泫的，但勝泫卻連一句話也沒說。

勝泫只有苦笑。

那丐幫大會之地，本來好像是一大片稻田，此刻隆冬時分，秋收早過，田上唯有稻草，和積雪而已。

北方鄉村多產毛竹，丐幫弟子，便用碗口般粗細的毛竹子，在這片稻田上，搭起了一圈四方竹棚。

他們顯見是匆忙行事，竹棚自然搭得簡陋得很，竹棚裡擺的也只是些長條凳子，粗木板桌。

但此時坐在竹棚裡的，卻大多是衣著華麗，神情昂揚的人，這景象瞧起來，多少有些不顯眼。

四面竹棚外，盡是丐幫弟子，有的在來回閒蕩著，有的在閉著眼曬太陽，有的就在這冬日陽光下捉虱子。

這些人模樣看來雖悠閒，其實一個個卻都是面色沉重，兩百多人在一齊，竟極少有人說話的。

本非要帶路的錢公泰，被朱七七兩句話一說，只得帶路來了，那高小蟲卻什麼話也不說，只是傻笑。

錢公泰將朱七七一行人帶到北面的竹棚坐下——北面自然是上棚，這時棚裡坐的人還不多。

朱七七什麼人也不瞧，大搖大擺的坐下。

錢公泰趕緊抱拳道：「三位就請在此待茶，在下還要去外面招呼招呼。」他也覺得這位「表叔」難纏得很，趕緊就想溜了。

朱七七卻道：「且慢。」

錢公泰道：「閣下還有何吩咐？」

朱七七道：「你們既在吃飯的時候請人來，怎地卻只請別人喝茶。」

錢公泰神情已有些哭笑不得，道：「有的有的，只是粗菜淡酒，還得請包涵則個。」

朱七七道：「嗯，有倒罷了。」

勝泫趕緊陪笑道：「錢兄若有事，就請去吧。」

一直傻笑的高小蟲突然道：「我沒事，我在這裡陪著。」錢公泰瞧了他一眼，苦笑了笑，匆匆去了。

朱七七道：「好，你既在此陪著，先倒茶來。」

高小蟲果然笑嘻嘻倒了三碗茶，道：「請。」

這竹棚裡坐著的十幾個人，目光早已悄悄往這邊瞧了過來，有些人已竊竊議論，顯然是在暗中猜測。

「這橫小子究竟是誰？」

朱七七的眼睛，也老實不客氣的，往這些人一個個瞧了過去，只見這些人年紀都已在四十開外，衣衫質料，俱都十分華貴，神情也俱都十分持重，顯然都是在江湖中有些身分的角色。

但這些人她卻一個也不認得。

熊貓兒在竹棚外轉了好幾圈，瞧見朱七七與勝泫等人，眼睛一亮，人卻悄悄退走，喃喃道：「好，這小子來了……但沈浪呢……」

他追了一夜，也沒追著沈浪。

這時人已愈來愈多。

熊貓兒又轉了個圈子，喃喃道：「我真是個笨蛋，何苦在這裡等，到鎮上去攔他，不是更好。」

他是想到什麼做什麼的脾氣，心念一轉，立刻回頭就走，一路上東張西望，還是沒瞧見沈浪。

等他回到街上時，街上人已少了，別人都已去到會場，只有那些丐幫弟子，還在屋簷下。

熊貓兒就在街口轉角處停下了，喃喃道：「沈浪若是回來，必定會經過這裡。」

他也抱著胳膊斜倚在別人門口，等了半晌，突見一個人拿了十枚銅錢出來，塞在他手裡。

熊貓兒奇道：「這……這……」

那人笑道：「煩大哥到別處站著吧，小店還要做生意。」

熊貓兒先是一怔，又覺好笑，心裡暗道：「原來別人也將我當乞丐了。」

瞧了瞧自己身上，那打扮果然也和乞丐差不了許多，他不禁大笑起來，將銅錢拿在手裡，道：「多謝多謝。」

走到街對面有個小酒攤子，道：「打十文錢燒酒。」

給錢的那人搖頭嘆氣道：「真是要飯的胚子，一有了錢，就喝酒。」

熊貓兒是何等耳力，這些話他自然聽到了，心裡更是好笑，酒來了，他一飲而盡，突然掏出錠大銀子，往攤子上一拋道：「再來三碗。」

給錢的那人瞧得眼睛都直了，怔了半晌，搖著頭，嘆著氣走了回去，口中猶自喃喃道：「這年頭，怪人怪事可真不少。」

熊貓兒喝下第四碗酒，街上人更少了。

突見一個丐幫弟子走來，在街口拍了拍巴掌，那些站在街口的丐幫弟子，便都隨他走向郊外。

但沈浪還是沒有來。

熊貓兒更著急了，喃喃道：「難道他不回來了麼……不會的呀，丐幫之會，他怎能錯過……但他明明知道會期，卻又爲何要走？是爲的什麼急事？」

這時街上再也瞧不見有武林朋友的影子，兩旁的店家，本都有些愁眉苦臉，此刻卻都有了笑容。

此刻愁眉苦臉的，已是熊貓兒了。

他又喝了碗酒，衣襟敞得更開，喃喃道：「他若不回來，我又當如何是好？」

朱七七不認得別人，眼睛就盯著那高小蟲。

若是換了別人，被她如此盯著瞧，必定早已坐立不安，但這高小蟲卻仍然若無其事，仍然不住傻笑。

朱七七忍不住道：「瞧你整日在笑，你心裡是不是開心得很？」

高小蟲點頭笑道：「是。」

朱七七道：「你有什麼開心的？」

高小蟲道：「開心的事多啦……你瞧，太陽如此暖和，雪地如此好看，客人來了這麼多……這豈非都令人開心。」

朱七七道：「下雨時你也開心麼？」

高小蟲道：「嗯。」

朱七七道：「下雨時你又有何開心？」

高小蟲笑嘻嘻道：「若沒有下雨的時候，怎知道出太陽的快活……何況，雨水還可滋潤草木、稻麥，也可替人洗一洗屋頂上的積塵……」

朱七七道：「你有沒有不開心的時候？」

高小蟲道：「沒有……天下到處是令人開心的事，我為何要不開心。」

朱七七道：「一年三百六十五天你都開心？」

高小蟲道：「嗯。」

朱七七呆呆的瞧了他半晌，失笑道：「你倒真是個怪人。」

她想想著，自己遇著的怪人，可真不少了，沈浪、熊貓兒、金無望，甚至勝泫，這些人那一個不怪？

但幸好，凡是怪人，倒都是滿可愛的。

突見竹棚中已有人站了起來，道：「喬大俠來了。」

她眼睛一轉，果然瞧見喬五和花四姑。

喬五四下抱了抱拳，昂然而入——他臉上難得有笑容，也不肯和人應酬，但奇怪的是，他人緣卻不錯。

四下竹棚中，都有人站起來向他含笑抱拳招呼。

朱七七道：「奇怪，架子這麼大的人，也會有人緣。」

高小蟲笑道：「只要不做壞事，只要良心好，所做所爲，俱是行俠仗義之事，架子雖大些，別人還是喜歡他的。」

朱七七道：「你知道的事倒不少。」

高小蟲笑嘻嘻道：「不多不多……」

突聽竹棚外傳來「篤，篤，篤」三聲木梆響。

高小蟲笑道：「師兄傳令集合，我也得走了。」

朱七七擰首望去，只見散佈在四面的丐幫弟子，此刻果然已聚在一齊，排成了整齊的隊伍。

竟是那錢公泰與高小蟲帶領著隊伍，走入竹棚間的空地，兩百多個丐幫弟子，齊地躬身道：「多謝賞光。」

然後，便一齊在這積雪的稻草上坐了下來。

朱七七著急了，喃喃道：「大會已開始，沈浪怎地還不來？」

熊貓兒喝下第十一碗酒了，若不是馬蹄聲傳來，他也會喝下第十二碗、十三碗，甚至第二十八碗。

沈浪不回來，他只有借酒澆愁。

但此刻已有馬蹄聲傳來。

熊貓兒拋下酒碗，狂奔著迎了上去。

三匹馬奔來，果然是沈浪和那酒樓主人——還有匹馬上坐的卻是曾經挨了熊貓兒一拳的大漢。

三匹馬後，還跟著輛大車。

熊貓兒張開雙臂，迎了過去，大呼道：「沈浪……沈兄，你再不回來，我可要急瘋了。」

沈浪勒韁下馬，卻道：「你們可認得麼？」

那大漢苦著臉不說話。

酒樓主人笑道：「若非在下還算聰明，昨夜也挨了這位兄台的老拳了。」

熊貓兒大笑道：「小弟這厢陪罪，但沈浪卻要借給小弟去說兩句私語。」一把拉住沈浪，遠遠拉到街那一頭。

沈浪笑道：「什麼事如此秘密？」

熊貓兒道：「昨夜你可知我到哪裡去了？」

沈浪笑道：「你這貓兒喝了幾杯酒後，有誰找得到你？」

熊貓兒卻正色道：「昨夜我可聽見了件驚人之事。」

沈浪從未見到熊貓兒如此正經地說話，也不禁動容道：「什麼事？」

熊貓兒道：「那姓勝的公子哥兒，喝了兩杯酒後，硬要拉著我去替他做媒，我只得和他一齊去到那老平安店……」

當下將昨夜眼見之事，聽見的話，俱都說了出來。

沈浪變色道：「那些話你全都聽清了麼？」

熊貓兒道：「他們當我已爛醉如泥，是以說話全不避我，那知我酒醉人清醒，聽到他們說了幾句話後，才裝成爛醉如泥的模樣的。」

沈浪沉吟道：「想來那人便是勝泫所說假冒的沈浪了。」

熊貓兒道：「不錯。」

沈浪道：「以你看來，此人可能是誰？」

熊貓兒道：「聽此人說話的口氣……唉……」

兩人對望了一眼，俱都嘆了口氣，彼此都又知道對方心裡想著的誰了，沈浪更不禁連連長嘆道：「她怎會如此……她爲何要如此？」

熊貓兒道：「但你想她真會是朱七七麼？」

沈浪道：「算來已有九成是她，別人不會如此說話的。」

熊貓兒道：「但……聽來雖像，瞧來卻一點兒也不像。」

沈浪道：「那時你已醉眼昏花，怎瞧得清？」

熊貓兒搖頭道：「不是……我進去時還不算太遲，那人的確已有八成不像朱七七……奇怪的是聽來她又非是朱七七不可，這豈非活見鬼麼！」

沈浪沉吟道：「她必已經過巧妙的易容。」

熊貓兒道：「但她不會易容呀，除非……」

沈浪道：「除非王憐花。」

熊貓兒變色道：「你想……你想王憐花會替她易容麼？」

沈浪一字字沉聲道：「我想那女子就是王憐花。」

熊貓兒駭了一跳，道：「不可能……不可能……」

但瞬又跌足道：「見鬼見鬼，真的可能就是他……他將朱七七易容成男子，自己卻改扮成女子，但……但……但他這樣做，豈非更是活見鬼麼？」

沈浪道：「他必定被朱七七逼的。」

熊貓兒動容道：「朱七七能強迫他？」

沈浪道：「朱七七想必抓住個不尋常的機會，將王憐花制住了……她吃足了這樣的苦，此刻便想以其人之道，還治其人之身。」

熊貓兒道：「不錯不錯，一點兒也不錯，朱七七制住了王憐花，王憐花爲她易容，她……她有些恨你，於是便想報復報復。」

沈浪嘆道：「正是如此，她素來任性得很，若說世上有個人什麼事都做得出來，此人便必定就是朱七七。」

熊貓長嘆道：「此事唯有如此解釋才合理……唉，什麼複雜的事，一到你手裡，就變得簡單了，什麼事都瞞不過你。」

沈浪沉吟道：「自昨夜到此刻你可曾有何動作。」

熊貓兒苦笑道：「你的好處，我別的雖沒學會，但卻終於學會沉住氣了……我什麼事都等你回來後再說。」

沈浪道：「好。」

語聲微頓，又道：「你想此事要如何處治？」

熊貓兒緩緩便道：「我想……最好先找著那左公龍，然後，逼他說出事情的始末……嘿，我有法子讓他說出實話來。」

沈浪默然半晌，道：「你可知昨夜我到哪裡去了？」

熊貓兒笑道：「天知道。」

沈浪一字字道：「我去找左公龍去了。」

熊貓兒跳了起來，道：「真的麼？」

沈浪瞧了那酒樓主人一眼，道：「他帶我去的。」

熊貓兒驚喜交集，道：「你找到了麼？」

沈浪道：「找到了。」

熊貓兒一跳八尺高，大喜道：「他此刻在哪裡？」

沈浪又自默然半晌，道：「隨我來。」

轉身向那還停著的馬車走了過去。

熊貓兒更是歡喜，喃喃道：「這就方便了，原來這廝就在馬車裡……」

沈浪已緩緩推開車門——

左公龍果然在馬車裡。

太陽將落，天色已黯了下來。

黯淡的天光斜斜照進馬車，照在左公龍的身上，只見他面容扭曲，前胸插著柄匕首，直沒在胸背裡。

熊貓兒身子一震，踉蹌後退，道：「死了，他……他已死了。」

沈浪嘆道：「不錯，我一夜奔波，只找著他的屍身。」

熊貓兒道：「他……他被誰殺死的？」

沈浪道：「我若知道就好了。」

熊貓兒道：「這柄匕首上可有標記？」

沈浪道：「這是左公龍自己的匕首……殺他的人，能拔出他自己的匕首，由他前胸插入，而且看來左公龍並未抵抗，由此可見，他……」

熊貓兒截口道：「他必定是左公龍的熟人，而且是在左公龍完全想不到的時候動手的……但他是誰？他會是誰呢？」

沈浪默然無語。

熊貓兒頓足道：「左公龍一死，事情更麻煩了，丐幫弟子，都已有了先入之見，只要你一露臉，說不定就要拚命。」

沈浪道：「可能……」

熊貓兒道：「你暫時還是莫要去吧，以後……」

沈浪道：「今日我若不去，以後更無法解釋。」

熊貓兒道：「但……但你若去了，他們若是……」

沈浪微微一笑，道：「無論如何，先去了再說吧。」

熊貓兒瞧了他半晌，喃喃嘆道：「奇怪奇怪，你居然還能笑得出來……」

此時此刻，除了沈浪，天下還有誰能笑得出來！

嚴冬酷寒，稻草積雪，縱然有人給你十兩銀子，只怕你也不會坐上去的，但丐幫弟子坐在上面，卻似舒服得很。

天色雖尚未暗，已有十餘個丐幫一袋弟子，雙手高舉火把，走了過來，將那松枝火把，紮在竹棚柱上。

朱七七皺眉道：「怎地大家都坐著發呆，也不說話……」

話猶未了，「遍地灑金錢」錢公泰已長身而起。

他面上一片凝重之色，滿臉的麻子，被火光一映，一粒粒當真有如金錢一般，但看來卻不可笑，反而更見莊嚴。

只見他轉轉身子，四面一揖，然後沉聲道：「此次敝幫勞動各位叔伯兄弟的大駕，不遠千里而來，敝幫上下千百弟子，俱都感激萬分，只是敝幫長者俱都不在，是以只得由弟子代表敝幫向各位深致謝意。」說著再次行禮。

四面竹棚裡，群豪紛紛道：「好說好說。」

又有人道：「丐幫三老被什麼事耽誤了？怎地還不來？」

錢公泰慘然道：「敝幫此次奉請各位前來，除了大選幫主之外，本也爲與各位謀一歡會，但是，此刻……此刻……」

他仰天長嘆一聲，接道：「此刻弟子卻要向各位報告一件噩耗。」

群豪聳然道：「噩耗……什麼事？」

錢公泰嘶聲道：「敝幫三位長老，都已遇害了。」

這句話說出，當真有如巨石投水，四面竹棚，立刻全都騷動起來，群豪人人面目變色紛紛道：「此訊當真？」

錢公泰慘然道：「弟子也寧願此訊乃是誤傳，但……據弟子所知，此事確是千真萬確，絲毫不假。」

群豪自然嘆息唏噓——自然除了朱七七之外。

錢公泰黯然道：「三位長老既已仙去，敝幫幫主之位，只有暫且虛懸，但弟子還是要請各位大駕留在此地。」

他再次仰天一嘆，接道：「敝幫雖已不能與各位歡聚痛飲，但卻要請各位目睹敝幫弟子，手刃殺了三位長老的仇人。」

群豪更是聳然大驚，紛紛道：「那是什麼人？」

錢公泰厲聲道：「據弟子所知，此人就會來的，他……」

突然間，竹棚外傳來一陣冷笑，道：「那人又不是呆子，難道會來送死麼？」

錢公泰變色叱道：「什麼人？」

叱聲之中，已有一個人自東面竹棚外走了進來！

火光閃動間，只見此人彎著腰，駝著背，衣衫襤褸，面容猥瑣，慢慢吞吞，一搖一擺地走了進來。

朱七七急忙掩住了嘴，只因她差點便驚呼出聲：「金不換……金不換也來了！」

金不換走到目定口呆的錢公泰身旁，笑嘻嘻道：「兄弟『見義勇為』金不換，各位想必聽說過。」

群豪有的認得他，有的不認得他，不認得他的聽得此人便是當今天下的七大高手之一，又不禁騷動起來。

「雄獅」喬五卻皺眉道：「這厭物，他來則甚？」

花四姑輕輕笑道：「咱們等著瞧就是。」

這時，竹棚外，在暗中，已有三條人影來了。

錢公泰是認得金不換的，他雖在暗中皺眉，口中卻道：「金大俠……」

金不換叱道：「什麼金大俠……別人稱我金大俠，你怎能稱我金大俠，丐幫中的後輩，怎地愈來愈不懂事了。」

錢公泰只有忍住氣，道：「前輩來此有何貴幹？」

金不換怒道：「說你不懂事，你更不懂事了……丐幫中發生如此大事，我老人家怎會不來？你問得豈非多餘。」

錢公泰變色道：「但前輩你……你並非本幫……」

金不換大怒道：「你說什麼？你說我老人家並非丐幫門下……嘿，我老人家入丐幫時，你還未曾出世哩。」

竹棚裡，花四姑悄悄問道：「他真是丐幫弟子麼？」

喬五道：「這個不錯，他昔日確曾入過丐幫，但等到他成名立萬後，便從未提起，除了身上穿的還是丐幫服色外，他實已脫離丐幫了。」

花四姑嘆道：「但此刻他卻又以丐幫弟子面目出現，不知可要玩什麼花樣了。」

喬五冷冷道：「有我在這裡，他什麼花樣也莫想玩。」

只見錢公泰已垂手肅立，連聲道：「是……是……」

原來已有人證實了金不換的話。

金不換道：「不知者不罪，我老人家也不怪你。」

高小蟲竟然嘻嘻笑道：「你老人家這次來，到底是爲什麼呀？」

金不換道：「我老人家要告訴你們，蛇無頭不行，本幫數千弟子，怎能一日無幫主，本幫近年日漸衰微，便是因為群龍無首，弟子們便無法無天了。」

高小蟲道：「你老人家莫非想做幫主麼？」

金不換怒喝道：「畜牲，住口！本幫幫主之位，豈是想做便能做的麼，三位長老既已仙去，便該另選一人……」

高小蟲笑嘻嘻地道：「如何選法呢？」

金不換道：「無論任何武林幫派，要選幫主時，不以聲名資歷，便以武功強弱，你難道連這都不懂麼？」

高小蟲笑道：「如此說來，也不必選了。」

金不換怒喝道：「你說什麼？」

高小蟲道：「若論聲望資歷，是你老人家最高，若論武功，咱們後輩又怎是你老人家的敵手……這還要選什麼？」

朱七七暗笑道：「這高小蟲看來雖傻，其實倒真一點也不傻，金不換臉皮再厚，聽見這幾句話，只怕也要臉紅了吧。」

那知金不換臉非但不紅，反而笑道：「好孩子，你說的倒也有理，若是別人也無異議，我老人家也就卻之不恭。」獨眼四下一瞪，大聲道：「誰有異議？」

丐幫弟子望著錢公泰，錢公泰怔在那裡，高小蟲嘻嘻直笑，四面竹棚中的武林群豪，又騷動起來。

金不換哈哈大笑道：「那我老人家……」

動。

突聽一人大喝道：「誰當丐幫幫主都可以，就是你金不換當不得。」

金不換怒道：「這話是誰說的？」

那語聲道：「我，喬五！」

三個字說完，「雄獅」喬五那魁偉的身子，已凌空飛掠出來，但聽「呼」的一聲，火焰閃動。

雄獅喬五已到金不換面前。

金不換臉色早已變了，跺足道：「你……原來你也來了。」

喬五冷笑道：「算你運氣欠佳，又遇著我。」

金不換道：「我和你究竟有什麼過不去，你……你……你處處都要和我作對。」

喬五厲聲道：「天下的為非作歹之徒，都是我喬五的對頭，連你這樣的見利忘義之輩，若是都能做丐幫幫主，武林中焉有寧日。」

金不換道：「我們丐幫的事，要你管什麼？」

喬五大喝道：「我偏要管，你又如何。」

金不換牙齒咬得吱吱作響，卻說不出話來。

這時錢公泰已將高小蟲拉到一邊，悄聲埋怨道：「你方才怎能那麼說話？」

高小蟲笑道：「我早就知道別人不會讓他登上幫主寶座的，咱們既不知該如何駁倒他，何必不讓別人出頭。」

錢公泰嘆道：「說來倒是你有理了。」

高小蟲嘻嘻一笑，只聽喬五已厲聲道：「金不換，喬某也並非欺負你，只要丐幫弟子都對你心悅誠服，喬某絕不多事，但你若想以強凌弱，威脅公意，喬某卻容不得你。」

金不換連忙道：「本幫弟子自然都對我……」

高小蟲突然截口笑道：「若說老人家武功較強，聲名較響，咱們都沒話說，若說咱們是真心要求你老人家為幫主，那就錯了。」

金不換怒道：「你……你……這小子竟敢吃裡扒外。」

喬五喝道：「金不換，你廢話少說，此刻你若不趕緊遠離此地，便快快揚起袖子，來與喬某決一死戰。」

金不換果然一捲袖子，大聲道：「姓喬的，你只當我老人家怕了你麼？」

竹棚中花四姑咯咯笑道：「你本來就是怕他的。」

金不換瞧瞧四下群豪，又瞧瞧喬五，滿頭大汗涔涔而落，嘶聲道：「我……我……」

突然間，東面的竹棚之上，傳下了一陣陰惻惻的冷笑聲，一個也說不上像什麼聲音的語聲，慢吞吞道：「金不換，你怕什麼，丐幫的事，別人本就不能管的。」

這語聲非但緩慢，而且像是有氣無力，聽來就彷彿此人已快死了，就剩下最後一口氣似的。

但這陰陽怪氣的語聲自兩丈多高的竹棚上傳下來，下面幾百個人，卻又都覺得他就好像在自己耳旁說話一般。

那笑聲更像是有個人在自己耳旁吹著冷氣，教人不得不聽得汗毛直豎，機伶伶地直打冷戰。

每個人都不由自主抬起了頭，向上瞧。

只見那黯黝黝的竹棚頂上，不知何時，已多了個人，盤膝坐在那裡，眼睛尖的已看出這人是個老頭子。

朱七七變色道：「原來是他……這不就是那日在悅賓樓上，一個人喝酒，卻用七八隻酒杯的小老人麼。」

勝泫本已站開一邊，此刻也忍不住湊過來，悄聲道：「此人姓韓名伶，聽說是……」

只聽喬五已喝道：「原來是你，誰要你來多管閒事？」

韓伶陰惻惻地笑道：「你若不多管閒事，我老人家也絕不多管閒事。」

金不換撫掌大喜道：「正是正是……」

喬五厲聲道：「原來你竟和金不換……」

韓伶冷冷道：「我老人家並不認得他，只是主持公道而已。」

金不換笑道：「正是正是，他老人家根本就不認得我金不換，只是瞧不慣你無事生非，是以出來伸張正義。」

喬五大怒喝道：「你若要管閒事，喬某在此等著你。」

他本可揭破韓伶的身分，也可揭穿韓伶的陰謀。

金不換做了丐幫幫主，江湖上自然多少要亂一亂，這自然於快活王有利，何況像金不換這樣的人，快活王若想收買他，也是容易得很。

但喬五卻是烈火般的脾氣，此刻脾氣發作，那裡還管這麼多，說是在下面等著，其實人已直掠了上去。

韓伶大笑道：「好，居然有人願意送死。」

花四姑也大呼道：「五哥，他的腿中劍狠毒得很，你小心了。」

金不換拍掌大笑，群豪轟然而動……

紛亂之中，喬五已掠上竹棚，向韓伶撲了過去。

他雄獅之名，得來委實並非倖致，此刻身形展動處，當真有如獅撲一般，威猛凌厲，銳不可當。

韓伶還是盤膝坐在那裡。

喬五的鐵拳，如泰山壓頂，直擊而下。

就在這時，只聽韓伶森森一笑，身子突然彈了起來，長衫飄動處，青光一閃，直取喬五咽喉。

喬五錯步擰身，「霸王卸甲」。

那知韓伶腿中劍「鴛鴦雙飛」，一劍之後，還有一劍，喬五身子方自擰到左邊，第二劍又已到了他咽喉。

這第二劍雖然後發，其實先至——韓伶竟早已算好了喬五的退路，這一劍早已在那裡等著！

這是何等辛辣，何等狠毒的劍法。

群豪不禁俱都聳然失色。

花四姑更不禁脫口驚呼道：「五哥……」

喬五方自擰身，舊力已竭，新力未生。

他勢已不能再次擰身避開這一劍。

即使他勉強擰身閃動，身子的力量，必定失去平衡，勢必要跌倒，那快如閃電般的劍光，怎容他跌倒。

他若俯身，雖可避開這刺向咽喉的一劍——但腿中劍自上而下，就必定會由他背脊上直穿而入。

而韓伶身在空中，他勢必也無法以攻爲守。

此刻他根本連韓伶的衣角都碰不到。

這是令人避無可避，閃無可閃的劍法。

這是必取人命的劍法。

喬五既不能躲，亦不能攻，豈非只有必死之一途。

花四姑聲音撕裂了。

但喬五——好喬五。

他雙腿突然一蹬，竹棚立時裂開了個大洞。

他身子便自洞中落了下去——劍，自然落空。

這雖是不成文的招式，但卻是死裡逃生的絕著。

這一著正是任何武林大師都無法傳授的，這只是「雄獅」喬五一生經驗與智慧的精粹。

花四姑的驚呼變成了歡呼。

韓伶自也未想自己這一著殺手竟然落空，一怔之下，濁氣上升，他身子也不由得自洞中落了下去。

竹棚中群豪四下奔走。

喬五身形落地，猛然一個翻身，倒退兩丈。

韓伶卻飄飄然落在一張桌子上，又復盤膝而坐。

兩人面面相對，目光相對。

韓伶森森笑道：「不想丐幫弟子粗製濫造的竹棚，倒救了你一命。」他說得不錯，這竹棚造得若是堅固，喬五此刻已無命了。

喬五沉聲道：「不錯，若是比武較技，喬五已該認輸了，但此刻……」雙手一伸一縮，雙手中已各自多了件精光閃閃的兵刃。

只見這兵刃長僅九尺，在火把照耀下，瑩瑩發光，看來有如隻無柄的銅叉般，只是叉身卻又彎曲如爪。

這正是「雄獅」喬五仗以成名的「青獅爪」。

「雄獅」喬五竟然動了兵刃，群豪心裡，都不禁泛起一陣興奮的熱潮，只因眼前已必然有一場更驚人的惡戰。

就在這時，喬五已虎吼著撲去。

青光也已電掣而來！

群豪眼中，只見光芒交錯，宛如閃電，耳中只聽得一連串驚心動魄的「叮噹」聲響，兩人已各各攻出五招。

竟沒有人瞧出他們這五招是如何出手的。

韓伶身形凌空，宛如游龍般夭矯盤弄，五招擊出後，他身形竟仍未下墜，第六招、第七招又自攻出。

原來他「腿中劍」與「青獅爪」一擊之後，他便已喘過一口氣來，藉力使力，竟然劍劍凌空。

群豪雖然俱都久走江湖，但幾曾見過這詭異已到了極處的劍法，人人身不由主，俱都圍了過來。

韓伶冷笑道：「可厭……」

「腿中劍」在「青獅爪」上一點，身形突然有如輕煙般直升而上，竟又從那洞中竄了出去。

喬五但覺眼前一花，已沒了韓伶的影子。

但聞韓伶在竹棚上冷冷道：「你敢上來麼？」

花四姑著急道：「上去不得，他必定在洞旁等著你……」

語猶未了，喬五雙臂一振，已直拔而上。

但他卻非自那洞中竄出去的，竟以那鋒利的「青獅爪」，將棚頂又撕下一片，藉著這一扯之力，凌空一個翻身，直竄而出。

群豪自然又齊地奔出竹棚外，仰首瞧上去。

竹棚上青光已化為匹練，盤旋在喬五頭頂。

這一戰自棚上打到地上，再由地上打到棚頂，打的人因是生死呼吸，間不容髮，瞧的人也是驚心動魄，不覺汗流浹背。

喬五「青獅爪一百另七抓」，抓、撕、鉤、纏、扯、絞、封……因是武林罕睹的外門功夫，令人難以抵擋。

怎奈韓伶這「腿中劍」，更是武林中聞所未聞，見所未見的功夫，無一招不辛辣，無一招不詭異。

最厲害的是，他一劍跟著一劍，變招之快，簡直不可思議，教對方根本無法緩過氣來。

數十招激戰過後，喬五已是強弩之末。

這時，遠處黑暗中，靜伏著三條人影。

第一人輕嘆道：「好詭異的劍法。」

第二人道：「我想來想去，也不知該如何破解。」

第三人微微笑道：「世上焉有不能破解的武功。」

第一人道：「但……這劍法又該如何破解？」

第三人道：「以退爲進，以虛爲實。」

第一人默然半响，道：「呀，不錯，若以此方法，這韓伶劍劍落空，便根本尋不著藉力換力之處，身子便必定要落下了。」

第二人道：「他身子一落下，縱能再次躍起，但已慢了一步，他劍法本以迅急爲主，教人緩不過氣來，只要慢一步，那威力便發揮不出了。」

第一人嘆道：「只可惜喬五想不出這破法。……」

第三人笑道：「但這卻不是唯一的破法。」

第二人道：「還有什麼破法？」

第三人道：「他還有最大的剋星。」

第二人道：「誰是他的剋星？莫非就是沈兄？」

第三人笑道：「不是我，是你。」

第一人默然半晌，突也笑道：「不錯，我的兵刃，的確是他的剋星。」

第三人道：「所以等一下，你要……如此如此，這般這般。」

第二人道：「知道了。」

第一人撫掌笑道：「果然妙計……但沈兄又怎能斷定，左公龍是被金不換殺的。」

第三人道：「左公龍若不是他殺的，他又怎能斷定左公龍死了，他若不能斷定左公龍死了，又怎會來奪幫主之位？」

這時喬五已是汗透重衣，但他正是寧折毋彎的脾氣，此刻雖已是強弩之末，但卻仍不肯示弱，招式仍是威猛凌厲之極。

他手中一雙「青獅爪」，仍在節節進攻。

韓伶卻連連後退——已由東棚退至南棚。

就連花四姑都未瞧出喬五的敗象，群豪自然更是連連爲喬五喝采助威，有人更不禁撫掌道：「好漢子，好雄獅，你瞧他自始至終，簡直沒有退過一步……」卻不知道「節節進攻」，正是喬五致命的錯誤。

劍爪相擊，不時閃出星星火光，眩人眼目，那一連串叮噹不絕的響聲，更是懾人魂魄。

突聽韓伶格格笑道：「一招之內，拿命來吧。」

笑聲中雙劍連環踢出。

喬五「青獅爪」急迎而上。

「叮」的一聲，劍爪再次相擊，火花四濺。

就在這時，韓伶右掌在腰間一搭、一揚，手中突然多了柄精鋼軟劍，迎風一抖，急刺而下。

喬五做夢也未想到他腰裡還纏著第三柄劍。

這第三柄劍當真是致命的一劍。

喬五雙手迎著他兩柄腿中劍，這第三柄劍刺下，喬五那裡還能閃避，那裡還有手招架。

群豪駭然再次驚呼……

就在這間不容髮的刹那間，突聽遠處一人叱道：「打。」

「嗤」的，風聲破空，直打韓伶後背。

群豪一生中當真從未聽過如此強勁的暗器破風聲，更未想到世上竟有如此厲害的暗器手法，如此強的手力。

韓伶更是大驚失色，那裡還顧得傷人，但聞風一響，暗器已到了他後背，他全力反手揮劍……

又是「叮」的一響，又是一串火花。

韓伶手腕，竟被這小小一粒暗器震得發麻。

他驚怒之下，大喝道：「暗器傷人的鼠輩，出來。」

黑暗中傳來一陣嘹亮的笑聲，一人道：「來了。」

笑聲起處，人影出現，「來了」兩字說完，這人已到了棚頂上，身法的迅急，實是駭人聽聞。

韓伶自又已盤膝而坐，黑暗中望去，雖瞧不清此人面目，卻瞧見了他敞開的衣襟，蓬亂的頭髮，大大的眼睛，有如天上的明星一般。

朱七七失聲道：「貓兒來了。」

勝泫喃喃道：「不想他竟有這麼俊的身法……」

只聽熊貓兒笑道：「喬五暫且歇歇，待我這小酒鬼，來對付這老酒鬼。」

喬五默然半晌，仰天長嘆一聲，頓足道：「好！」

翻身掠下，花四姑已在等著他。

黑暗中，韓伶的眼睛，像是已要爆出火花。

熊貓兒笑道：「又是個多管閒事的來了，你還坐著幹什麼，動手吧。」

韓伶狠瞪著他，不說話，也不動手。

熊貓兒笑道：「你若是要等我先動手，你可就慘了……你那日在酒樓中，就該知道我是從來不肯先出手的。」

韓伶目中的火已熄，卻變得寒冷如冰。

地上的高小蟲突然嘻嘻笑道：「此人要勝了。」

錢公泰道：「你怎能斷定？」

高小蟲道：「我瞧他不肯先出手，就知他要勝了。」

錢公泰道：「那也……」

「未必」兩字還沒說出口，韓伶身子已如箭一般射出，青光一閃，又是直刺熊貓兒的咽喉。

熊貓兒哈哈一笑，退後三步。

韓伶身子凌空一轉，右足劍追擊而出。

熊貓兒行雲流水的又後退三步，手已搭上腰間的酒葫蘆。

出。

韓伶兩擊不中，身子一縮，斜斜向後翻下，但劍尖輕輕一點，身子又復彈起，青光又劃此番他用的顯然又是「鴛鴦雙飛」之式，第一劍刺出時，第二劍的光芒已在衫角下閃動。

熊貓兒大喝道：「來得好。」

這一次他不退反進，不避反迎，腰間的酒葫蘆，已到了他手中，他右臂一振，酒葫蘆迎著劍光揮出。

「叮，叮」兩聲，「鴛鴦雙飛劍」快如閃電，兩柄劍都擊在這葫蘆上。

韓伶待藉力變招，那知這兩柄劍竟被這酒葫蘆黏住了——這正如兩條腿俱已被人抓在手中。

別人兵刃若被黏住，還可撒手，但他這兵刃卻是丟不開，放不下的。

韓伶這一驚可真是非同小可，大驚情急之下，右手劍「斜劈華山」，那知「叮」的，第三柄劍也被黏住。

熊貓兒大笑道：「下去吧。」

酒葫蘆向下一扯，韓伶整個人眼見就要被人扯了下來，要知他身形凌空，自然無力與熊貓兒相抗。

四下群豪，忍不住歡呼起來。

那知就在這時，韓伶左掌中突然也有寒光一閃，他手中已多了柄銀光閃閃的七寸匕首。

匕首斜揮而下，但卻非刺向熊貓兒，竟駭然砍向他自己的雙腿——那兩柄青光耀眼的長劍。

只聽又是「叮，叮」兩聲，銀光過處，竟將兩柄劍一揮爲二——這匕首竟是削鐵如泥的神物。

劍一斷，韓伶頓時自由，凌空一個翻身，遠退三丈，再一閃，人影已沒入黑暗中，瞧不見了。

四下群豪俱都怔住，熊貓兒也怔住了。

他怔了半晌，苦笑搖頭道：「不想這廝居然還有第四柄劍。」

這第四柄劍，卻是救命的劍。

金不換知道大勢已去，已想溜了。

但是他一抬腳，熊貓兒已笑嘻嘻站在他面前。

金不換咯咯強笑道：「熊兄好功夫！」

熊貓兒也笑道：「好說好說。」

金不換道：「在下與熊兒，可從來沒有什麼過不去之處。」

熊貓兒突然仰天大笑道：「金不換，你花言巧語拍我馬屁又有什麼用？我今日若放過你，沈浪可要替你揹黑鍋了。」

笑聲突頓，厲喝道：「丐幫的朋友聽著，左公龍左長老，就是被他害的。」

群豪聳然動容，丐幫弟子更是喧然大嘩。

金不換變色呼道：「你……你……我與你無冤無仇，你爲何要含血噴人？」

熊貓兒道：「我說的話，自然有證據。」

金不換神情突又鎭定，冷笑道：「證據……拿來瞧瞧。」

熊貓兒喝道：「你只道你這事做得神不知，鬼不覺，世上絕不會有人瞧見，更不會有人拿得出證據來，是麼？」

金不換道：「哼哼，哈哈……」

熊貓兒狂笑道：「金不換，你可知道天網恢恢，疏而不漏，你自以爲做得神不知鬼不覺，但卻偏偏有人……」

金不換冷笑截口道：「若要買個人證，那也容易得很。」

熊貓兒道：「別人雖不能證明，這人卻可以的。」

金不換道：「這是什麼人，我倒要瞧瞧。」

熊貓兒道：「這人就是左公龍自己。」

金不換面色又變了，道：「你……你說什麼？」

熊貓兒厲聲道：「你那一刀，並沒有殺死他。」

突然向上一指，大喝道：「你且瞧瞧那是誰？」

群豪不由自主，全都隨著他手指望去。

只見南面竹棚上，緩緩站起一條人影，黑暗中雖瞧不清他面目，但依稀仍可認出他正是左公龍。

群豪大嘩，丐幫弟子失聲呼道：「左長老……」

金不換宛如被巨雷轟頂，驚得怔了半晌，嘶聲呼道：「假的假的，這是假的，我那一刀明明插入他心……」突然發現自己說漏了嘴，發了瘋似的就想逃。

但這時他那裡還逃得了。

丐幫弟子已怒吼著向他撲上來。

金不換大喝一聲，竄上竹棚頂。

那知左公龍的身子突然倒下，後面卻輕煙般掠出一個人來，輕煙般擋住了金不換的去路。

這人正是沈浪。

# 廿四　守株待兔

沈浪還未出手，金不換身子已軟了，魂靈已出竅。

沈浪輕輕一揮手，金不換便已從棚頂上滾下。

朱七七瞧見沈浪，身子也已軟了；口中喃喃道：「完了……又完了……」

她的苦心妙計，遇著沈浪，半點用也沒有了。

勝泫也怔在那裡，喃喃道：「沈浪……好厲害。」

朱七七斷聲道：「他簡直不是人，是鬼！爲什麼世上竟沒有一個人能擊倒他，別人無論怎樣害他，他爲什麼總像是事先便已知道。」

外面在大亂著，金不換已被丐幫弟子綁住。

群豪在談論，在私議，但無論是什麼人，口中卻都只有一個人的名字，那自然是：「沈浪……沈浪。」

朱七七真恨不得伏在桌上，放聲大哭一場。

她忍住，眼淚在眼裡打轉，她垂下頭，悄悄的擦。

但等她抬起頭時，第一眼瞧見的便是沈浪——沈浪那瀟灑的、懶散的、令人瞧見說不出是何滋味的微笑。

熊貓兒也到了她面前，也在笑。

朱七七只覺一顆心已將跳出腔子，用盡全身之力，才算勉強忍住沒有大叫大跳起來，故意裝作沒瞧見他們的模樣。

沈浪卻微微笑道：「你好嗎？」

朱七七道：「你……你是誰？我不認識你。」

熊貓兒笑道：「你真的不認得我們？」

朱七七道：「奇……奇怪，我爲何一定要認得你們。」

她裝得再好，說話的聲音也不禁有些發抖了。

熊貓兒笑道：「算了吧，你還裝什麼，你縱能瞞得過別人，卻瞞不過我，也是瞞不過沈浪的……你幾時見過世上有什麼事瞞過沈浪的？」

朱七七道：「你……你說的話，我不懂。」

熊貓兒笑嘻嘻道：「你真要我說破麼？」

朱七七霍然扭過身子，道：「這種人真莫名其妙，勝泫……」

勝泫終於走過來，擋在熊貓兒面前，吶吶道：「熊兄，他既不認得你，也就罷了。」

熊貓兒瞧了他兩眼，突然大笑道：「你這是在幫你未來夫人的叔叔說話麼？」

勝泫臉一紅，道：「我……我……」

熊貓兒道：「你若真娶了這位侄女，那才是天大笑話。」

他說別的勝泫都無所謂，但說到自己的心上人，勝泫可真氣了，臉色也變了，嘿嘿冷笑道：「如何是笑話，難道在下配不上？」

熊貓兒道：「嗯！你的確配不上。」

勝泫怒道：「難道你才配得上？」

熊貓兒大笑道：「我更配不上了……這樣的大美人兒，我熊貓兒可真無福消受。」

勝泫厲聲道：「在姑娘面前，你說話須放尊重些。」

熊貓兒道：「你想為『她』打架？」

勝泫道：「嘿嘿！打架我也未必怕你。」

熊貓兒搖頭嘆道：「可憐的孩子，被人騙得好慘。」

勝泫氣得臉都白了，怒道：「你才是可憐的孩子，你才被人騙了。」

熊貓兒道：「我……至少我總不會要娶個大男人做妻子。」

勝泫怔了一怔，突然狂笑道：「這人瘋了，這人瘋了，竟說這位姑娘是男人。」

群豪眼見王憐花那嬌滴滴的模樣，也都不禁覺得熊貓兒的腦袋有點不大正常，有的甚至已在暗地竊笑。

熊貓兒卻笑得比誰都響，笑道：「你說我瘋了，可要我拿證據出來。」

勝泫道：「你若拿得出，我腦袋給你。」

熊貓兒道：「我也不要你腦袋，只要你打幾壺好酒，也就罷了……」

突然一閃身，自勝泫身側掠過去，掠到那「嬌滴滴的王憐花」面前，一把抓住他衣襟，喝道：「你且瞧瞧他是男是女？」

「嘶」的一聲，「王憐花」前胸的衣襟已生生被他撕開了。

沈浪面上的笑容突然消失不見。

這「王憐花」被撕開的衣襟下，竟是女人的胸膛——那一對誘人的紫珠，已在寒風中尖挺起來。

在這一刹那中，沈浪、熊貓兒固然大驚失色，但他們的驚奇，卻還比不上朱七七的萬分之一。

這明明是王憐花，又怎會變成女子。

她明明親眼瞧著王憐花自己易容改扮女子，這萬萬不會錯的，但此刻怎地偏偏錯了。

難道王憐花本身原來就是女子。

不可能，絕不可能。

那淫褻的微笑與眼神，絕不會是女子的。

尤其是朱七七，她體驗過王憐花的愛撫，擁抱，那是她一輩子也忘不了，一萬輩子都不會錯的！

那也是任何女子都做不出的。

但——此刻這王憐花卻偏偏變了女子。

朱七七失聲驚呼。

沈浪、熊貓兒目定口呆。

勝泫勃然大怒。

群豪有的驚奇，有的憤怒，有的好笑，有的轉過頭去，有的瞧得目不轉睛，有的向前擁，有的向後退。

混亂，簡直亂得不可形容。

而那「王憐花」，那女子，卻大聲哭了起來。

她哭著嚷道：「你們這些自命英雄的大男人，就眼睜睜的讓這野小子欺負我麼？欺負我這個生了病的女人……」

勝泫撲過來，一把扭住熊貓兒的衣襟，嘶聲道：「你……你說……你說……」

熊貓兒苦著臉道：「我……我……」

兩人一個氣，一個急，都說不出話來。

勝泫話雖說不出，但手卻可以動的——他一句話未說出，手已「砰砰蓬蓬」在熊貓兒身上擂了幾拳。

熊貓兒只好捱著——雖然勝泫氣極，並未使出真力，雖然熊貓兒身子如鐵，但這幾拳也夠他受的。

群豪已有人在拍掌道：「打得好！打得好……」

熊貓兒既不能還手，又無法閃避，只有大呼道：「沈浪……沈浪，你可不能站著在旁邊瞧呀。」

沈浪突然掠到朱七七面前，道：「你就眼瞧著熊貓兒捱打麼？」

朱七七心慌意亂，道：「我……我……」

沈浪道：「你縱然恨我，但你莫要忘了，這貓兒曾經不顧性命的救你，他……」

朱七七突然大呼道：「勝泫，放開手……」

這時唯一能命勝泫放開手的，只怕也唯有朱七七了。

勝泫放開了手，他雖然打了不少拳，但怒氣猶未平復，厲聲道：「熊貓兒，今日你再也休想我和你善罷甘休，你……」

轉首向朱七七道：「你說該將這廝如何處置？」

朱七七卻嘆了口氣，道：「放過他吧。」

勝泫一怔，道：「什麼……放過他。」

群豪也覺有些意外，已有人喝道：「放他不得。」

朱七七道：「我說放過他，就要放過他。」

勝泫怒道：「爲什麼？」

朱七七道：「只因爲……只因爲……」

她轉眼一望，望見沈浪的目光，熊貓兒苦著的臉；望見群豪怒氣洶洶，要對付熊貓兒的模樣。

她突然咬了咬牙，跺腳道：「你們瞧吧！」

帽子、束髮帶、長外衣，一樣樣被她拋在地上。

在四面驚異聲中，她露出了如雲長髮，緊身衣裳——緊裹著她那窈窕而豐滿的身材的衣裳。

她那臉雖沒有改變，但此刻除了瞎子外，無論是誰，都已可看出她是個女子，每分每寸都是女子。

群豪再次聳動：「女的。這男人原來也是個女的。」

勝泫更是張口結舌，瞪大了眼睛，吶吶道：「你……你怎會是個女的？」

朱七七道：「我爲何不能是女的？」

勝泫望著那「王憐花」道：「那麼他……」

朱七七道：「我是女的，『他』自然是男的。」

群豪紛紛笑喝道：「你是女的，卻也不能證明他是男的。」

朱七七跺腳道：「我說『他』是男的。」

群豪笑道：「她明明是女的，你說她是男的也沒有用。」

朱七七咬著櫻唇，又急又氣，道：「他明明是……他明明是……」

沈浪嘆道：「他既然明明是王憐花，又怎麼變成女的，她若是被人掉了包的，你也該知道……你難道不知道。」

朱七七跺腳道：「我就是不知道，我……我……」

突然一把抓起那女子，大聲道：「說，怎會變成女子？」

那女子道：「我本來就是女人呀。」

朱七七道：「你是否被人掉了包？」

那女子道：「你一直跟著我的，我怎會被人掉包。」

朱七七怒道：「你還不說實話，我……我……」

扭著那女子手腕一扭，那女子立刻殺豬般的叫了起來。

朱七七道：「你說不說？王憐花是如何將你掉的包？」

那女子嘶聲道：「沒有……真的沒有……」

朱七七眼睛都紅了，大怒道：「你還說沒有？」

手掌再一用力，她疼得眼淚都掉了下來了。

朱七七道：「你再不說，我就將你這隻手扭斷！」

那女子嘶聲道：「放手，求求你放手吧。」

朱七七冷笑道：「十個女人，有九個是怕疼的，我也是女子，自然知道，你既然遲早忍不住，還不如早些說了吧。」

那女人流著淚道：「好！我說了……我說了……」

朱七七道：「那麼你就快說，王憐花在那裡，用的究竟是什麼手法，來和你掉了包……快！老老實實的說。」

那女的道：「昨天晚上……」

一句話還未說完，人叢中突有風聲一響，只聽「嗖」的一聲，那女子腰下已中了五枚奪命銀針。

她慘呼一聲，白眼珠子一翻，立時就死了。

這暗器好毒，她死得好快。

朱七七又驚又怒，大喝道：「誰？誰下的毒手？」

熊貓兒已展動身形，虎吼著撲了出去。

但要在這許多人中尋出殺人的兇手，那當真比大海撈針還難——甚至根本沒人瞧見這暗器是自何方向發出的。

群豪大亂。

朱七七暴跳如雷，只有那高小蟲卻仍笑嘻嘻的，像是一點也不在意，反而慢吞吞的笑道：「姑娘也不必急了，反正什麼事都有水落石出的一天，姑娘此刻就算急死了，又有什麼用。」

沈浪道：「這位兄台說得本不錯……」

朱七七跳腳道：「放屁，我急死了也和你們沒關係。」

只聽一人笑道：「但和我卻有關係的。」

說話的正是那酒樓主人，朱七七抬眼瞧見了他，先是一怔，卻又立刻縱身撲進他的懷裡，放聲大哭道：「姐夫！姐夫！他們都欺負我……」

這酒樓主人，正是朱七七的三姐夫，中原武林中的豪富鉅商，人稱「陸上陶朱」范汾陽。

他開的店舖，遍佈大江以北各省各縣，就是朱七七那耳環可隨意提取銀子的地方。

朱七七伏在她姐夫懷裡哭著，這是她幾個月來第一次瞧見的親人，她恨不得將滿懷委屈全哭出來。

范汾陽柔聲道：「是！他們都欺負你，姐夫替你出氣。」

朱七七道：「那沈浪，他……他……」

范汾陽道：「沈浪是個大壞蛋，咱們不要理他。」

口中說話，暗中卻向沈浪使了個眼色，指了指朱七七，又指了指自己，意思顯然是在說：「你把她交給我吧。」

沈浪含笑點了點頭，道：「此間事自有小弟處理。」

范汾陽圍起朱七七的肩頭，道：「這些人都欺負你，咱們誰也不理，咱們走。」分開人叢，竟哄孩子似的將朱七七哄走了。

群豪正在亂中，也沒人去理他們，卻有個丐幫弟子趕了過來，躬身行了一禮，陪笑道：「敝幫備得有車馬，不知范大俠是否需用？」

范陽汾笑道：「你認得我……好，如此就麻煩你了。」

那丐幫弟子躬身笑道：「這有什麼麻煩。」

撮口呼哨了一聲，過了半晌，就又有兩個丐幫弟子，一個趕著輛大車，一個牽著匹健馬過來。

那丐幫弟子笑道：「車馬全都在侍候著，不知范大俠是否要乘馬，否則就和這位姑娘共乘一輛馬車也好。」

范汾陽遲疑半晌，笑道：「七七，你坐車，我還是乘馬吧，路上也好瞧清楚些，說不定還可發現些什麼。」其實，他也有幾分是避嫌疑，不肯與朱七七同坐車廂。姐夫對小姨子，總是要避些嫌疑的。

熊貓兒自然查不出那殺人的兇手。

他垂首喪氣，回到竹棚，口中不住罵道：「我熊貓兒平生最恨的就是這種只會偷偷摸摸，躲在暗中傷人的鼠輩，他若落在我手中，哼哼……」

沈浪微笑道：「你也莫要氣惱，總有一日，他要落在你手中的。」

熊貓兒恨聲道：「但我卻連他是誰都不知道。」

沈浪道：「你怎會不知道。」

熊貓兒道：「莫非你已知道了？」

沈浪道：「除了王憐花的門下殺人滅口，還會是誰。」

熊貓兒動容道：「這些人裡難道也有王憐花的門下？」

沈浪嘆道：「我早就說過，王憐花此人，委實不可輕視，此刻中原武林各地，只怕……唉！已都有他的黨羽。」

熊貓兒咬牙道：「總有一日，我要將這班鼠輩一個個全都找出來，收拾收拾……此刻第一個要收拾的就是金不換。」

說話中他已將金不換提了過來，驚嘆道：「不想沈兄方才一剎那裡，竟已點了他五處穴道。」

沈浪微笑道：「這廝又奸又猾，我委實怕他又逃了。」

熊貓兒嘆道：「你好快的出手。」

錢公泰突然插口道：「不知兩位要將他如何處治？」

熊貓兒道：「這廝簡直壞透頂了，不但我兩人恨他入骨，就像喬大俠，咦，喬五與花四姑都到那裡去了。」

沈浪嘆道：「喬大俠方才大意落敗，以他的身分，以他的脾氣，怎會再逗留此地，方才已在亂中悄悄走去了。」

熊貓兒道：「你瞧見他走的？」

沈浪道：「我雖然瞧見，但也不便攔阻。」

錢公泰道：「這正是沈大俠體貼別人之處。」

語聲微頓，躬身又道：「卻不知沈大俠是否也肯體貼敝幫弟子，將金不換交給敝幫處治，左長老死於他手，敝幫弟子莫不盼望將他以家規處治。」

沈浪道：「在下也正有此意，只是……」

錢公泰道：「沈大俠莫非有何礙難之處？」

沈浪笑道：「那倒沒有，我只要先問他幾句話。」

錢公泰道：「若是不便，弟子等可以迴避。」

沈浪道：「那也無需……」

伸手拍開了金不換三處穴道，金不換張開了眼睛，吐出了口氣，他能說出的第一句話就是：「沈浪呀沈浪，算我金不換倒楣，竟又遇見了你。」

沈浪道：「你將那位白飛飛姑娘弄到哪裡去了？」

金不換大聲道：「沈浪，告訴你，我金不換雖非好人，可也不是好色淫徒，那小妞兒我金不換還未瞧在眼裡。」

沈浪冷笑道：「既是如此，你……」

金不換道：「要動手綁她的架，可全是王憐花的主意，王憐花將她弄到哪裡去了，我也不知道，反正王憐花這王八羔子總不會對她存有什麼好心。」

熊貓兒冷笑道：「王憐花若在這裡，你敢罵他麼。」

金不換道：「我如何不敢，我還要宰他哩，只可惜卻被朱七七救了去。」

熊貓兒失聲道：「朱七七救了他？」

金不換道：「沈浪呀沈浪，說起來真該感激我才是……」當下將王憐花如何受傷，自己如何要殺他，朱七七如何湊巧趕來之事一一說出。

他自然絕口不說自己為了貪財才要動手之事，自然將自己說得仁義無雙，自然也將朱七七罵得狗血淋頭。

沈浪沉吟道：「如此說來，王憐花是真的已落在朱七七手中……但他卻又怎會突然變成女的，實在更令人想不通了。」

熊貓兒道：「嗯，朱七七必定在寸步不離的看守著他，我親眼見她連睡覺時都不肯放鬆，兩人睡在一間房。」

突然失聲道：「呀！是了。」
沈浪道：「什麼事？」
熊貓兒道：「朱七七昨夜將我送到街上時，只有王憐花一個人留在房裡……但那時，我也親眼瞧見她點了王憐花好幾處穴道，除非有別人救他……」
沈浪道：「王憐花落入朱七七之手，根本無人知道。」
熊貓兒道：「除了金不換。」
金不換趕緊大聲道：「王憐花此刻已恨不得要剝我的皮，我怎會幫他。」
熊貓兒冷笑道：「你說的話我可不能相信，我得問問朱七七……呀！原來朱七七也走了，沈浪，你……你怎麼能放她走？」
沈浪道：「我將她交給了她姐夫。」
熊貓兒道：「她若又出了事，如何是好？」
沈浪微笑道：「范汾陽之為人，你難道還不清楚，此人行事最是小心謹慎，當真可說是滴水不漏的人物。」
熊貓兒失笑道：「對了，我那日雖氣得他要死，但是在未摸清我底細之前，也絕不肯和我動手，這樣的人，難怪要成大業，發大財了。」
沈浪道：「將朱七七交給他，自然可以放心。」
熊貓兒：「像這樣的人，走路也一定不快，咱們去追，也許還追得著。」
沈浪還未答話，人叢中突然有人接嘴道：「他們兩位方才是乘著馬車走的，追不著了。」

熊貓兒笑道：「那范汾陽果然是大富戶的架子，他跟我們一齊來的，卻想不到他竟然令人在外面準備好了車馬。」

沈浪搖頭道：「不會是他，他與我一路趕回，片刻不停就到了這裡……也許是丐幫兄弟為他們備下車馬……」

熊貓兒笑道：「管他是誰的車馬，反正……」

錢公泰突然沉聲道：「敝幫遵行古訓，從來不備車馬。」

沈浪微一沉吟，忽地變色道：「不好。」

熊貓兒極少瞧見沈浪面目變色，也不禁吃驚道：「什麼事？」

沈浪道：「此事必定又有詐，說不定又是王憐花……」

熊貓兒跺腳道：「又是王憐花？」

沈浪道：「無論如何，咱們快追。」

熊貓兒將金不換推到錢公泰面前，道：「這廝交給你了，你可得千萬小心，否則一個不留意，就會讓他逃了……」語聲未了，已與沈浪雙雙掠了出去。

朱七七坐在車廂裡，心裡亂七八糟的，她既想不通王憐花怎會變了女子，又在恨著沈浪……沈浪……

范汾陽的馬，就在車旁走，他那挺直的身軀，成熟的風儀，在淡淡的星光下，顯得更是動人。

朱七七暗嘆忖道：「三姐真是好福氣，而我……我不但是個薄命人，還是個糊塗鬼，明明抓住了王憐花，偏偏又被他跑了。」

只聽范汾陽笑道：「這次你真該去瞧瞧你的三姐才是，她聽說你從家裡出來，著急得三天沒有吃下飯。」

朱七七道：「她反正已在發胖，餓幾天反而好。」

范汾陽大笑道：「正是正是……但這話你可不能讓她聽見，她現在就怕聽見『胖』字，有人說她胖，她真會拚命。」

忽又嘆了口氣，道：「只可惜八弟……」

朱七七失聲道：「八弟的事你也知道了。」

范汾陽垂首嘆道：「這也是沈浪告訴我的……唉，那麼聰明的一個孩子，偏偏……唉，只望他吉人天相，還好好活著。」

提起她八弟火孩兒，朱七七又不禁心如刀割，眼淚又不禁流下來——這可愛的孩子，究竟到哪裡去了？

她幽幽問道：「這件事，爹爹可知道麼？」

范汾陽道：「誰會告訴他老人家，讓他傷心。」

朱七七垂首道：「對了，還是莫要讓他老人家知道得好，總有一天……我發誓總有一天我會將老八找回來的。」

范汾陽默然半晌，突然笑道：「告訴你個好消息，你五哥近日來，名頭愈發高了，日前在大同府與人一場豪賭，就贏了五十萬兩，大同府的人都在說，朱五公子一來，就將大同府的銀子全帶走了，最可笑的，太行山的『攔路神』李老大，居然想動他主意，那日卻被他倒打一耙，非但削了李老大的兩隻耳朵，連太行山窖藏的兩千多兩金子，也被他帶走了，日前你三姐過生日，他就送了對金壽星，你三姐高興得要命，後來把那金壽星秤了一秤，恰巧是兩千多兩。」

朱七七嘆道：「三姐的生日，我都忘了。」

范汾陽興致沖沖，又道：「你大哥……」

朱七七掩起耳朵，道：「你莫要再說他的事了，他運氣總是好的，你們運氣都好，只有我……是個倒楣的人。」

范汾陽笑道：「你錯了，朱七小姐的名頭，近日在江湖中可也不弱，我雖未見著你，但你的事卻聽了不少。」

朱七七道：「所以你就找沈浪問，是麼？」

范汾陽笑道：「我只是……」

朱七七冷笑截口道：「告訴你，我的事與他無關，你以後莫要再向他問我，他……他……他，我根本不認識。」

范汾陽聳了聳肩，笑道：「好，你既不認得，我就……」

話未說完，胯下的馬，突然瘋了似的一跳。

范汾陽吃驚之下，趕緊挾緊了腿。

只見那匹馬竟發狂般向斜地裡奔了出去，上下跳躍，不住長嘶，饒是范汾陽騎術精絕，竟也無法將牠控制。

朱七七大驚叫道：「姐夫，姐夫你……」

她話猶未了，這馬車突也發了狂似的向前狂奔起來。

朱七七又驚又怒，呼道：「趕車的……喂！你……」

那趕車的丐幫弟子自車廂前的小窗口探首出來，笑道：「姑娘，什麼事。」

朱七七道：「你瞎了眼麼，等一等呀，我姐夫……」

趕車的丐幫弟子笑道：「你姐夫吃錯了藥，那匹馬也一樣，瘋人瘋馬，正和在一起，等他則甚。」

朱七七大驚道：「你……你說什麼？」

趕車的哈哈一笑，道：「你不認得我？」

朱七七道：「你……你是誰？」

趕車的笑道：「你瞧瞧我是誰？」

大笑聲中，伸手往臉上一抹——王憐花，又是王憐花。

朱七七又驚又怕，簡直又快發瘋了，狂叫道：「鬼，又是你這惡鬼？」

王憐花嘻嘻笑道：「朱姑娘，你吃驚了麼？」

朱七七探首窗外，范汾陽人馬都已瞧不見了，她想拉開車門往下跳，怎奈這車門竟拉不開。

王憐花大笑道：「朱姑娘，你安靜些吧，這馬車是特製的，你逃不了的。」

朱七七怒喝道：「惡鬼，我和你拚了。」

拚命一拳，向那小窗子打了過去。

但王憐花頭一縮，朱七七就打了個空。

她拳頭打出窗外，手腕竟被王憐花在窗外扣住了。

朱七七兩條腿發瘋般向外踢，怎奈這馬車乃係特製，車廂四面竟夾著鋼板，踢得她腳趾都快斷了。

王憐花卻在外面嘻嘻笑道：「好姑娘，莫要動，我傷還沒有好，不能太用力。」

朱七七嘶聲道：「你爲什麼不死，你死了最好。」

王憐花笑道：「你難道沒有聽說過，好人不長命，禍害遺千年，像我這樣的壞人，一時間怎會死得了。」

朱七七拚命掙扎，怎奈脈門被扣，身子漸漸發軟。

只覺王憐花的嘴，竟在她手上親了又親，一面笑道：「好美的手，真是又白又嫩……」

朱七七怒喝一聲，道：「好惡賊，我……我……」

突然一頭撞向車壁，立刻暈了過去。

沈浪、熊貓兒，一路飛掠。

突聽道旁暗林中傳出一聲淒慘的馬嘶。

兩人對望一眼，立刻轉身飛掠而去，只見范汾陽站在那裡不住喘息，他身旁卻倒臥著一匹死馬。

沈浪失聲道：「范兄，這是怎麼回事？」

范汾陽連連跺足，道：「糟了！糟了！」

熊貓兒著急道：「什麼事糟了，你倒是快說呀。」

范汾陽道：「你們可瞧見朱七七了？」

熊貓兒大驚道：「她不是跟著你的麼？」

范汾陽再不答話，轉身就走。

熊貓兒、沈浪對望一眼，都已猜出大事又不好了，兩人齊地放足跟去，熊貓兒不住問道：「這究竟是怎麼回事，七七究竟到哪裡去了？」

但范汾陽卻是一言不發，放足急奔。

沈浪、熊貓兒也只得在後面跟著。

三個人俱是面色沉重，身形俱都有如兔起鶻落，夜色深深，星光淡淡，城郊的道路上，全無人影。

忽然間，只見一輛馬車倒在路旁，卻沒有拉車的馬。

范汾陽一步竄了過去，拉開車門。

車廂中空空的，哪裡有人。

熊貓兒動容道：「這可是她乘的馬車？」

范汾陽臉色凝重，點頭示意。

熊貓兒道：「但……但她怎地不見了？」

范汾陽慘然長嘆一聲，道：「我對不起她爹爹，對不起她三姐，也……也對不起你們。」

熊貓兒跌足道：「果然出了毛病了，這……」

突聽沈浪道：「你瞧這是什麼？」

車座上，有塊石頭，壓著張紙條。

熊貓兒一把搶過來，只見紙條上寫著：「沈浪沈浪，白忙一場，佳人已去，眼青面黃。沈浪沈浪，到處逞強，遇著王某，心碎神傷。」

熊貓兒大喝一聲，道：「氣死我也，又是王憐花。」

范汾陽切齒道：「好惡賊，果然好手段，不想連我都上了他的當。」

熊貓兒厲聲道：「咱們追。」

沈浪嘆道：「他拋下車廂，乘馬而行，爲的便是不留痕跡，也不必沿路而行，此人狡計多端，巢穴千百，卻教我等追向哪裡？」

熊貓兒怒道：「如此說來，難道咱們就算了不成？」

沈浪淡淡道：「你等我想一想，說不定可以想出主意。」

伸手撫摸著車廂，久久不再言語。

朱七七醒來時，只覺頭上冰冰的，冷得徹骨。

她的人立刻完全清醒，伸手一摸，頭上原來枕著個雪袋，她一把拋開，便要奪身跳起來。

但是她上身剛起來，立刻又只得躺下。

她竟是赤裸裸睡在棉被裡，全身上下，沒有一寸衣裳。

而王憐花那雙邪惡的眼，正在那裡含笑瞧著她。

朱七七只得躺在床上，擁緊棉被，口中大罵道：「惡賊，惡鬼，惡狗……」

王憐花笑嘻嘻道：「你若吃狗肉，我就讓你吃如何？」

朱七七嘶聲道：「惡賊，還我的……我的衣服來。」

王憐花大笑道：「有人告訴我，對付女人最好的法子，就是脫光她的衣服……哈哈，這法子果然再妙也不過。」

朱七七紅著臉，切齒道：「總有一天……」

王憐花笑道：「總有一天，你要抽我的筋，剝我的皮，是麼……哈哈，這種話我也聽得多了，我也想嚐嚐被人抽筋剝皮的滋味，只可惜那一天卻遲遲不來。」

朱七七道：「你……你……」

突然翻過身子，伏在枕上，放聲大哭起來。

她既不能打他，也打不過他，罵他，他更全不在乎——她除了放聲痛哭一場，還能做什麼？

她一面痛哭，一面捶著床。

王憐花笑嘻嘻的瞧著她，悠然道：「手莫要抬得太高，不然春光就被我瞧見了。」

朱七七果然連手都不敢動了，將棉被裹得更緊。

王憐花長嘆一聲，道：「可憐的孩子，何必呢？」

朱七七嘶聲道：「你若是可憐我，就殺了我吧。」

王憐花道：「我怎捨得殺你，我對你這麼好……」

朱七七大呼道：「噢，天呀，你對我好。」

王憐花笑道：「你仔細想想，我從開始認識你那天到現在，有哪點對你不好？你想打我，殺我，我卻只想輕輕的摸摸你。」

朱七七痛哭道：「天呀，天呀，你爲什麼要生這惡賊出來折磨我……我……」

王憐花笑道：「對了，我命中就是你的魔星，你想逃也逃不了，你想反抗也反抗不了，這是天命，任何人都沒有法子。」

他笑著站起來，笑著走向床邊。

朱七七一骨碌翻身坐起來，用棉被緊裹住身子，縮到床角，瞧見王憐花那雙眼睛，她怕得連哭都哭不出來了。

她顫聲道：「你……你想做什麼？」

王憐花嘻嘻笑道：「你明明知道，何必問我？」

他走得雖慢，卻未停下。

朱七七嘶聲大呼道：「你站住。」

王憐花道：「你若是想叫我站住，你只有起來抱住我，除此之外，只怕世上再也沒有人能有法子叫我站住了。」

沈浪手撫著車廂，突然大聲道：「有了。」

熊貓兒喜道：「你已想出了法子？」

沈浪道：「你我想追王憐花的下落，就只有一個法子。」

熊貓兒急急問道：「什麼法子？」

沈浪道：「就是等在這裡。」

熊貓兒怔了一怔，道：「等在這裡？難道天上還會平空掉下餡餅不成？難道王憐花那麼笨，還會自己送上門來？」

沈浪微微一笑，道：「你摸摸這車子。」

熊貓兒、范汾陽都忍不住伸手摸了摸車廂。

沈浪道：「你可摸出有什麼異樣？」

范汾陽沉吟道：「這車子看來分外沉重，似乎夾有鐵板。」

沈浪道：「不錯，這車子乃是特製。」

熊貓兒道：「車子是特製又如何？」

沈浪道：「要製成這麼樣一輛車子，並非易事，王憐花絕不會白白將之捨棄。」

熊貓兒道：「你是說他會回到此地，將這車子弄回去？」

沈浪道：「正是。」

熊貓兒搖頭道：「這車子縱是金子打的，王憐花也未必會為這部車子來冒險，這一次，你大概是想錯了。」

沈浪笑道：「只因他決不會覺得這是冒險，才會回到這裡……」

范汾陽拍掌道：「不錯，在他計算之中，必定以為我們瞧見車中紙條之後，立刻就去四方追查，絕不會想到我們還會等在這裡。」

熊貓兒亦自拍掌道：「連我們自己也想不到守在這裡，王憐花那廝又不是沈浪肚子裡的蛔蟲，自然更想不到了。」

沈浪道：「這就叫做出其不意，攻其無備。」

熊貓兒道：「但……我想他自己決不會來的。」

沈浪道：「何必要他自己前來，只要有他的部下來拉車子，我們就能追出他的下落，這總比四處盲目搜尋好得多。」

熊貓兒嘆道：「看來也只有如此了。」

王憐花已走到床邊。

朱七七顫聲道：「你……你若敢上來，我就自己將舌根咬斷。」

王憐花道：「你寧可死，也不願……」

朱七七道：「對了，我寧死也不願被你沾著一根手指。」

王憐花道：「你這麼討厭我？」

朱七七道：「我不但討厭你，還恨你，恨死你了。」

王憐花笑道：「你若是真是恨我，就該嫁給我。」

朱七七道：「恨你反而要嫁給你，你……簡直在放屁。」

王憐花大笑道：「只因你根本就只有一個法子對付我，這法子就是嫁給我，你嫁給我後，這一輩子都可折磨我，要我賺錢給你用，要我爲你做牛做馬，稍不如意，還可向我撒嬌發威，你瞧除了嫁給我，你還有什麼法子能這樣出氣。」

這些話當真是空前的妙論。

朱七七聽得呆了，既是氣惱，又覺哭笑不得。

王憐花笑道：「看來你也同意了，是麼，來……」

他一條腿已要往床上抬。

朱七七大喝道：「下去，你……你莫要忘了，我也有一身武功，而且……你傷還未癒，你……你……你何必現在就拚命。」

王憐花笑道：「牡丹花下死，做鬼也風流……」

朱七七身子往後退，直往後退。

她雖然明知王憐花傷勢還未癒，但不知怎地，她瞧見王憐花就害怕，竟不敢和王憐花動手。

王憐花那雙眼睛裡，竟似有股淫猥的魔力，這種淫猥的魔力，最能令女孩子情怯心虛。

王憐花的手，已拉住那床棉被了。

朱七七突然笑了起來。

此時此刻，她居然會笑，當真比什麼事都要令王憐花吃驚，他的手，也不知不覺停住了。

朱七七笑得很甜，也很神秘。

王憐花忍不住問道：「你笑什麼？」

朱七七道：「我笑你真是個呆子。」

王憐花笑道：「我會是呆子？我一生中不知被人罵過多少次，什麼惡毒的話都有人罵過我，但卻沒有人罵過我呆子。」

朱七七道：「但你卻當真是個呆子。」

王憐花笑道：「我呆在哪裡？你倒說來聽聽。」

朱七七道：「難爲你還自命風流人物，居然竟一點也不懂女孩子的心事。」

王憐花道：「哦……」

朱七七道：「你可知道女孩子最恨的，就是男人對她粗魯，最討厭的就是男人不解風情，你若不是呆子，爲什麼偏偏要被人恨，要被人討厭呢？」

王憐花嘆道：「噢……嗯……唉……」

朱七七道：「你若是以溫柔對我，說不定我早就……早就……」

她嫣然一笑，垂下了頭。

她的語聲是那麼溫柔，甜美，她的笑，是那麼嬌羞，而帶著種令人不可抗拒的誘人魅力。

她情急之下，終於使出了女子最厲害的武器。

王憐花默然半晌，突然反手打了一掌，道：「不錯，錯了。」

朱七七笑道：「什麼不錯，錯了。」

王憐花嘆道：「你說得不錯，是我錯了。」

朱七七嫣然笑道：「既然如此，你就該好好坐在那裡，陪我聊聊。」

王憐花道：「好，你說聊什麼吧。」

朱七七眼波一轉，道：「你是怎麼從我手裡逃出來，我到現在還想不通。」

王憐花笑道：「我若不說，只怕你永遠也想不通。」

朱七七道：「所以我才要你說呀。」語聲微頓又道：「我先問你，可是你手下幫著你？」

王憐花笑道：「我被點了好幾次穴道，又受了傷，若沒有人幫我，我怎逃得出。」

朱七七道：「但你已經易容，我也易容，他們怎會認得出你，你已被人捉住的事，本沒有一個人知道呀。」

王憐花大笑道：「你可知道，我雖經易容，卻在臉上留下了個特別的標誌，這自然是我事先已與屬下約定好的，否則我縱非被迫，也時常易容，面貌可說千變萬化，他們又怎會認得出誰是他們的幫主？」

朱七七暗中咬牙，口中卻笑道：「呀，到底是你聰明，這一點我實在沒想到。」

王憐花笑道：「你雖然以為別人認不出我，其實我一到街上，我的屬下立刻就知道，那條街上，我屬下至少有十個。」

朱七七心裡更恨，笑得卻更媚，道：「他們既已認出你，為何還不下手呢？」

王憐花道：「那時我性命被你捏在手中，他們投鼠忌器，自然不敢輕舉妄動，胡亂出手，但從那時起，便已有人在暗中盯著你，等待機會。」

朱七七嘆道：「想不到你的屬下倒也都厲害得很。」

王憐花笑道：「強將手下，自然無弱兵了。」

朱七七道：「他們的耐心倒也不錯，竟等了那麼久。」

王憐花道：「他們只等到你送那貓兒出去時再進來，爲了行事方便，不引人注意，來的人卻都是女的，我便在其中選了一個，來做我的替身，我穴道被解後，立刻就將她改扮成我那時的模樣。」

朱七七道：「但這件事可要花不少時間呀？」

王憐花笑道：「他們自然也怕你中途撞見，所以早已在門外另設埋伏，故意阻擋你，故意拖延你的時間……」

朱七七道：「呀，我知道了，那兩個認錯人的漢子，也是你的屬下，他們故意認錯我，就是爲了拖延我的時間。」

王憐花頷首笑道：「不錯。」

朱七七道：「後來我在走廊上遇見的那些淡喪的女子，也必定就是進去救你的人……只恨她們其中還有個人故意弄了我一身鼻涕。」

王憐花笑道：「那白床單下的死屍，就是我。」

朱七七長長嘆了口氣，道：「你們行事，安排得當真周密。」

王憐花哈哈大笑道：「過獎過獎。」

朱七七道：「但我不懂了，你既已脫身，你們為何還不向我下手？為何還要故意留個替身在那裡，這豈非多費事麼？」

王憐花道：「那時我為何要向你下手？那時他們縱然擒住你或是傷害了你，只是傷害了你，於我倒可說沒有半分的好處。」

朱七七道：「但你們這樣做，又有什麼好處呢？」

王憐花道：「那時我們若是驚動了你，你勢必便已停止暗算沈浪的計劃，那對我可說是有害無益，所以最好的法子，就是穩住你。」

朱七七嘆道：「你好厲害。」

王憐花笑道：「女孩子最幸運的事，就是嫁給個厲害的男人做妻子，這樣，她一輩子都不會被人欺負了。」

朱七七眨了眨眼睛，緩緩道：「這話倒不錯。」

她眼睛望著王憐花，心裡卻又不禁想起沈浪：「沈浪，可恨的沈浪，你若不要我走，我會被人欺負麼？」

王憐花長長吐了口氣，道：「現在，什麼事你都懂了吧。」

朱七七道：「我還有件事不懂。」

王憐花道：「什麼事？你問吧。」

朱七七道：「你易容之後，卻又在臉上留下了什麼標誌？」

王憐花微一沉吟，笑道：「你瞧我臉上可有什麼特別的地方？」

朱七七瞧了半晌，道：「你臉上……沒有呀。」

王憐花將臉湊了過去，道：「你瞧仔細些。」

朱七七沉吟道：「你鼻子很直，眼睛很大……你的嘴……呀，我瞧出來了，你是不是說你嘴角上的這粒痣？」

王憐花笑道：「就是這顆痣，我無論怎樣易容，這粒痣必定都在的。」

朱七七道：「但……但這痣並不太大，而且，世上，長這種痣的人，也並不少，你的屬下又怎會就瞧出你呢？」

王憐花笑道：「他們自然久經訓練，對這粒痣的角度、部位，都記得特別清楚，我再向他們使個眼色，他們再不懂，可就真是呆子了。」

朱七七凝目瞧著那粒痣，口中卻笑道：「想不到你竟真將這種秘密告訴了我。」

王憐花道：「你高興麼？」

朱七七道：「我高興……高興極了。」

王憐花緩緩道：「其實你該難受才是。」

朱七七瞪大眼睛，道：「難受，爲什麼？」

王憐花緩緩道：「你若有逃走的機會，我會將這種秘密告訴你麼？」

朱七七道：「你若一直這麼溫柔地對我，你就算請我走，我也不會走的，又怎會逃？」她雖然極力想笑得很甜，但那笑容終是顯得有些勉強。

王憐花笑道：「你說的話可是真的？」

朱七七道：「自然是真的，我……對沈浪早已傷心了，而世上除了沈浪外，又有什麼別的男人比得上你？」

王憐花笑道：「既是如此，來，讓我親親。」

他身子又撲了上去。

朱七七面色立變，口中猶自強笑道：「你瞧你，咱們這樣說話多好，又何必……」

王憐花突然仰首大笑起來，笑道：「好姑娘，莫再玩把戲了，你那小心眼在想什麼，我若再瞧不出豈非真的是呆子。」

朱七七道：「我……我是真的……」

王憐花道：「你若是真的，我此刻就要證明。」

說話間，人已撲了上去，一把抱住朱七七的身子，咯咯笑道：「對別的女孩子，我若溫柔些，也許可以打動她的心，但對你……我早已知道對你就只有這一個法子。」

……

沈浪、熊貓兒、范汾陽三人躲在暗中。

夜深，風雨雖住，但天地間卻更寒冷。

熊貓兒不住舉起那酒葫蘆，偷偷喝一口，范汾陽不住仰望天色，顯得甚是不耐，只有沈浪

沈浪仍是始終不動聲色。

熊貓兒終於忍不住道：「依我看，他們未必會來。」

沈浪道：「會來的。」

熊貓兒嘆道，「你若是判斷了一件事，就永遠沒有別的事能動搖你的信心麼？」

沈浪微笑道：「正是如此。」

熊貓兒長嘆一聲，道：「這一點，我倒真佩服……但若換了我是王憐花，就再不會回來取這勞什子的馬車了。」

沈浪笑道：「所以你永遠不會是王憐花，像他那種野心勃勃的人，若有必要時固然不惜犧牲一切，但若無必要時，他就會連一個車輪也不肯犧牲了。」

范汾陽突然道：「沈兄說得不錯。」

沈浪笑道：「若是熊貓兒，固然絕不會再回來取這馬車，但若換了范汾陽，他也會回來拿的……范兄，你說是麼？」

范汾陽道：「正是。」

熊貓兒「咕嘟」喝下口酒，長嘆道：「這就難怪你們會發財了。」

范汾陽微微一笑道：「發財，並不是壞事。」

突聽一陣人聲傳了過來。

熊貓兒大喜道：「果然來了。」

## 廿五　鬼計多端

沈浪等人側耳細聽，已知來的人絕不止兩三個，人聲笑語，還夾雜著馬蹄聲，在這寂靜的寒夜裡，聽來分外刺耳。

熊貓兒摩拳擦掌，神情興奮，輕笑道：「沈浪果然不愧為沈浪，果然有兩下子。」

但沈浪卻是面色沉重，喃喃道：「他們此刻就來了，真想不到，想不到……」

熊貓兒道：「你明明想到了，怎地卻說想不到？」

沈浪道：「我雖算定他們要來，卻想不到他們會來得這麼早。」

熊貓兒奇道：「為什麼？」

沈浪道：「丐幫之會還未散，這裡又是散會群豪的必經之道，他們要來，本當在會散之後……縱然先來，也不該如此喧嘩吵鬧，毫無避忌。」

熊貓兒果然不禁為之一怔，但瞬即笑道：「這些混帳小子們狗仗人勢，自然膽大心粗，范兄，你說是麼？」

范汾陽沉吟道：「這……」

話未出口，那一夥人已來到近前，五個人，兩匹馬，吵吵鬧鬧地扶起了馬車，套上轡頭。

其中一人笑道：「咱們頭兒果然不愧爲頭兒，果然有兩下子，只要閉著眼睛一算，什麼事都好像親眼瞧見似的。」

另一人笑道：「說書的常說古代一些名將，說什麼：『運籌帷幄，決勝於千里之外。』我瞧咱們頭兒，可真比這些名將還要厲害。」

第三人笑道：「可不是麼，那些大將在帳篷裡多少總得還要傷傷腦筋，而咱們頭兒卻只要在屋裡抱著小妞兒樂著，什麼事都正如他所料，一件件都辦得漂漂亮亮，乾淨俐落，連一星半點岔子都不會出。」

五個人興高采烈，趕著馬車去了，對四下事物，全未留意，沈浪等人莫說躲得如此隱密，就算站在樹下，他們也未必瞧得見。

熊貓兒躍躍欲動，道：「咱們快追。」

那知沈浪卻一把拉住了他，沉聲道：「咱們不追。」

熊貓兒大奇道：「咱們辛辛苦苦等了這麼久，爲的是什麼？好容易等他們來了，咱們卻又不追了，這……這又算什麼？」

沈浪道：「追查敵蹤之事，全得偏勞范兄一人。」

熊貓兒瞪大了眼睛，道：「你和我呢？」

沈浪道：「你我卻需先到丐幫大會之地，瞧個明白，若是我所料不差……唉！那裡想必又出了驚人的變故。」

熊貓兒大聲道：「真的……真的會有……」

沈浪沉聲道：「范兄跟著這馬車到了地頭後，卻莫輕舉妄動，最好再回到此處，與我們聚首商議，再作道理。」

范汾陽道：「這個小弟省得，沈兄大可放心。」

熊貓兒嘆道：「這點他對你自然放心得很，否則他爲何不要我去，而要你去，但那邊還有丐幫上千弟子，再加上那些武林高手，可說人人都是眼裡不揉沙子的老光棍了，王憐花會在那裡玩什麼花樣，可真教人不信。」

沈浪道：「正因人人都不相信，所以他施展手腳，就會分外方便，這正是此人的過人之處，出人不意，攻敵無備。」

熊貓兒喃喃道：「我還是不信……那麼多人，難道都是死人不成？」

酒香，在寒冷的冬夜中，的確比世上任何香氣傳得都遠，沈浪與熊貓兒還未到丐幫大會之地，已聞得一陣陣酒香撲鼻而來。

熊貓兒的手，又摸到那酒葫蘆上了，雖然他只是摸了摸，便縮回了手，但口中還是忍不住笑道：「丐幫弟子，平日節衣縮食，不想請起客來倒是大方得很。」

沈浪笑道：「你酒蟲又在動了麼？」

熊貓兒道：「沒有動，它們已快餓死了。」

沈浪道：「但依我看來，丐幫之酒，還是不喝得好。」

熊貓兒道：「不喝得好？爲什麼？」

沈浪嘆息一聲，不再說話，但身形展動更急，片刻之間，便瞧見了那簡陋的竹棚，輝煌的燈光。

簡陋的竹棚在燈光照耀下，也已變得壯觀起來，竹棚中人影幢幢，似乎都安安靜靜的坐在那裡。

熊貓兒笑道：「那有什麼變故，你瞧他們不都是好好坐在那裡喝酒麼？」

沈浪道：「是麼？」

熊貓兒道：「若有變故，他們便該……」突然頓住語聲，再也不說一個字。

只因他此刻也已發覺情況不對——這些人雖都安安靜靜坐在那裡，但卻太安靜了，安靜得簡直可怕。

千百人坐在竹棚裡，竟毫無聲息，沒有喝酒的人都不會如此安靜，更何況是喝了酒的。異樣的安靜中，已有種不祥的惡兆！

熊貓兒再也忍不住了，一個箭步，竄入竹棚，目光掃動，又不禁被驚得呆在那裡。

這四面竹棚中的千百豪傑，看來竟真的已都變成死人，有的口吐白沫暈倒在地，有的人伏在桌上，暈迷不醒，桌上的菜，還未吃到一半，但酒杯、酒罈，卻零亂的撒了一地。

這些人可是全都醉了。

熊貓兒呆了半晌，扶起一個人的身子，探了探他鼻息脈搏，面色更是大變，失聲呼道：「毒。」

沈浪嘆道：「果然不出我所料，酒中有毒。」

熊貓兒跌足道：「這些老江湖，怎地也會上當？」

沈浪道：「在方才那等歡喜之情況中，有誰不想趕緊痛痛快快的喝兩杯，有誰還有心去檢查罈中之酒。」

熊貓兒長嘆道：「不錯，若換了我，也不會的。」

寒風吹動，火光動搖，映著這一張張慘白的，扭曲的面容，那景象當真是說不出的淒慘可怖。

熊貓兒突又失聲道：「你瞧，這些人衣襟全被撕開了……」

沈浪一言不發，走過去在幾個人身上摸了摸，這些人懷中竟已空空如也，竟似被人洗劫，連什麼都沒有剩下。

熊貓兒恨聲道：「要了人命，還要人財物，好狠，好狠。」

沈浪嘆道：「吃人不吐骨頭，這正是王憐花一貫作風。」

熊貓兒道：「你……你瞧這些人救得活麼？」

沈浪黯然道：「若有對路的解藥，自可將他們救活，怎奈……怎奈你我此刻連他們中的是什麼毒都不知道。」

兩人站在這千百個中毒而死的人之間，瞧著那一張張可怕的臉，心裡想哭也哭不出，想吐也吐不出。

那當真不知是何滋味。

突然間，兩人覺得在這群待死的人中，竟還有雙睜開著的眼睛，這雙眼睛竟似正在瞪著他們。

兩人不約而同，霍然轉身，果然瞧見了這雙眼睛。

這是雙瞪著的眼睛，眼珠子都似已凸了出來，目光中所含的怨毒之意，當真是兩人一生從未見過的。

熊貓兒失聲道：「錢公泰。」

錢公泰竟未中毒，但卻被人點了穴道，身子再也不能動彈，臉上一粒粒痲子，都似乎在發著光。

那自然是狠毒的光。

這裡每一件事的發生，他自然全都親眼瞧見的。

他嘴裡全無酒氣，想來滴酒未沾。

熊貓兒嘆道：「不喝酒原來也有好處的，這些事究竟是怎麼發生的，問問他，想必就可以全都知道了……」

說話間沈浪早已解開了錢公泰的穴道。

錢公泰掙扎著爬起來，伸了伸臂，抬了抬腿。

沈浪道：「你如何……」

錢公泰躬身道：「在下很好，多謝兩位的盛情。」

「盛情」兩字出口，雙手中突然飛出十數點寒星，直射沈浪，他的人也瘋狂般的向沈浪撲了過去。

錢公泰人稱「遍地灑金錢」，除了是說他那滿臉麻子外，也正說的是他這雙手發鏢，滿天花雨的絕技。

此刻這十餘隻金錢鏢自他手中發出來，當真是又急，又快，又狠，又準，他驟出不意，便下毒手，若是換了別人，那裡還能閃避。

但沈浪！沈浪畢竟是沈浪。

只聽滿天急風響動，熊貓兒失聲大呼道：「你瘋了麼。」

呼聲中沈浪的身子已急飛而起，暗器雖快逾閃電，他身形的展動卻比暗器更快了幾分。

那滿天花雨的金錢鏢，竟未傷得他一絲衣袂。

熊貓兒身子一閃，已到了錢公泰背後，出手如電，抓住了錢公泰的雙臂，硬生生擰轉了過來。

錢公泰立時又不能動了，但口中卻斷聲大罵道：「姓沈的，我本當你是個俠義英雄，那知你卻是個人面獸心的畜牲，你……你簡直比畜牲還不如。」

熊貓兒怒喝道：「你才是畜牲。沈浪救了你的性命，你卻恩將仇報，暗下毒手，你這……還能算是人麼？」

錢公泰大吼道：「沈浪是畜牲，你也是畜牲，你們殺了我吧，反正我也不想活了，也不怕你們殺人滅口。」

熊貓兒大怒道：「這人瘋了，胡說八道。」

沈浪沉聲道：「錢公泰，我且問你，我們為何要殺人滅口？」

錢公泰嘶聲道：「咱們丐幫當你是朋友，那知你卻在酒中下毒，不但害了這千百位朋友，而且，竟還將他們洗劫一空。」

熊貓兒臉都氣紅了，大聲道：「放屁，放狗屁，誰說我們下毒手，誰說我們洗劫……」

錢公泰大喝道：「你和沈浪大搖大擺走過來動的手，我難道沒有瞧見麼？」

熊貓兒氣得已說不出話，反手一掌摑了過去。

但他的手卻被沈浪拉住。

沈浪居然還能沉得住氣，和顏悅色，道：「你難道不想想，當真是我們下的手，我們怎會又回來這裡？」

錢公泰冷笑道：「你此番回來，正是要看看這裡的人是否已死盡死絕，否則若有人將你的惡毒手段傳將出來，你怎能在江湖立足。」

沈浪、熊貓兒對望一眼，心裡卻不禁冒出股寒意。

這是王憐花的毒辣手段。

他自己做了壞事，卻要人扮成沈浪與熊貓兒的模樣，竟要教別人將這筆債算在沈浪與熊貓兒身上。

而沈浪與熊貓兒此刻縱有百口，也難以辯白，只因人們若是親眼瞧見了一件事，就必定深信不疑，無論什麼話也休想改變得了。

沈浪與熊貓兒唯有將錢公泰殺了。但他們若真將錢公泰殺了，豈非更是無利有害，何況，他們也根本下不了這毒手。

兩人面面相覷，竟不知如何是好。

錢公泰嘶聲道：「我話已說完，你們殺了我吧。」

熊貓兒恨聲道：「你這呆子，我真想將你殺了算了。」

錢公泰狂笑道：「你爲何還不動手？」

熊貓兒道：「我……我……」猛一跺腳，大罵道：「王憐花，你這惡賊，害得我好苦。」

沈浪嘆道：「王憐花……王憐花，你果然厲害。」

熊貓兒道：「沈浪，你……難道連你也想不出個法子麼？」

沈浪苦笑道：「此事縱是神仙前來，只怕也……」

突然馬蹄聲響，三人三騎，急馳而來。

這三匹馬來得好快，眨眼間便到了棚外，馬上躍下三條黑衣大漢，手裡卻提著三隻特大的紫銅茶壺。

熊貓兒厲喝道：「來的是什麼人？」

三條大漢瞧了瞧沈浪，又瞧了瞧熊貓兒，面上神情，竟然不變，當先一人，微微一笑道：「我家公子知道此間有人中毒，特地令我等前來解救。」

熊貓兒失聲道：「你家公子，莫非是王憐花？」

那大漢神色不動，道：「正是。」

熊貓兒大喝道：「好惡賊，居然敢來。」

虎吼一聲，便待撲過去。

但他身子卻又被沈浪拉住。

熊貓兒怒道：「你……你爲何還要拉我。」

沈浪嘆道：「你此刻怎能動手。」

熊貓兒瞧了四下中毒的人們一眼——此刻他若動手，有誰能救他們，他只有咬緊牙關，忍住。

沈浪目光凝住著那大漢，一字字道：「你家公子怎會知道這裡有人中毒？」

熊貓兒拍掌道：「對了，王憐花怎會知道？莫非是他下的毒？」

那大漢微微笑道：「我家公子就怕有些人面獸心的惡徒，會暗下毒手，是故早已命我兄弟到這裡來瞧過一遍了。」

熊貓兒怒吼道：「放屁，你……你……你……」

那大漢道：「救人之事，刻不容緩，兩位故意拖延，莫非當真忍心眼睜睜瞧著這千百豪傑一個個的死麼？」

錢公泰慘呼道：「沈浪、熊貓兒，求求你們，饒了這些人吧，他們都是有妻有子的人，你……你們難道不是父母生的麼？」

熊貓兒已快急瘋了，這些人救醒後，必定要將他和沈浪恨之入骨，那時他也無法向這些人解釋。

他明知這又是王憐花要借這些人的嘴，將他和沈浪的惡名傳佈天下。

但他又怎能不讓這三條大漢動手救人？王憐花如此做法，當真比將這些人全都殺了還要厲害得多。

只聽沈浪道：「好，你們快動手吧。」

熊貓兒嘶聲道：「但我們……」

沈浪黯然道：「我們……我們只有走。」

熊貓兒道：「走？」

沈浪慘然一笑，道：「我們此刻若不走，等大家醒來，麻煩就更多了，到那時，只怕……只怕永遠也無法走了。」

三條大漢滿面俱是得意的笑容，將紫銅壺中的水，一一餵給那些中毒的人，而就在這時——

沈浪與熊貓兒已黯然走出了竹棚。

錢公泰惡毒的咒罵，還在他們身後響著。

熊貓兒慘然道：「你我此刻走了，這惡名豈非跳進黃河也洗不清，你……你……你何苦攔我？我寧可一死，也……」

沈浪嘆道：「你我一死不足惜，但你能讓那些人都陪著我們死麼？我寧可擔上永生都不能洗脫的惡名，寧可被天下人懷恨、痛罵，也只有先救活他們再說。」

熊貓兒牙齒咬得吱吱作響，嘶聲道：「王憐花，好個王憐花，他知道丐幫已不能被他收爲己用，便又想出了這條毒計，他奪了他們的一切，卻還要救活他們的性命，爲的是好教他們向你我復仇，無論任何人，只要還有一點可被他利用之處，他便不肯放過。」

沈浪緩緩道：「若論心腸之毒，手段之辣，此人當真可稱是天下無雙，看來就算那快活王，也未必能強勝於他。」

說到這裡，他緩緩頓住語聲，嘴角卻突然露出微笑。

熊貓兒跺腳道：「老天呀老天，難爲你此刻還笑得出，咱們樣樣事都輸給他一著，這觔斗可算栽到家了，你……你究竟是怎麼笑得出來的？」

沈浪微笑道：「你我件件事雖都輸了他　著，但他卻也有件事輸了咱們一著，這一著，卻是他致命的一著。」

熊貓兒愕然道：「哪一著？」

沈浪道：「他千不該，萬不該，不該讓咱們抓住他的尾巴。」

熊貓兒忍不住截口道：「什麼尾巴？」

沈浪道：「那輛馬車就是他的尾巴，咱們抓住這尾巴，就能尋著他，咱們尋著他，就能要他的命，他就算贏了咱們一千次，也抵不上輸這一次。」

熊貓兒大聲道：「沈浪呀沈浪，你果然是打不服，擊不倒的，既是如此，咱們快去找那范汾陽，抓住那條尾巴……」

沈浪微笑道：「那條尾巴咱們已用不著了。」

熊貓兒又不禁愕然道：「爲什麼？」

沈浪道：「只因王憐花還有條尾巴在這裡。」

熊貓兒道：「在……在哪裡？」

沈浪道：「隨我來。」

他展動身形，在竹棚火光照不著的黑暗中，圍著竹棚兜了半個圈子，繞到那三匹馬的左邊。

熊貓兒悄聲道：「你可是要等這裡面三條大漢出來，再尾隨著他們？」

沈浪道：「這三人想必還要耽誤許久，若是等他們，便不如去尋范汾陽來得快了，何況，這三人既已見著咱們，也必定要提防咱們尾隨，未必會回去。」

熊貓兒道：「我正也如此想，那麼……尾巴在哪裡？」

沈浪截口道：「就在這裡，你瞧著！」

突然手掌一揚，兩縷銳風破空飛出。

他手掌中竟早已扣著兩粒小石子，此刻脫手擊出，第一粒石子，擊斷了繫著第一匹馬的韁繩，第二粒石子，擊中馬股——他眼睛裡竟也像點著兩盞燈似的，在如此黑暗中，準頭仍不失絲毫。

那匹馬負痛驚嘶一聲，落荒奔去。

竹棚中大漢怒罵道：「死畜牲，只怕吃多了。」

三條大漢誰也沒想到這會是沈浪施展的手腳，口中雖然喝罵，但手裡正在忙著餵藥救人，誰也沒有追去。

沈浪沉聲道：「這匹馬就是王憐花的尾巴，咱們追。」

熊貓兒還在詫異，但沈浪身形已如輕煙般掠出，他也只有跟著掠去，等他追上沈浪，終於也恍然大悟，喜道：「不錯，馬性識途，這匹馬必定要奔回牠自己的馬廄，咱們只要尋著這匹馬的窩，也就能尋著王憐花的窩了。」

沈浪微笑道：「追著馬總比追人容易多了吧。」

熊貓兒忍不住大笑道：「沈浪，你到底是有兩下子。」

奔馬雖急，沈浪與熊貓兒身形卻急逾奔馬。

熊貓兒仍然敞開著胸膛，寒風迎面吹來，就像刀子似的，颳在他胸膛上，但他胸膛卻是鐵打的。

他鐵打的胸膛，承受著這如刀寒風，想到立刻就要抓住王憐花那惡賊，他胸襟不覺大暢，方才所受的惡氣，似乎早已被風吹走了——在這鐵打的男兒胸膛裡，正跳躍著一顆活潑的，豪放的，慷慨的，赤紅的心。

馬行如龍，馬鬃在寒風中根根倒立，熊貓兒突然呼嘯一聲，連翻了三個觔斗，再躍下地來。

沈浪忍不住笑道：「我若有個兒子，但願他像熊貓兒。」

中原的梨，耐寒經霜，甜而多汁，正如南海的香蕉，哈密的甜瓜，同樣令人饞涎欲滴，此刻，前面正有片梨樹林。

梨樹林旁有數椽茅屋，一星燈火，看來，這正是看守梨樹林的果農所居之地，但這匹馬，卻筆直向梨樹林奔去。

熊貓兒皺眉道：「會是這裡麼？」

沈浪道：「必定不錯。」

只見那匹馬奔到梨樹林外，茅屋前，果然停下了。

馬，揚蹄輕嘶，茅屋中已閃出兩條人影，身手果然俱都十分矯健，絕不是尋常果農的樣子。

兩人見到一匹馬回來，顯然俱都十分驚異，兩人低聲商議了幾句，一人回屋，一人牽馬繞到屋後。

熊貓兒道：「不錯，果然是這裡。」

沈浪道：「等那牽馬的人回來，咱們就衝進去。」

熊貓兒道：「衝進去？不先察看察看麼？」

沈浪微笑道：「你見我平日行事，總是十分仔細，是以此刻便不免奇怪，『沈浪怎地也變得像我一樣了』是麼？」

熊貓兒失笑道：「我正是有些奇怪。」

沈浪道：「對付王憐花這樣的人，再仔細也沒用，倒不如索性衝過去，迅雷不及掩耳，給他個措手不及。」

熊貓兒拊掌笑道：「正是，這麼做最合我的脾胃。」

入。

說話間，牽馬的那個人已回來，輕輕扣了扣門，門開一線，燈光射出，那人方自側身而入。

沈浪與熊貓兒已閃電般衝了過去。

沈浪人還未到，手指已急點那人腦後「玉枕穴」，那人還未及回聲，已一聲不響的倒了下去。

熊貓兒一腳踢開了門。一拳擊向開門的人，那人大驚之下，伸手來擋，只聽「嚓嚓」一聲，兩條手臂已被熊貓兒打斷，慘呼倒地。慘呼方出，熊貓兒伸手一托，又將他下巴卸下了。

屋子裡除了開門的人外，還有五條大漢，正在圍桌飲酒，此刻驟驚巨變，俱都一躍而起。五個人一人伸手抄椅子，一人反腕拔刀，一人要掀桌子，一人衝到牆角提槍，一人奮拳撲來。

熊貓兒虎爪般的手掌一揚，已抓住這人的拳頭，左手往這人後腦一托，生生將這人自己的拳頭塞進自己口裡。

這人連叫也叫不出了，身子已跟著被掄起。

掀桌子的那人桌子還未掀起，忽見一個人飛過來，兩顆腦袋撞在一齊，「砰」的，兩個人都躺了下去。

那拔刀的刀還未出鞘，肘間突覺一麻，肩頭又是一麻，喉頭跟著又一麻，眼睛一黑，仰天跌倒。

他簡直就沒瞧清向他出手的人長得是何模樣，是男是女？死了也不折不扣是個糊塗鬼。

沈浪左手連點拔刀大漢三處要穴，飛起一腳，連那抄椅子的大漢整個人踢得飛了出去。提槍的那人頭也不敢回，反手刺出長槍，但槍還未刺出，突然不見了，身後也沒什麼殺手擊來。

他還未摸清身後情況究竟怎樣，等了等，忍不住回頭一望，卻赫然發現一雙貓也似的眼睛正笑瞇瞇瞧著他。

他大驚之下，掄起拳頭，「砰，砰，砰」，一連好幾拳，都著著實實擂在這人的胸膛上。這人還是笑嘻嘻站著不動，他兩隻手腕卻疼得彷彿斷了，咬一咬牙，拚命踢出了一腳。

這一腳方自踢出，眼前突然一黑，似乎被個鐵罩子生生罩住，這一腳究竟踢著別人沒有，他永遠也不知道了。

一眨眼功夫，連裡帶外七個人，已沒有一個再是頭朝上的，甚至連一聲驚呼都未發出。

熊貓兒大笑道：「痛快呀！痛快！」

沈浪已輕煙般掠到裡面，熊貓兒緊跟著衝進去，只見一個人倒在炕邊，一條腿下了地，一條腿還在炕上。

沈浪卻又已衝入第三間。

熊貓兒跟著衝進去，又瞧見門旁邊躺著一個人，手裡捏著把刀，但這柄刀卻已斷了三截。

沈浪衝進後面的廚房。

熊貓兒輕呼道：「沈浪，留一個給我。」

衝進廚房，只見一個人自廚房中竄出來，熊貓兒一拳閃電般擊出，那知這人影一閃，竟不見了。

他這才大吃一驚，只聽一人笑道：「你這貓兒當真打上癮了麼，連我也要打。」

熊貓兒轉身一望，便瞧見沈浪含笑站在那裡。

他也忍不住笑道：「我當是誰有如此快的身手，原來是你。」

沈浪道：「廚房裡沒有人。」

熊貓兒失聲道：「王憐花呢？」

沈浪道：「此間必有密室，王憐花必在密室中，咱們快找。」

熊貓兒道：「對，快，莫要被這斯逃了。」

只見沈浪圍著這屋子一轉，又掠到第二間屋子，又轉了一圈，身形片刻不停，再到第一間屋子裡一轉。

熊貓兒跟著他轉，連連問道：「有沒有，有沒有……」

沈浪終於停住身子，搖頭道：「沒有。」

熊貓兒著急道：「那怎麼辦呢？莫非……莫非他不在這裡？」

沈浪俯首尋思半晌，突然大步衝進廚房。

熊貓兒跟著一掠而入，只見沈浪正站在灶前，凝目觀望，只瞧了兩眼，面上便露出笑容，道：「在這裡？」

熊貓兒摸了摸頭，道：「在哪裡？」

他方自問出，便也不禁大喜道：「不錯，必定在這裡。」

那口灶正是北方農家通用的大灶，灶上有兩隻生鐵大鍋，這兩口鍋一口滿是油煙，另一口卻乾乾淨淨。

沈浪抓住這口乾淨鍋的鍋底轉了轉，突然將整口鍋都提了起來，鍋下面，果然現出了地道。

熊貓兒又驚又喜道：「這廝做得好隱密所在。」

想到那惡魔王憐花就在地道下，他全身熱血都不禁奔騰起來，面對著如此惡魔，他畢竟也不覺有些提心吊膽。

那知他一句話沒說完，沈浪已躍下地道。

熊貓兒本當沈浪行事處處小心，未免太過謹慎，此刻才知道沈浪膽子若是大起來，誰也趕不及。

他身子跟著躍下，口中卻不禁嘆道：「沈浪呀沈浪，今日我才知道你一身是膽……」

這句話沒說完，他已入了密室。

只見那密室中果然佈置得甚是精緻，再加上那張錦帳繡被的大床，便宛然有如少女的繡閣。

但王憐花呢？

王憐花卻連影子也瞧不見。

帳子掛得好好的，被也疊得整整齊齊，這張床，誰都可以瞧出已有許多天沒有人睡過了。

熊貓兒與沈浪站在床前，你望我，我望著你，心裡的難受與失望，當真再也無法形容。

沈浪面如死灰，仰首嘆道：「錯了，錯了，我竟又錯了……不想王憐花在這小小的地方，所佈下的密巢竟也不止一處。」

熊貓兒從未見過沈浪如此頹喪，他心中雖也不知道多麼難受失望，卻伸手一拍沈浪肩頭，強笑道：「錯了一步有何關係，反正王憐花遲早是逃不過你手掌的。」

沈浪黯然道：「今日一步走錯，又被他逃脫，以後只怕……」

頓足長嘆，垂首無語。

熊貓兒也不知該如何安慰他，繞著這密室走了兩圈，瞧著那精緻的陳設，香噴噴的繡被，忍不住恨聲道：「可恨王憐花不但是個惡魔，還是個色魔，無論走到哪裡都忘不了安置下一張床……床……床……」

他愈想愈氣，愈想愈恨，大聲道：「待我先將這張床毀了，出出這口惡氣。」

一步竄到床前，伸手就要去扯帳子。

那知他手掌方自抓住帳子，突然一連串「嘰嘰咯咯」的聲響，自床下面斷斷續續傳了上來。

他手掌立刻停住了，耳朵也直了。

沈浪面上立刻泛起驚喜之色，亦自凝神傾聽。

只聽這聲音漸近，漸響。

熊貓兒啞聲道：「莫非是那話兒來了。」

沈浪道：「想來如此……但願如此……」

突聽又是「咯」的一響，床，竟似在動了。

沈浪目光一掃，確定這密室並未因自己進來而有絲毫改變，立刻拉著熊貓兒，躲在帳後。

織錦的帳子，沉重而厚密。

熊貓兒悄聲道：「咱們爲何還要躲著，爲什麼不和他拚了。」

沈浪道：「不妨先聽聽他的機密再動手也不遲。」

熊貓兒道：「但是——」

話未說出，嘴已被沈浪掩住。

「咯」的再一響，床果然翻起，兩個人鑽了出來。

只聽一人道：「你鬆鬆手，讓我喘口氣好不好。」

熊貓兒手立刻抖了，這正是朱七七的聲音。

另一人笑道：「抱著你這樣的人，我捨得鬆手？」

這淫猥的笑聲，熊貓兒聽在耳裡，簡直連肺都要氣炸。

王憐花，這惡賊，果然來了。

只聽王憐花長長喘了口氣，笑道：「那廝真不是東西，早不去，遲不去，偏偏要在那緊要當口去，卻將咱們的好事也驚散了。」

朱七七也長長喘了口氣，道：「哼，我當你只怕沈浪，卻不想你連范汾陽來了，也跑得這麼快，你不怕在我面前丟人麼？」

熊貓兒、沈浪對望一眼，暗暗跺腳，忖道：「早知范汾陽找對了地方，咱們那時就該一齊去了。」

又聽得王憐花笑嘻嘻道：「我會怕范汾陽……嘿嘿，我只怕范汾陽後面還跟著沈浪和那隻又饞又貪嘴的野貓子。」

朱七七道：「哦，原來你還是怕他們的，你總算說了實話。」

王憐花笑道：「我也不是怕他們，那邊反正有人對付他們，咱們何必不換個安安靜靜的地方，安安靜靜的……」

朱七七突然嬌呼道：「哎喲，你的手……」

王憐花大笑道：「我的手可聰明得很，就知道該往舒服的地方走。」

朱七七喘息著道：「你……你……你先拿開。」

王憐花道：「咦，你不是已答應嫁給我了麼？」

朱七七道：「但……但……」

語聲突然變得十分嬌媚，柔聲道：「但你也該先解開我的穴道呀，這樣子……多不好……我這樣對你，你還怕我跑麼？」

王憐花道：「我實在不放心。」

朱七七柔聲道：「反正我已是你的人了，不會跑的。」

王憐花笑道：「你現在還不能真算我的人，但等一會兒，你就是了……到那時你要我做什麼，我就做什麼。」

朱七七喘息著道：「但你……你……嗯……哎呀。」

沈浪的手掌，也不覺顫抖起來。

熊貓兒突然虎吼一聲，雙手分處，將那帳子生生一撕兩半，只聽王憐花一聲驚呼，整個人翻了出去。

他身上已只穿著件短襖，面上已毫無血色，一個翻到床下，順手執起張椅子，向熊貓兒摔過來。

熊貓兒眼睛都紅了，絲毫不閃不避。

椅子摔在熊貓兒身上，立刻被撞得四分五裂，他身子卻已向王憐花撲了過去，厲吼道：「王憐花，拿命來。」

王憐花出手如電，連擊四掌，熊貓兒竟筆直迎了過去。

只聽「劈劈啪啪」一連串聲響，這四掌俱都擊在熊貓兒肩上、胸上，但熊貓兒也已一把抓住了他的胸膛。

若是換了平日，熊貓兒身中他四掌，不死也要重傷，但此刻王憐花重傷未癒，十成氣力已只剩下兩成。

王憐花嘴唇都白了，道：「熊兄，你……」

熊貓兒嘶聲道：「你還想要命麼？」

劈面一拳，擊了過去。

這一拳擊下，王憐花的臉莫說是肉做的，就算是銅澆鐵鑄，只怕也要被這盛怒下擊的一拳打扁。

但突然一隻手伸過來，輕輕一托，便將這一拳力道化解，雖然只差分毫，卻畢竟未碰著王憐花的臉。

熊貓兒怒吼道：「沈浪，你還要攔我？」

沈浪默然道：「留下他的活口，我還有許多事要仔細問他，他此刻既已落入你我掌中，你還怕他飛上天不成？」

熊貓兒狠狠一跺腳，道：「我恨不得此刻便將這廝碎屍萬段才好。」

他甩開手，回轉頭。

只見朱七七雲鬢蓬亂，一雙纖手，緊緊擁著被，一雙眼睛，緊緊瞪著他，整個人都似已呆了。

熊貓兒顫聲道：「你……你……你……」

突又跺了跺腳，轉過頭，不再瞧她，整個人卻一直在抖個不停，一雙拳頭捏得指節都變成慘白色。

沈浪已點了王憐花七處穴道，目光也移向朱七七，他臉上似笑非笑，縱然是笑，也是苦笑，慘笑。過了良久，他終於緩緩道：「你好麼？」

朱七七道：「我……我……」

她嘴唇啓動了幾次，卻連聲音都未發出。

沈浪又默然良久，方自輕嘆道：「我不懂，你爲何……」

朱七七突然放聲痛哭起來，就好像一柄尖刀突然刺入她肉裡，刺入她心裡，她痛哭著道：「沈浪，你懂的，你本該懂的。」

沈浪喃喃道：「我真該懂麼？」

朱七七以手搥床，嘶聲道：「你懂，你懂，你……」

熊貓兒仍未回過頭，突然大喝道：「你方才既不哭，此刻哭什麼？」

朱七七道：「我……我……你……你……」

熊貓兒雖咬緊牙關，語聲仍不禁顫抖。

他顫聲道：「難道你是見著我們才哭麼，那麼……我……我們走……走好了，讓你……你和他……反正你……」

朱七七嘶聲道：「熊貓兒，你……你好狠，你竟說得出這樣的話來……你難道不知道我是被逼的，我若不……若不那樣說，又該如何？我只是想拖延時間而已。」

熊貓兒終於長嘆一聲，垂下了頭。

沈浪緩緩嘆道：「其實，你還有別的法子的。」

朱七七道：「不錯，我還有別的法子，但我卻不想死，我要復仇，我……我……我還想再見你一面。」

沈浪道：「我……」

朱七七斷聲道：「你不信麼……你不信麼……」

沈浪木然道：「我信。」

朱七七道：「你……你能原諒我麼？」

沈浪道：「我原諒。」

但朱七七卻又痛哭起來，道：「我知道你見我那樣子心裡難受，但你可以打我罵我，我只求求你，不要對我這樣冷淡。」

沈浪道：「我冷淡麼？」

朱七七道：「我……我……」

她心都裂了，那裡還能說得出話來。

沈浪緩緩走過去，拍開她穴道，道：「穿起衣裳吧。」

但朱七七卻撲了上來，緊緊抱住了他，她身上雖只剩下最貼身的衣服，她也完全顧不得了。

她抱得那麼緊，哭得那麼哀痛。

沈浪卻站著動也不動，木然道：「放開手。」

朱七七道：「沈浪，你好狠，你難道真的不肯原諒我？」

沈浪道：「我不是已原諒了你麼。」

朱七七道：「但你……你爲何這樣……」

沈浪道：「你要我怎樣，我怎樣才算原諒你……其實，你也根本沒有什麼好求人原諒的，你本沒有做錯。」

朱七七嘶聲道：「你嘴裡雖這麼說，但你心裡……心裡卻在怪我，我知道，天呀，我若是死了就好了，我方才本該死的，但我……我卻等著要死在你的手上。」

沈浪道：「我爲何要怪你？你爲何要死？我這樣對你，只因我本來就是這樣對你，這一點你本該早就知道。」

朱七七呼道：「我不知道……我不知道……我只知道你愛我，你是愛我的，沈浪，是不是……是不是呀？」

沈浪道：「放開手。」

朱七七突然一抹淚痕，咬牙道：「好，沈浪，無論你說什麼，我都只當我對不起你，無論如何，我已配不上你，我現在什麼都不想了，只求你……你殺死我吧。」

沈浪道：「穿起衣服。」

朱七七突然一躍而起，躍到牆畔，抽出牆上掛著的一口劍，拋給沈浪，沈浪只得伸手接住。

朱七七嘶聲呼道：「沈浪……」

張開雙臂，挺起胸膛，向沈浪手中的劍尖撲了上去。

但沈浪手掌一抖，那柄劍竟生生齊根斷了。

「噹」的，劍尖落地，朱七七也已撲倒在地，那哭聲……那哭聲的悲慘，那哭聲的悲痛，誰也無法形容。

沈浪默然半晌，緩緩道：「范汾陽必已涉險，我趕去救他，你守著他們，我就回來。」

翻過床面，鑽入床下的地道。

熊貓兒急道：「沈浪，等等，我去……」

但他回過身時，沈浪身形卻已消失了。

壁上一盞銅燈，燈光是一直在亮著的。

閃動的燈光，照著熊貓兒的臉，他竟已淚痕滿面。

他心裡在說：「沈浪，你的心真冷，冷得簡直像冰，我雖然知道你為何要如此忍心，但我還是恨不得要狠狠揍你一頓。」

只是他瞧著痛苦的朱七七，卻一個字也說不出。

王憐花突然長嘆道：「沈浪呀沈浪，你雖是我最大的仇敵，但我還是忍不住要佩服你，你既能對一個如此愛你的女子如此忍心，我委實不是你的對手。」

熊貓兒厲聲道：「住口。」

王憐花道：「熊貓兒呀熊貓兒，如今我才知道你也是愛著朱七七的，否則你方才便不會那麼激動，那麼生氣，只可惜你我……」

熊貓兒大喝道：「你再說一個字，我就宰了你。」

王憐花笑道：「好，我不說了，我本不該說出別人心裡的秘密。」

他雖說不說，其實還是說了幾句，此人果然不愧為一世梟雄，除了他之外，此時此刻，還有誰能像他這樣鎮定……

朱七七突然站了起來，哭聲突然停頓，面上突然變得毫無表情，走到床邊，將衣裳一件件穿了起來。

她眼中似乎已沒有別的人，什麼都沒有了。

熊貓兒垂下頭，不敢瞧她，也不忍瞧她。

朱七七卻突又走到他面前，盈盈一拜。

熊貓兒道：「你……你這是做什麼？」

朱七七木然道：「你對我太好了，而我……我……唉！我此刻唯願只認識你，不認識別人，只可惜……天下本少有能讓人如願的事。」

熊貓兒又不禁垂下頭，道：「你……你不必……」

朱七七道：「你什麼都不必說了，你的心，我早已知道，我只恨我自己，我只恨我自己爲什麼不能夠……」

熊貓兒突然大笑起來，伸手撫著朱七七肩頭，大聲道：「你也不必說了，這樣也很好，無論如何，我總是你的好朋友，熊貓兒生平能結一紅顏知己，也算此生不虛。」

朱七七幽然嘆道：「你真是條好男兒，我真不知道世上能有幾個像你這樣的男子漢。我……我若有你這麼個哥哥就好了。」

熊貓兒笑道：「你爲何不此刻就拜我爲兄……」

朱七七道：「你……你真肯收我這樣個妹子麼？」

熊貓兒道：「我再願意也沒有了。」

朱七七道：「大哥，我……我太高興了……」

語聲突然顫抖，身子又盈盈拜了下去。

熊貓兒目中熱淚盈眶，口中卻大笑道：「好妹子，好……」

伸手去扶朱七七的香肩。

朱七七道：「大哥，你莫忘記，我永遠是你的妹子，以後……妹子縱然又做錯了什麼，大哥也該原諒的。」

熊貓兒道：「那是當然。」

朱七七道：「大哥，謝謝你……」

身子突然向熊貓兒撞了過去，纖手如風，連點了熊貓兒胸前「紫宮」、「神封」、「期門」、「步廊」四處穴道。

熊貓兒做夢也未想到她會突然向自己出手，他甚至連身子已倒在地上後，還是不能相信。

王憐花也驚得怔了，目定口呆，則聲不得。

熊貓兒道：「你……你……你這是做什麼？」

朱七七道：「大哥，我是你的妹子……」

熊貓兒怒道：「妹子是這樣對大哥的麼？」

朱七七道：「大哥，你莫生氣。」

熊貓兒大聲道：「我不生氣？我簡直氣瘋了。」

朱七七垂首道：「大哥方才已答應我，無論我做錯什麼，大哥都原諒的。」

熊貓兒簡直哭笑不得，道：「但……但你這樣……你這樣我怎能……」

朱七七道：「妹子這樣做，自然有原因。」

熊貓兒道：「你有什麼狗屁原因，快說吧。」

朱七七道：「我這樣做，只因我要帶王憐花走。」

熊貓兒又驚又怒，失聲道：「你要帶他走，你……你竟要救他。」

朱七七道：「我不是要救他，我只是要帶他走。」

熊貓兒怒吼道：「你不救他為何要帶他走？」

朱七七道：「這只因……只因……」

淒然一笑，道：「這原因現在我還不能說。」

熊貓兒怒道：「你瘋了，瘋了，你腦子裡必定有毛病。」

朱七七道：「我沒有瘋……我知道我沒有做錯，我只有這樣做。」

熊貓兒喝道：「你還說沒有錯，你這樣做，必定要後悔終生。」

朱七七道：「不，我永遠也不會後悔的。」

熊貓兒嘶聲道：「我錯看你了，只怪我錯看你了……我簡直對不起沈浪。」

朱七七道：「總有一天，人哥會知道沒有錯看我的。」

到了這時，王憐花竟已忍不住喜動顏色，說道：「無論如何，我總沒有錯看你，原來你還是對我好的。」

話未說完，朱七七已竄過去，揚手摑了他十幾個耳括子，沒有一掌不是狠狠的打，重重的打。

王憐花臉被打得又紅又腫，人也被打呆了，顫聲道：「你……你這是……」

朱七七咬牙道：「王憐花，告訴你，你莫要得意，你落在沈浪手上，最多也不過只是一死，但你落在我手裡，我卻要叫你求生不得，求死不能。」

熊貓兒大聲道：「放屁放屁，他難道未曾落在你手上麼？他還不是一樣逃了去，我瞧你這一次還是乖乖的……」

朱七七截口道：「這一次，絕對不同了。」

熊貓兒道：「哼，不同，不同個屁。」

朱七七道：「大哥，我知道我……」

熊貓兒大吼道：「住嘴，我再也莫要你叫我大哥，我不要聽。」

朱七七淒然一笑，道：「大哥，我知道我對不起你，但我……我只有這樣做……」咬一咬牙，拉起王憐花，向外面拖了出去。

熊貓兒眼睜睜瞧著，當真氣得要發瘋。

卻見朱七七突又放下王憐花，走了回來，蹲下身子，伸出纖纖玉手，輕撫著熊貓兒的臉。

熊貓兒吼道：「拿開，手拿開。」

朱七七卻似未曾聽到，只是悠悠道：「大哥……熊貓兒，我真對不起，我這一生，最對不起的就是你，我這一輩子都不會忘記你……」

眼簾一合，兩行淚珠沿著面頰流下，一滴滴都滴在熊貓兒臉上，她再次長身，拖著王憐花狂奔而去。

門外，又傳來她的悲泣。

朱七七的眼淚，沿熊貓兒的嘴角流下來，流到他脖子裡，清冷的淚珠，帶著辛酸而苦澀的甜味。

熊貓兒只覺臉上癢癢的，心裡……唉！他心卻當真不知是何滋味——簡直不是滋味。

望著朱七七狂奔而出的背影，他真恨不得將自己的心一片片撕碎，他忍不住放聲大呼，道：「朱七七，回來……回來……」

但朱七七卻連頭也未回。

他想不通，猜不透，簡直無法了解。

她爲何要如此？爲何要如此？爲何要如此……

他氣極，怒極，悶極，惱極。

他只有放聲大吼道：「女人，女人，天下的女人都該送下十八層地獄……」

他如今才知道女人是多麼難以了解，若有那個男人自以爲了解女人，那人想必是上輩子缺了德，所以叫他這輩子受些苦難——而朱七七，若有誰自以爲了解朱七七，他不是瘋子，便是呆子。

熊貓兒喃喃道：「我是呆子……當真是個呆子……沈浪回來時，瞧見我這模樣，他會如何？我怎有臉面來見沈浪。」

但他連身子都不能動，卻又怎能不見沈浪。

約摸過了有兩三盞茶時分。

這一段時候，熊貓兒真不知是如何渡過的。

他忽而想沈浪永遠不要回來，忽而又想沈浪快些回來——就在這時，終於有一陣腳步聲傳了過來。

但這腳步聲卻非由床下地道傳上來的，竟卻是上面地道傳下來的，來的人，竟顯然絕非沈浪。

熊貓兒脫口道：「誰？」

喝聲未了，已有三條大漢瘋狂的衝了下來，赫然竟正是方才提著銅壺去爲群豪解毒的那三人回來了。

三個人瞧見上面弟兄的死屍，此刻眼睛都紅了，再瞧見熊貓兒，三人狂吼一聲，齊地撲了上來。

熊貓兒臉色變了一變，卻突然大笑起來。

當先一條大漢厲喝道：「狗娘養的……可是你這狗娘養的下的毒手？」

熊貓兒大笑道：「對極了，對極了，三位來得正好。」

那大漢怒吼道：「正好宰了你。」

熊貓兒笑道：「多謝多謝！」

三條大漢瞧見他如此模樣，反倒怔住了，三人只當他必定有詐，竟不由自主，各自後退一步。

熊貓兒道：「三位爲何不動手？」

那大漢道：「你……你這狗娘養的，真的想死？」

熊貓兒狂笑道：「畜牲，老實告訴你，你家大爺正是想死了，雖然死在你們這三個小畜牲手上有些不值，但卻比不死得好。」

一條大漢忍不住道：「這廝只怕是瘋了。」

另一條大漢道：「嗯！的確有些瘋像。」

熊貓兒怒喝道：「畜牲，還不動手，等沈浪回來，就來不及了。」

三條大漢聽得沈浪的名字，身子竟不由得齊地一震，三人扭轉頭一望，幸好，沒有沈浪的影子。

當先一條大漢終於厲喝道：「好，你這狗娘養的既然想死，大爺就成全了你。」

熊貓兒大笑道：「好，來吧，熊大爺什麼都嚐過，正要嚐嚐死是什麼滋味。」

那大漢「唰」的抽出鋼刀，一刀砍了下去。

刀光閃過，只聽一聲慘呼，又是一聲慘呼，接著三聲慘呼，三條大漢都倒了下去，熊貓兒卻還好好的躺在那裡。

沈浪已回來，身旁還有一個滿身浴血的范汾陽！

熊貓兒長嘆一聲，閉起眼睛，只覺有隻手掌在他身上拍了兩拍，他穴道立刻被解，他咬了咬牙，只得站了起來。

沈浪正靜靜的瞧著他。

熊貓兒跺了跺腳道：「好，你問吧。」

沈浪微微一笑，還未說話。

那滿臉驚詫的范汾陽卻已忍不住搶先問道：「熊兄，你這……」

沈浪截口道：「你喝口酒吧。」

熊貓兒也不說話，舉起酒葫蘆，「咕」的喝下口酒。

范汾陽終又忍不住問道：「這究竟……」

那知沈浪卻又截口道：「咱們總算沒有來遲。」

熊貓兒突然大呼道：「沈浪，你為何不問我？為何不問我？朱七七與王憐花到哪裡去了？為什麼不問我怎會變得如此模樣？」

沈浪向熊貓兒微笑道：「只要你安然無恙，別的事又有何妨。」

熊貓兒嘶聲道：「但我……」

沈浪截口道：「你必已出了全力，此刻正該歇歇才是，這……這全是我的不好，方才實已心浮氣躁，竟未徵得你同意，便把你拋在此地，你需得原諒才是。」

熊貓兒怔了半晌，仰天長嘆一聲，道：「本該我求你原諒的，但你卻求我原諒起來……朱七七、王憐花蹤影不見，如此大事，你也一字不提，反而先問我的安危，我……我交著你這樣的朋友，還有什麼話說，我……我……我熊貓兒只有將性命交給你了！」

范汾陽來回繞了幾圈，還是忍不住道：「但王憐花究竟怎會……」

沈浪嘆了一聲，接道：「這想必又是朱七七做的好事。」

范汾陽失聲道：「你說王憐花是被她救走了？」

沈浪道：「想來必是如此……貓兒，是麼？」

熊貓兒頓足道：「女人……女人……」

當下紅著臉將方才之事全都說出。

范汾陽也聽得怔住了，怔了半晌，也不禁頓足道：「女人……女人……世上若沒有女人，想必太平得多。」

沈浪沉吟道：「朱七七此番將王憐花帶走，不知又要做出什麼事？闖出什麼禍來？」

范汾陽道：「沈浪你也猜不著？」

沈浪苦笑道：「又有誰能猜著女人的心事？」

走到躺在地上那三條大漢前，輕輕踢了一腳。

那大漢在地上滾了兩滾，跳起來就想往外逃，但那裡逃得了，熊貓兒一個耳光，就將他打了回來。

沈浪道：「你好好的站著，莫要動。」

熊貓兒吼道：「動一動就要你的命。」

那大漢手撫著被打腫的臉，道：「你……你要怎樣？」

沈浪道：「只要你好好回答我的話，我不但饒了你，還饒了你的同伴，你該知道我本不願傷你，否則我方才怎會只是點了你的穴道。」

那大漢目光閃動，面上的神色，已是千肯萬肯，但口中卻厲聲道：「無論你問什麼，我都不會說，除非……」

沈浪道：「除非怎樣？」

那大漢道：「除非你先讓我做件事。」

熊貓兒怒道：「你還有什麼鳥事要做，你……」

沈浪卻含笑截口道：「讓他做吧。」

那大漢道：「多謝……」

緩緩退後幾步，突然俯身拾起一柄長刀。

熊貓兒只道他又拚命，方待撲去，那知這大漢揚起刀來，唰，唰兩刀，竟將他躺在地上那兩個同伴宰了。

這一來熊貓兒倒當真吃了一驚，叱道：「你幹麼？」

那大漢拋下長刀，喘了口氣，嗄聲道：「這兩人不死，我是什麼話也不敢說的，否則，若是被這兩人密告一狀，我還是沒有命。」

熊貓兒咬牙道：「好傢伙，好黑的心。」

那大漢道：「你們只要能從我口中探出秘密，管我的心是黑的，是白的？」

范汾陽嘆道：「你果然不愧王憐花的手下。」

那大漢挺胸，道：「要問什麼？快問吧！」

沈浪道：「方才……」

那大漢截口道：「方才我已將那些人全救活了，此刻那些人只怕都已走得乾乾淨淨，一個個自然對咱們千恩萬謝。」

沈浪道：「那其中有個金不換呢？」

那大漢道：「金不換……我可沒瞧見。」

沈浪、熊貓兒對望一眼，不禁暗中跌足，熊貓兒嘆息一聲道：「不想還是被這廝逃脫了。」

沈浪沉吟半晌，道：「有位白飛飛姑娘呢？」

那大漢道：「你說的可是那看來連一陣風都禁不住的小美人兒？」

沈浪道：「不錯，就是她。她此刻被囚在哪裡？」

那大漢這：「她本來就是被關在這裡的，還有個人和她關在一起，聽說是什麼『快活王』手下的使者……」

沈浪動容道：「那使者是何模樣？」

那大漢道：「他打扮成個老婦人的模樣，有時說話是個男的，兄弟們都在暗中打賭，賭他究竟是男是女。」

熊貓兒忍不住道：「他究竟是男？是女？」

那大漢往地上重重啐了一口，撇著嘴道：「賭他是男的人輸了……」

熊貓兒道：「他是個女的？」

那大漢道：「賭他是女的也輸了。」

熊貓兒怔了一怔，道：「這算什麼？」

那大漢道：「他既不是男，也不是女，是個陰陽……」

熊貓兒大喝一聲，道：「住口……呸……」

那大漢又啐了一口，道：「這種妖怪，我可也不願提起。」

沈浪苦笑道：「快活王也當真是個怪物，竟想利用這種男不男，女不女的妖怪來爲他搜尋美女，除了他外，還有誰能做得出這種事來。」

眾人想了想，也不禁又是好氣，又是好笑。

沈浪道：「他兩人既被關在這裡，此刻怎地不見？」

那大漢道：「他兩人早已逃了。」

沈浪、熊貓兒齊聲道：「逃了？」

那大漢道：「不錯，就是那妖怪帶著白姑娘逃的。」

熊貓兒一把抓住他衣襟，怒喝道：「放屁……就憑這兩人，能在王憐花手下逃得了？哼哼，這話只怕連鬼也不會相信。」

那大漢道：「放……放手，這其中自然另有緣故。」

熊貓兒道：「什麼緣故？快說！」

那大漢鬆了口氣，道：「那是我家王公子故意放他們跑的。」

熊貓兒大奇道：「故意放他跑的？爲什麼？」

那大漢道：「這其中秘密，咱們底下人誰敢問。」

熊貓兒喝道：「我不信你說的是實話，你……」

沈浪截口道：「放開他，他說的想必不假。」

熊貓兒道：「但……但王憐花辛辛苦苦擒得了他們，又怎會故意放走？王憐花腦子又沒有毛病，怎會做這種呆事？」

沈浪沉聲道：「這其中，自然另有陰謀，說不定這是王憐花故意要向『快活王』討好……也說不定是王憐花要就此探出『快活王』的行蹤……」

熊貓兒道：「究竟是什麼？」

沈浪嘆息道：「王憐花這種人做出的事，只怕是誰也不能完全猜透的……唉，白飛飛落入『快活王』手中，遭遇只怕更慘了。」

熊貓兒恨聲道：「而咱們只有眼睜睜瞧著，竟救不了她。」

沈浪仰著頭，出神了半晌，喃喃道：「頭緒愈發亂了……事也愈發多了……」

熊貓兒道：「咱們此刻該怎麼辦？」

沈浪道：「此刻，我只望能舒舒服服的洗個澡，安安靜靜的休息一天，將什麼事都完全拋下……然後，再面對一切。」

范汾陽道：「若要休息，到了小弟處最好。」

沈浪道：「好，立刻就走。」

那大漢直著嗓子道：「我呢？」

沈浪想也不想，揮手道：「你走吧……貓兒，放過他，此人雖無義，但我們卻不可無信，咱們讓王憐花多了這等的手下，反而是害了他。」

請續看【武林外史】第四部

古龍精品集 18

# 武林外史（三）

作者：古龍
發行人：陳曉林
出版所：風雲時代出版股份有限公司
地址：10576台北市民生東路五段178號7樓之3
電話：(02) 2756-0949　　傳真：(02) 2765-3799
封面原圖：明人出警圖（原圖爲國立故宮博物館典藏）
封面影像處理：風雲編輯小組
執行主編：劉宇青
行銷企劃：林安莉
業務總監：張瑋鳳
出版日期：古龍80週年紀念版2019年1月
ISBN：978-986-146-352-0

風雲書網：http://www.eastbooks.com.tw
官方部落格：http://eastbooks.pixnet.net/blog
Facebook：http://www.facebook.com/h7560949
E-mail：h7560949@ms15.hinet.net
劃撥帳號：12043291
戶名：風雲時代出版股份有限公司

風雲發行所：33373桃園市龜山區公西村2鄰復興街304巷96號
電話：(03) 318-1378　　傳真：(03) 318-1378
法律顧問：永然法律事務所 李永然律師
北辰著作權事務所 蕭雄淋律師

行政院新聞局局版台業字第3595號 營利事業統一編號22759935


定價：240元　

國家圖書館出版品預行編目資料

武林外史／古龍作. -- 再版. -- 臺北市：
風雲時代, 2007〔民96〕
冊； 公分.
ISBN: 978-986-146-350-6（第1冊：平裝）
ISBN: 978-986-146-351-3（第2冊：平裝）
ISBN: 978-986-146-352-0（第3冊：平裝）
ISBN: 978-986-146-353-7（第4冊：平裝）
ISBN: 978-986-146-354-4（第5冊：平裝）
857.9　　96002016